Les griffes de la Montagne Noire

ISBN : 978-2-36652-223-5

Couverture : Composition @ Marjorie Falguera

Antoine Gaïani

Les griffes de la Montagne Noire

Thriller

Vous pensiez agir en toute impunité. Pouvoir courir sans trébucher.

Nous allons voir jusqu'où vous pourrez aller. Personne n'est infatigable. Nul n'est insaisissable.

Vous pensiez que jouer à Dieu serait sans conséquence.

Je serai votre châtiment. L'objet de votre rédemption.

J'ai vu vos visages.

Je vous retrouverai.

Je serai impitoyable.

1

Ma chemise me collait au corps.

Le voile brûlant de la canicule sévissait depuis deux semaines et le petit cimetière de Dourgne, trônant au pied de la montagne noire, n'était pas épargné.

Le bleu profond du ciel était strié des lignes blanches des avions de ligne. Je levai les yeux… et en fus presque déçu… Moi et ma vision conformiste des funérailles : la pluie, les grappes de parapluies noirs, le clapotis de l'eau sur les tombes.

Je finis par abandonner les cieux et tombai sur la mine ravagée de Clarisse, de l'autre côté de la stèle, dont le fiancé, Lorenzo, avait été porté disparu et était aujourd'hui déclaré mort. En un sens, je l'admirais. Je n'aurais pas su gérer la chose avec autant de courage et de dignité. Ni n'aurais supporté ce regard de l'entourage, teinté d'une expression de pitié. Finalement, en dépit de leur soutien sincère, de leur aide quotidienne pour distribuer les portraits du disparu, ou pour faire la chaine humaine à travers le village à trois heures du matin en scandant son nom, je les aurais détestés. Profondément haïs, d'oser seulement reprendre le cours normal de leur existence.

Clarisse croisa mon regard. Je devinai des larmes derrière le verre fumé de ses lunettes. À cause de la chaleur, l'air donnait l'impression de se troubler devant son visage.

Nous nous connaissions depuis plus de six ans, Clarisse et moi. Nous enseignions dans la même école publique, au coude à coude sept heures par jour, cinq jours sur sept. Pourtant, durant ces quelques secondes où elle me regardait, j'ignorai comment réagir. Je me contentai d'un hochement de tête.

Les lèvres pincées, elle m'envoya un message silencieux : *merci d'être là*. Du moins, c'est ce que je crus déceler. Puis elle baissa les yeux et ses sanglots reprirent. Des bras puissants vinrent l'entourer : Théodore, son frère, qui usait de tous les gestes possibles pour la réconforter, lui susurrant à l'oreille des mots qu'eux seuls pouvaient connaitre.

Il la serra longuement contre lui, embrassa son front moite.

Les traits de son visage buriné se modifièrent, la commissure de ses lèvres se hissant au niveau d'un sourire éphémère. Une seconde seulement, mais je le remarquai. Avais-je été le seul ?

En dépit de la chaleur, j'eus un frisson.

***

Ma femme conduisait. Elle avait insisté pour m'épargner ce genre de contrainte, jugeant que j'étais trop « moralement fragile » pour arriver à me concentrer. Je n'avais pas protesté, laissant l'air me caresser le visage par la vitre ouverte. Ça séchait la sueur sur mon front ; ça chassait les idées noires.

— Renaud ? Chéri ?

— Mmh ?

— Tu crois qu'elle sera absente longtemps ?

— Je ne sais pas. Possible. Dans l'état où elle est, je l'imagine mal revenir à l'école et faire la rentrée des classes.

— Bien sûr.

— J'en ai touché deux mots à Vicar, tout à l'heure. Tu sais comment il est. Il va sûrement lui interdire l'accès à l'école pendant un moment.

Vicar Bélot était le directeur de la petite école de Dourgne. Un ami plus qu'un collègue, aimable et avenant. Célibataire endurci, il avait atteint un âge proche de celui de la retraite et, sans le vouloir (ou feignant de ne pas le vouloir), il faisait figure de père pour nous.

Je l'appréciais beaucoup.

— Vous allez embaucher une remplaçante ? demanda Lucie.

Sa question me surprit.

— Bien obligé. Le temps que Clarisse se remette du drame. De toute façon, je crois que Vicar a déjà retenu un dossier.

— Il ne perd pas de temps.

— Il est prévoyant.

Lucie me regarda de travers, comme si je venais de lâcher la plus grosse ineptie de ma vie.

— Je veux dire… Il est efficace, tu sais, dans les démarches administratives, tout ça. Évidemment, il ne pouvait pas prévoir…

Nous repensions aux évènements des derniers mois.

En France il disparaît cent-cinquante personnes chaque jour. C'est énorme… et c'est un sujet d'actualité qui n'étonne plus. Pourtant, quand un truc pareil vous tombe dessus avec la force d'une avalanche, on a l'impression d'être confronté à quelque chose d'inédit.

Comme son fiancé ne rentrait pas à la maison après le travail, comme elle ne parvenait pas à le contacter, Clarisse Millot s'était rendue dès le lendemain au commissariat, portant sur elle les stigmates d'une inquiétude contagieuse. Un appel à témoin avait été diffusé dans la région, l'information s'était répandue dans les journaux, puis sur les chaînes de télévision nationales.

Dourgne comptait moins de deux mille habitants et toutes les têtes étaient connues. Cette affaire avait donc secoué les esprits plus violemment qu'un ouragan. Les gens avaient parlé, bien sûr, mettant en avant les hypothèses les plus farfelues, s'imaginant qu'ils portaient assistance à la police, fantasmant sur leurs propres capacités à retrouver le disparu. À résoudre le mystère.

Une semaine plus tard, quand une voiture répondant au descriptif de celle de la victime fut retrouvée au fond de l'un des nombreux ravins que comptait la Montagne Noire, entièrement carbonisée et ne laissant plus apparaitre que son squelette de ferraille, les langues avaient cessé de s'agiter. Pour un temps seulement, car le corps de Lorenzo, lui, ne refit jamais surface.

Évaporé en un claquement de doigts ; de quoi alimenter davantage les ragots.

— Tu as vu Théodore ? je demandai. Il ne t'a pas paru un peu bizarre ?

— Calme, impassible. Pas plus bizarre que d'habitude, répondit Lucie.

— Je ne sais pas... Il avait l'air... soulagé. Voilà l'impression qu'il m'a donnée.

Ma femme fit mine de ne pas comprendre, secouant la tête. J'abandonnai.

Pour rentrer chez nous, nous empruntions plusieurs départementales qui serpentaient entre les champs de colza. À l'amorce du printemps, j'avais la sensation de voguer à travers des océans dorés, dont les ondulations produites par le vent ressemblaient à des vagues plus vraies que nature.

Un peu plus loin, nous traversions une bourgade où s'amoncelaient des poignées de maisons aux murs de pierres. L'une de ces maisons, en particulier, nous intéressait.

— Elle est toujours à vendre ? s'enquit Lucie en ralentissant.

— Bien sûr, elle n'attend que nous !

Belle bâtisse aux colombages apparents, elle donnait effectivement l'impression de patienter. D'attendre notre venue.

Roulant au pas devant son jardinet, nous guettions avec nervosité l'affiche « À VENDRE » suspendue aux volets. En espérant qu'elle y reste le plus longtemps possible.

Jusqu'à ce que…

Nos regards se croisèrent furtivement et ça devint douloureux, comme toujours. Puis Lucie enfonça la pédale d'accélérateur, laissant derrière nous le rêve de notre vie.

2

Mercredi 4 septembre : le coup d'envoi d'une nouvelle année. La rentrée des classes eut lieu dans un brouhaha général. La plupart des élèves avaient encore les vacances dans la tête et se contentaient de suivre les autres. On devait jongler entre les plus petits, terrorisés, qui avaient besoin qu'on les guide, les plus grands qui faisaient les fiers et les parents qui avaient besoin qu'on les rassure.

Mes élèves étaient les plus grands. Ils avaient encore un an à tirer avant d'intégrer le collège.

Des liens se créaient naturellement et j'étais heureux de les retrouver au terme de deux mois de séparation. Un peu comme de tomber par hasard sur un vieil ami de fac, dix ans après s'être vus pour la dernière fois. Mes petits gars étaient super. Les meilleurs. On comptait deux ou trois trouble-fête, mais dans l'ensemble je ne me plaignais pas. Ils ne manquaient jamais de m'éblouir par leur clairvoyance. Une équipe de choc dont j'étais le fer de lance.

En entrant dans la classe, chacun retrouva ses marques. L'odeur des cartables, des cahiers, de la colle… Le genre d'atmosphère que j'avais détestée à leur âge et qui me ravissait aujourd'hui. Question de perspective, j'imagine.

Mon nom était inscrit, par principe, dans un coin du tableau : « Renaud Lovalski ». Je n'avais pas besoin de me présenter davantage à mon auditoire. Il me connaissait déjà et, de toute façon, on ne comptait jamais de nouvel élève. Dans la petite école de Dourgne, comme dans le village, nous vivions entre nous, nous restions entre nous, nous buvions entre nous. Du point de vue des anciens, tout étranger n'était pas le bienvenu jusqu'à ce qu'il se soit complètement, totalement et spirituellement intégré à la communauté.

Campé sur l'estrade devant le tableau vert, je décidai d'entrer dans le vif du sujet avec un classique du genre.

— J'aimerais que vous mettiez à contribution vos talents d'écrivains.

Je n'eus pas l'occasion de développer, des rires fusaient déjà. Je devinais pourtant, dans les yeux de quelques-uns, l'éclat qui me poussait encore à croire en ce que je faisais.

— Je voudrais que vous racontiez en cinq pages comment vous avez passé vos vacances.

Mon enthousiasme, que je pensais communicatif, se solda par une vague de protestations. On soufflait, on s'agaçait, on jetait des regards nostalgiques par la fenêtre. Le temps était splendide et on aurait préféré les revivre, ces vacances, plutôt que les coucher sur le papier.

Je levai une main dans l'intention de calmer les esprits.

— C'est le moment d'être créatif. Montrez-moi ce que

vous savez faire.

— On peut inventer une histoire ? intervint Bruno, le petit rondouillard du fond de la classe.

Les autres commencèrent à montrer des signes d'intérêt que je réfrénai aussitôt.

— Rien qui ne soit pas vrai. Je ne veux pas du Stephen King ni du Harry Potter. Je veux connaitre les évènements marquants de votre été. Si vous avez voyagé par exemple, ou fait de nouvelles rencontres. Peut-être avez-vous vécu des aventures extraordinaires… Mais vraies.

— J'ai passé la moitié de l'été chez ma grand-mère, renchérit Bruno, est-ce que ça compte pour une aventure extraordinaire ?

Ses camarades s'esclaffèrent. Tous sauf un : Valentin, à l'extrémité droite, n'avait pas décroché un mot, l'air de débarquer d'un autre monde.

— Eh bien, puisque tu évoques ce sujet, Bruno, tu écriras ton texte sur les meilleurs moments vécus cet été avec ta grand-mère.

L'intéressé fit mine de mourir, écrasant son visage contre la table devant lui.

— Pour les autres, que vous ayez passé votre temps chez mamie, en colonie de vacances ou encore à la mer, à vrai dire je m'en moque. Tout ce que je veux c'est du réel. Pas de zombies, pas de monstres tués à coups de lance-pierre, pas de petits hommes verts qui vous auraient enlevés et emmenés sur une planète lointaine, ni de trésor découvert au fond du jardin avec l'aide du Scooby Gang. Je veux cinq pages, pas moins, pas plus. Et pour les petits malins qui manqueraient d'inspiration, n'allez pas recopier bêtement une histoire trouvée sur Internet. Je vous préviens : j'irai vérifier.

***

Il prenait ses aises derrière son bureau mais semblait contrarié. Son raclement de gorge confirma mon impression.

Vicar replaça ses lunettes sur son nez et consulta sa montre.

— Elle est en retard.

— Qui ?

— La remplaçante de Clarisse. Elle devrait être là depuis déjà dix bonnes minutes. Si elle voulait faire bonne impression, c'est râpé.

— Elle rencontre peut-être certains ennuis pour arriver jusqu'ici.

Vicar ricana.

— Des ennuis ? Si tu parles des aléas du trafic, tu confonds sûrement avec le centre-ville de Toulouse.

J'étais debout, bras croisés, adossé à la fenêtre de son bureau climatisé. J'aurais dû déjà être sur la route, filant à travers les champs de colza pour rejoindre mon appartement et ma femme. Seulement Vicar en avait décidé autrement. La coutume exigeait que nous accueillions dignement la nouvelle enseignante.

Alors je dégainai mon portable et composai un texto à ma femme :

Serai en retard. M'attends pas pour dîner. Espère te voir ce soir.

Envoi.

Lucie exerçait un emploi de nuit. Entre le moment où je regagnais notre appartement et celui où elle partait travailler, deux heures seulement nous étaient consacrées. Chaque minute perdue ici m'irritait terriblement.

— Tu serais capable de garder une info ? lança Vicar de but en blanc.

— Tout dépend de ce que tu me donnes en échange.

— J'ai eu Clarisse au téléphone, annonça-t-il sans sourire. Elle devrait revenir dans une quinzaine de jours maximum, peut-être même avant la fin de son arrêt thérapeutique, avec l'accord du médecin. Pour tout te dire, je pense qu'elle n'est pas totalement remise sur pieds. Ce qui est compréhensible. Mais qu'elle ait décidé, de sa propre initiative, d'organiser les funérailles de Lorenzo, c'est plutôt bon signe. Elle commence à tourner la page, je crois.

J'opinai du chef.

— Merci de me l'avoir dit.

— Ce n'est pas encore officiel, précisa-t-il, ça doit rester entre nous.

— Pas de problème.

Je m'apprêtais à demander des précisions quand la

porte s'ouvrit derrière moi. Et le visage de Vicar s'illumina subitement. Connaissant l'énergumène, deux faits évidents pouvaient être relevés : d'abord, la remplaçante venait d'entrer dans la pièce ; ensuite, au vu de l'éclat dans les yeux du directeur, elle devait être particulièrement à son goût.

Vicar bondit joyeusement, lui souhaita la bienvenue en y mettant les formes et la conduisit à sa chaise. Il faisait preuve d'une courtoisie étonnante.

La nouvelle croisa les jambes, l'air désinvolte. Elle se présenta : Marie-Line Roard, 28 ans. Des cheveux blonds rassemblés en chignon, des yeux couleur noisette, des fossettes qui se creusaient quand elle souriait. Justement, Vicar venait de la faire sourire.

La demoiselle ne s'excusait pas pour son retard et ne semblait pas s'en préoccuper. Vicar non plus, d'ailleurs.

— Je vous présente Renaud, dit-il, flottant sur son petit nuage. Il s'occupe des grandes sections.

Marie-Line m'offrit un sourire époustouflant et, mince… Je crois bien que j'étais en train de le lui rendre. Ce qui me poussa à lâcher une plaisanterie plutôt maladroite :

— Vous pourriez bien vous y plaire, ici. Tout dépend de la sauce à laquelle vous voulez être mangée.

Ma remarque tomba lourdement à l'eau, ce qui ne fut pas pour me surprendre. J'avais toujours été exécrable en réparties improvisées. La jeune femme me dévisageait avec insistance, replaçant méthodiquement une mèche de cheveux derrière son oreille.

Vicar se réappropria vite l'attention en toussotant.

— Je te libère, Renaud, va donc retrouver ta femme.

Avec cette phrase très à propos, Vicar avait pu faire passer, mine de rien, deux informations capitales.

C'est lui qui dirigeait.

J'étais marié.

***

Le salon de notre appartement baignait dans une clarté mordorée. Les jours ne trainaient pas, laissaient volontiers la nuit les submerger de plus en plus tôt.

Nous vivions à la campagne, mais la présence de Toulouse à proximité avait attiré une large population, des trentenaires pour la plupart, contribuant à l'apparition de nombreuses résidences au style résolument moderne. En somme, des barres de béton grisâtres avaient proliféré d'une façon inquiétante dans ce cadre bucolique. Le pied-à-terre idéal pour les familles recherchant le compromis entre la sérénité de la campagne et l'activité industrielle de la ville.

Lucie s'était réveillée quatre heures plus tôt et n'avait pas voulu dîner sans moi. Nous mangions sur la table du salon, près de la baie vitrée. La télévision allumée, le son coupé. Un flot d'images hétéroclites se déversait pour le journal : la guerre faisait rage au Moyen-Orient, un attentat terroriste s'était déclaré en Italie, une fusillade venait d'éclater dans une université de Floride. La mort étendait son royaume en claironnant la fragilité de la vie.

Les mauvaises nouvelles glissaient sur ma conscience comme un courant d'eau sur des rochers : elles n'érodaient mon humeur qu'avec le temps. Un trait de caractère hérité logiquement de ma mère.

Tandis que je me bagarrais avec mes spaghettis, Lucie plongeait sa tartine de confiture dans un grand bol de chocolat chaud. Elle s'était déjà préparée et s'apprêtait à rejoindre l'imprimerie où elle travaillait de 21h à 6h du matin.

On aurait cru assister à la rencontre quotidienne entre un animal diurne et un oiseau de nuit. L'impression que chacun était issu d'un monde différent. Que ces deux heures, durant lesquelles nous pouvions être ensemble, représentaient la croisée de ces deux mondes. Deux univers qui s'entrechoquaient régulièrement, pour le meilleur et pour le pire. Une fusion de galaxies, un clash intergalactique.

— J'ai encore fait le même rêve, marmonna Lucie en fixant le fond de son bol.

Ma fourchette resta suspendue au-dessus de mon assiette, devinant ce qui allait suivre : la même litanie, avec du grain dans les rouages.

— Je mettais au monde un garçon, reprit-elle. Il était tellement beau. Il avait tes yeux. On le posait sur ma poitrine. Il pleurait, mais ce n'était pas grave, parce que ça voulait dire qu'il était bien vivant. Qu'il était là. Je pouvais sentir les battements de son cœur contre moi…

Elle marqua une pause et releva les yeux, en proie à une lutte intérieure.

— Il était vraiment là, tu comprends ? C'était si réaliste. Ça ne pouvait pas être un rêve, c'était forcément la réalité… Pourtant, je me suis réveillée… Et pendant une seconde – une seconde à peine – tu sais, cette confusion au réveil… J'ai su que le bébé était près de moi. Je pouvais l'entendre respirer… J'ai même cru qu'on avait enfin déménagé, tu te rends compte ? Et puis cette sensation s'est évaporée. C'est énervant, je n'arrive jamais à la retenir, soupira-t-elle.

— Ça t'a fait mal…

— Ça m'a fait très mal, oui.

Je reposai ma fourchette, me penchai au-dessus de la table et l'attrapai par le cou pour la serrer contre moi. De la bolognaise imprégna ma chemise.

Lucie sanglota un moment, sa tartine dans la main.

Et puis, entre deux hoquets, elle prononça des mots déchirants :

— Je ne sais pas si c'est à cause de moi… Peut-être, j'en sais rien… Mon ventre ne doit pas être assez accueillant, quelque chose comme ça… Un peu comme une graine qui n'arrive pas à pousser parce que le sol est trop sec, ou trop acide.

— Ne dis pas de bêtise. Ce n'est pas de ta faute.

Elle abandonna enfin sa tartine pour me rendre mon étreinte.

— Promets-moi que tu resteras avec moi malgré tout, chuchota-t-elle.

— Tu sais bien je suis perdu sans toi. Je ne sais même pas cuisiner. Je serais mort de faim dès la première semaine. Et probablement dévoré par des rapaces la deuxième.

En s'écartant l'un de l'autre, je remarquai que j'avais pu lui dessiner un mince sourire. Mais un sourire triste.

— Il doit y avoir quelqu'un qui décide de tout ça, proposa-t-elle. Quelqu'un qui permet à certains d'avoir un bébé et qui l'interdit à d'autres.

— Tu penses à qui… Dieu ?

Elle observait la nuit par la baie vitrée. La voute criblée d'étoiles appelait à la méditation, aux confidences.

— Je ne sais pas… Pas nécessairement. Mais s'il y a effectivement quelqu'un aux commandes, j'aimerais qu'il m'explique sa façon de voir les choses. Il doit vraiment nous détester !

Elle désigna mon ventre : la tâche de sauce tomate s'élargissait en même temps que son sourire.

— C'était ta chemise préférée…

Son rire éclata, pur comme le cristal, en une sorte de spasme qu'elle n'était pas capable de retenir. Libérateur.

Elle ne pouvait plus s'arrêter et moi non plus.

3

Le loup et le papillon.

Il faisait nuit.

J'ai entendu les rugissements du loup. Je pouvais voir ses yeux briller dans l'obscurité.

L'homme, lui, ne voyait pas le loup. Mais le loup est apparu et alors il l'a vu. Et moi aussi je l'ai vu.

Il avait une tête énorme et des crocs effrayants et des yeux ronds et brillants. Et l'homme a hurlé quand le loup s'est jeté sur lui.

L'homme a essayé de le repousser, mais la bête était trop forte. Elle a enfoncé ses crocs dans la peau de l'homme et alors l'homme a arrêté de crier.

L'homme est tombé et il est mort. Il y avait du sang sur lui et sur les crocs du loup.

Il y avait du sang partout.

Le papillon a tout vu.

Le papillon était là, tout le temps, sans rien dire. Sans rien faire. Le papillon a regardé.

C'est là que le papillon et le loup m'ont vu, alors le loup a grogné, montrant ses crocs.

4

Je distribuais leurs copies corrigées à mes élèves, déplorant une vérité toute authentique : leur écriture était conditionnée, formatée par leur habitude d'abuser des textos pour communiquer.

J'avais le sentiment que les enfants d'aujourd'hui, pourtant si jeunes, groupe au sein duquel la non possession d'un téléphone portable était considérée comme critère de non-conformité, s'empressaient de jeter la langue française à la poubelle pour aller au plus simple. Les mots étaient tronqués, déformés, oubliés. Certains élèves étaient persuadés que « lol » était un mot à part entière.

On cliquait plus vite qu'on respirait. Les informations importantes apparaissaient en surbrillance. L'esprit humain était devenu fainéant. Alors pourquoi nos enfants s'embarrasseraient-ils à employer des formules classiques – sujet, verbe, complément – quand ils pouvaient s'exprimer autrement et sans effort ? Surtout sans effort.

— Merci d'écrire le mot *désolé* en toutes lettres, et pas « dsl ». *J'espère* ne s'écrit pas « jspr ». Vous avez oublié l'existence de ces gros livres lourds et épais qu'on appelle *dictionnaires*. Mais la palme d'or revient à Bruno, évidemment, qui considère que la meilleure description de la joie se traduit par un simple smiley.

— Merci monsieur, fit le garçon en prenant sa copie.

— Pour les autres, j'ai trouvé vos devoirs… pas mal. Vous avez respecté les cinq pages demandées, surtout toi, Flavien, dont chaque lettre mesure au moins deux mètres d'envergure.

Éclat de rire général.

— C'est pas possible, monsieur ! s'écria Bruno depuis le fond de la classe. Des lettres aussi grosses, elles pourraient pas contenir dans la page !

Le public était chaud bouillant, le comique de service n'était pas peu fier.

— Merci pour ton analyse, Bruno.

— De rien, m'sieur !

Il me restait un dernier devoir en main, une feuille simple et inoffensive dont j'ignorais encore les effets à venir. Quand je remis sa copie au petit Valentin, il ne parut pas me capter de suite.

— Valentin ?

Il cligna des yeux, émergeant doucement de sa rêverie, puis me considéra avec une confusion inhabituelle.

— Tu… te souviens de ce que j'avais dit ?

— Euh…

— Rappelle-moi quelle était la consigne.

Le garçon se mit à réfléchir en se tordant les doigts.

— Eh ben, euh… Il fallait… On devait…

— La consigne était de raconter, en cinq pages, ce que vous aviez fait pendant les dernières vacances. Tu n'as écrit qu'une seule page sur une histoire absolument surréaliste. Tu resteras à ta place pendant la récréation, j'aimerais qu'on parle.

***

J'approchai une chaise et la retournai, m'asseyant à califourchon, les bras croisés sur le dossier. Le garçon fixait sa trousse d'un air bougon.

— C'est pas juste, m'sieur…

— Quoi donc ?

— Je dois rester en classe, alors que les autres, ben ils vont à la récré.

— Tu pourras sortir plus tard.

Il me fusilla du regard, j'esquissai un mouvement de recul. Je n'avais jamais vu une telle expression sur son visage. Valentin Denouraud avait toujours été un bon élève – pas excellent, mais aux résultats très honorables. Son comportement s'était avéré irréprochable toutes ces années. Obéissant, studieux, sérieux. Pas un mot plus haut que l'autre.

Rieur, aussi. Souriant, lumineux. L'élève que j'avais devant moi ne ressemblait pas à celui que j'avais pu côtoyer auparavant.

— Tu comprends pourquoi je te retiens en classe ?

Il secoua la tête.

— Valentin, ne fais pas l'idiot.

Le garçon fronça les sourcils une demi-seconde. Son expression dérapa sur une moue de colère.

— Vous avez pas le droit de me traiter d'idiot !

— Tu sais exactement ce que je veux dire, mais tu préfères jouer les ignorants. Je te connais. Ça prouve bien que je te considère comme quelqu'un d'intelligent, non ?

Il soupira, très profondément.

— C'est à cause du devoir, finit-il par admettre. À cause de ce que j'ai écrit.

— Voilà, je savais que tu n'étais pas idiot.

Des éclats de rire nous parvenaient depuis la cour. Valentin lorgna un moment à l'extérieur. Une partie de football battait son plein.

— Vous n'avez qu'à me donner un autre devoir à faire…

— Bien sûr. C'est toi qui décides, après tout. J'ai bien senti que ce travail ne t'avait pas passionné. Tu sais quoi : tu peux choisir le devoir que tu veux. Quelque chose qui t'intéresse, qui soit à la hauteur de tes attentes, de tes besoins. Et puis tant qu'on y est, si c'est trop fatiguant, tu pourras prendre un mois de vacances dans la foulée.

Le garçon ouvrit de grands yeux et redevint docile, comprenant qu'il s'était aventuré un poil trop loin.

— Je veux que tu écrives ce que tu as fait pendant tes

vacances. Ce que tu as *réellement* fait. Sans inventer d'histoire.

— C'est pas une histoire.

Je levai une main.

— Stop. Tu peux rejoindre tes camarades.

Le garçon me regarda ranger ma chaise d'un air implacable. Il bouillonnait intérieurement. Puis, exactement comme une soupape qui lâche, il s'éjecta et partit en courant.

Je récupérai sa copie.

***

Avant de quitter l'école, je passai la tête dans le bureau du directeur. C'était un réduit qui avait servi à l'entreposage des produits d'entretien et des fournitures, jusqu'au jour où Vicar se l'était approprié pour y faire ajouter deux fenêtres, un bureau et un fauteuil.

En grande discussion avec la remplaçante. Leurs éclats de rire s'estompèrent dès mon apparition.

— Tu tombes bien, Renaud. J'étais justement en train de parler de toi.

Marie-Line mit une main devant sa bouche et se mit à pouffer. Je ne cherchai pas à en savoir plus, inutile de perdre mon temps.

— Je dois te parler d'un élève, dis-je.

— Là tout de suite… ? s'inquiéta-t-il.

— Non, demain, si tu es disponible après les cours. Rien d'alarmant, vraiment. Juste besoin de ton opinion.

— Bien sûr, pas de problème.

Vicar adressa un clin d'œil furtif à Marie-Line. Je m'éclipsai et dévalai les escaliers jusqu'au premier niveau. Sur le point d'atteindre la cour de récréation, une voix héla mon nom. Marie-Line, qui s'approchait avec une démarche chaloupée, ses talons aiguilles claquant au rythme d'une pendule bien réglée.

— Vous avez réussi à vous enfuir ? je plaisantai en lui tenant la porte.

— En catimini. Au fait, on peut se tutoyer, non ?

Nous traversâmes la cour qui s'étendait jusqu'au portail d'enceinte. Derrière les barreaux, massés en un essaim impatient, les parents attendaient leurs rejetons. J'observai la jeune femme du coin de l'œil. Allure dynamique, coiffure travaillée, robe blanche fleurie de bleu, un sac à main passé négligemment sur l'épaule. Un brin de maquillage, très discret. Elle n'était définitivement pas du coin, cela se voyait et elle en jouait. Elle détonnait carrément dans le paysage.

Et, bizarrement, j'avais le sentiment de l'avoir déjà vue…

Un flot de gamins déchainés se jetaient dans les bras de leur mère ou de leur père. Je les enviais terriblement, les papas.

Marie-Line m'observait, me mettant mal à l'aise.

— Alors, euh… Comment s'est passée cette entrée en matière ? lui demandai-je.

— Très bien, merci. Je crois que les petits m'ont adoptée. C'est la séparation avec les parents qui est le plus difficile à gérer. Il faut savoir les écouter, les rassurer et leur dire ce qu'ils veulent entendre…

— Oui, pareil pour les enfants.

Elle éclata de rire, secoua la tête.

— Plus sérieusement, ces petits sont remarquables, tu ne trouves pas ? Ils nous étonnent chaque jour, même à cet âge.

Elle remonta délicatement la sangle de son sac sur son épaule. Ses yeux dérivèrent sur le côté avant de revenir sur moi.

— Tu veux aller boire un verre ?

Je restai muet quelques secondes, l'air idiot avec ma bouche entrouverte.

— C'est gentil mais je dois filer.

— Ah… Une autre fois alors.

— Sans faute.

Je traversai la foule en direction de ma voiture et distinguai brièvement Théodore en train de patienter à l'écart. Une fois sa fille réceptionnée, il m'adressa un signe de la main. Un court instant je repensai à son sourire le jour des funérailles.

J'accélérai le pas.

***

Quittant l'école plus tôt, je décidai de faire un détour rapide par les ruines. Délaissant la route goudronnée, j'empruntai un chemin secondaire qui grimpait le long d'un accotement boisé. J'abandonnai ma voiture à l'ombre d'un chêne centenaire et m'élançai sur un sentier sillonnant entre les épicéas, les hêtres et les châtaigniers.

J'avais dû le fouler des centaines de fois, ce sentier, pourtant j'avais toujours cette impression d'un voyage inédit. Ici, le chant des oiseaux constituait l'unique bande sonore, agrémenté des clapotis d'un ruisseau en aval.

Le sentier disparaissait progressivement, les fougères brisées et la terre tassée représentaient les seules traces visibles d'une voie encore praticable. Je continuai une dizaine de minutes pour atteindre la clairière.

L'herbe y était brûlée, cramoisie par endroits, sans la moindre parcelle d'ombre pour se préserver d'un soleil accablant. Les ronces avaient pris l'ascendant sur le reste, une souche pourrissait au milieu des fougères. Une brise agréable, salvatrice, s'engouffrait par intermittence, charriant avec elle les stridulations des cigales.

J'atteignis jalousement les derniers vestiges d'une tour de garde, dressée comme un gardien millénaire au centre de la clairière. C'était un groupement de murets qui s'organisaient en cercles concentriques, émergeant parmi les herbes hautes et les orties. Le lierre les recouvrait presque entièrement. Le mur le mieux conservé devait mesurer moins de huit mètres ; les autres ne faisaient que subsister, tels les vieillards d'un autre temps n'ayant plus que la peau sur les os, ressassant inlassablement la même histoire.

Des bouteilles de bière poussiéreuses s'amoncelaient dans un coin, depuis si longtemps qu'elles semblaient avoir fossilisé. L'emballage d'un préservatif se faisait doucement balloter par le vent.

— Putain d'ados.

Une quinzaine de marches s'engageaient le long de la paroi intérieure de la tour avec, tout en haut, un parapet qui dominait encore au gré du temps, surplombant le bois, l'étang et le village de Dourgne au loin.

C'est ici que nous nous étions embrassés pour la première fois, Lucie et moi. Nous avions dix-neuf ans quand je l'avais emmenée dans cet endroit. Hors du temps, hors du monde réel. Nous nous sentions immortels.

Assis sur la huitième marche, nous avions échangé nos sentiments l'un envers l'autre. Nous avions fait l'amour, puis parlé, longtemps. Juré, aussi, de ne jamais se quitter. Nous étions à un âge où il nous paraissait inconcevable de vivre malheureux.

Il s'était mis à pleuvoir, alors nous étions rentrés. Chacun chez soi, trempés de la tête aux pieds, malades comme des chiens. Quand mes parents m'avaient questionné, j'avais répondu que j'avais raté le bus et que j'avais dû faire la route à pieds depuis le lycée.

J'avais revu Lucie le lendemain, le nez rougi par un rhume carabiné. De son côté, elle n'avait pas réussi à trouver d'excuse assez convaincante pour ne pas que ses parents me détestent avant même de m'avoir rencontré.

Ces souvenirs me faisaient sourire. Je gravis les marches et m'assis sur la huitième, offrant à mes poumons un air imprégné de fragrances de lavande.

Je retirai une petite pierre de la paroi, découvrant une cavité dans laquelle je glissai ma main. Le cœur battant, je trouvai ce que j'étais venu chercher. Ce que je venais chercher depuis des années.

Un coffret.

Petit, en métal blanc avec nos initiales gravées dessus : un L enlacé dans la boucle d'un R. Nous avions l'habitude d'y déposer des messages à l'attention de l'autre. Des mots, des anecdotes, des traits d'humeur, d'humour. Tout ce que l'on n'avait pas le temps de se dire. Tout ce que l'on n'osait pas se dire.

D'innombrables feuillets s'éparpillaient dans la boîte, certains devenus illisibles avec le temps. Il y avait un stylo relié par une ficelle à un carnet.

Je repensai à ce que Lucie m'avait dit, la veille. Alors, juché sur les marches de la tour ancestrale, plume à la main, je me fis l'effet d'un poète romantique.

J'écrivis :

Si quelqu'un est aux commandes de tout ça, je ne crois pas qu'il nous déteste. Sinon, il n'aurait pas fait en sorte qu'on y prenne du plaisir.

5

Lucie attaquait déjà sa troisième tartine. Je l'observai engloutir son petit déjeuner avec voracité et songeai que si j'avais ignoré le problème majeur de notre couple, j'aurais pu jurer que ma femme était enceinte.

Elle me regarda d'un air un peu terne.

— Comment était ta journée ?

Après toutes ces années, j'ignorais qu'elle pouvait encore trouver de l'intérêt à me poser ce genre de question. Je décidai de partager ce qui me trottait dans la tête.

— Tu sais, le travail que j'ai donné à mes élèves, concernant leurs vacances d'été… ?

— Moui, fit-elle, la bouche pleine.

— Il y a un devoir que je trouve assez curieux.

Comme elle m'interrogeait du regard, je lui fis signe d'attendre une seconde. J'allai au portemanteau et sortis la feuille, pliée en six, de la poche de ma veste.

Je l'étalai à côté de mon assiette.

— Avant tout, tu dois savoir que la consigne était de raconter ce qu'ils ont fait. Réellement fait, je veux dire.

— D'accord.

— Ça veut dire : pas d'histoire inventée, pas d'aventure imaginaire. Tout ça, c'est hors sujet.

— J'ai compris. Et alors ?

Je lui montrai la feuille.

— Alors, pour commencer, le titre : « Le loup et le papillon. »

Lucie haussa les épaules.

— C'est plutôt joli. Ça rappelle un peu les fables de La Fontaine.

Je soupirai, agacé.

— C'est hors sujet. Complètement. Totalement. Hors de propos.

— Chéri, mon petit prof des campagnes…

— S'il te plait, ne m'appelle pas comme ça.

— Il faut que je te dise deux choses importantes : d'abord, je te taquine. C'est plus fort que moi, je n'y peux rien, surtout quand tu prends les choses trop au sérieux. Ensuite, je déteste quand tu me parles comme si j'étais une de tes élèves.

— Oh… Désolé.

Elle m'arracha la feuille des mains et lut le texte à son tour. Le relut une seconde fois.

— Énigmatique, déclara-t-elle.

— C'est tout ?

Elle plissa les yeux.

— Mystérieux. Insondable. Étrange. Euh… Obscur ?

Je récupérai la copie, la repliai et la glissai dans ma poche.

— Tu te moques de moi.

— Il faut bien que quelqu'un le fasse, dit-elle en souriant.

Je souris à mon tour. Je me rendis compte que j'attendais d'elle la réponse à une question que je n'avais pas. Qu'elle me dise que ce garçon avait beaucoup d'imagination, ou bien qu'elle me révèle le sens véritable de cette histoire.

Je réalisai qu'il n'y avait aucun sens caché. Qu'il n'y avait jamais eu dans mon métier qu'une réalité bien palpable. La routine, sans doute, m'amenait à imaginer des choses qui n'existaient que dans un recoin inexploré de mon cerveau.

— Ce qui est sûr, ajouta Lucie, c'est que ce petit a beaucoup d'imagination.

Ah, enfin.

— C'est justement ce qui m'étonne, je rétorquai. Valentin n'a jamais été très imaginatif. Bon élève, oui. Sérieux, volontaire, c'est certain. Il a toujours fait ce qu'on lui demandait de faire. Un garçon qui suit les règles, tu comprends ?

— Eh bien, peut-être que cette fois, il a voulu se démarquer des autres…

— Peut-être.

Lucie m'abandonna pour aller s'asseoir dans le salon. Elle alluma la télévision et coupa le son, la mine lugubre. Je devinai instantanément ce qui la tracassait.

Espèce d'idiot, à croire que tu le fais exprès !

Je m'enfonçai dans le canapé et passai un bras autour

de ses épaules.

— J'ai laissé un mot dans le coffret.

— C'est vrai ? J'irai le lire demain, alors.

Nous observions en silence les images qui défilaient sur l'écran de la télé, mais sans les voir réellement.

Je regrettais de lui avoir parlé de Valentin. Le simple fait d'évoquer un enfant la plongeait invariablement dans une détresse difficile à enrayer. Elle se repliait sur elle-même, se murait dans le silence.

Quand nous nous baladions et que nous avions l'infortune de croiser un petit garçon ou une petite fille ; quand les périodes de fête apportaient leurs lots de publicités familiales ; quand nous étions en compagnie d'autres couples et que nous étions le seul sans enfant, Lucie avait subitement beaucoup de mal à supporter la vie. Et je n'en menais pas large non plus.

— Je suis désolé. Je n'aurais pas dû…

— Arrête, c'est moi qui suis désolée. C'est à cause de moi, après tout.

Je la fixai bien en face.

— Qu'est-ce que tu racontes ? C'est la faute de personne, je te l'ai déjà dit. Tu te fais encore plus de mal en te mettant de telles idées dans le crâne.

Mais je sentais qu'il y avait autre chose. Une chose qu'elle brûlait de me dire.

— Il y a bien un moyen d'en être sûr, finit-elle par lâcher.

— De quoi tu parles ?

— Un test, très simple, qu'on peut réaliser avec un spécialiste. C'est un ami à moi qui me l'a recommandé, le docteur Villebarne.

— Un test de fertilité ? je soufflai. Pas question.

Lucie s'écarta de moi, réellement offensée.

— De quoi tu as peur ?

— Je n'ai pas peur, ce n'est pas ça. Écoute, on a seulement trente ans tous les deux, ce n'est pas comme si on avait déjà franchi un point de non-retour. La meilleure solution, c'est de continuer à essayer.

— Essayer ? Cela fait plus de trois ans qu'on essaye ! Trois ans, tu te rends compte ? Sans aucun résultat. Je n'en peux plus, dit-elle en plongeant son visage dans ses mains.

— Il ne faut pas perdre espoir… Je suis sûr qu'on va y arriver.

Lucie me fixa à nouveau, les yeux humides.

— Tu ne comprends pas, dit-elle, que j'ai perdu espoir depuis longtemps ?

J'esquissai un mouvement de recul. Je venais de recevoir un coup de poing dans l'estomac. Et je n'avais aucun argument à lui retourner.

— On va faire ce test, que tu le veuilles ou non.

— Tu ne peux pas m'y forcer. Et il faut être deux, pour ça, je te rappelle.

Lucie me regarda comme si j'étais le pire des enfoirés. Elle n'avait peut-être pas tort. Mais comment lui avouer que j'avais peur ? Peur de ce que les résultats pourraient révéler. Peur qu'on me dise que je ne pourrai jamais être père, parce que mon organisme ou ma physiologie ne le permettaient pas.

Parce que j'étais effrayé à l'idée qu'on m'enlève, en plus de ma virilité, les dernières bribes d'espoir qu'il me restait.

— Je dois me préparer, trancha-t-elle en fonçant vers la salle de bain, claquant la porte derrière elle.

Elle ne m'adresserait plus la parole jusqu'au lendemain.

L'écran de télévision dépeignait un reportage sur les enfants soldats au Congo. Le monde partait en vrille et je m'accrochais désespérément à lui. J'avais le tournis.

Mon téléphone portable se manifesta juste à temps pour me sortir de ma torpeur : un texto de Théodore m'ordonnait d'aller boire une bière avec lui.

***

Le Petit Mousquet était le café le plus apprécié de Dourgne. Il faut dire qu'il était aussi le seul café de Dourgne. Épicentre dynamique du village et des alentours, il constituait le cœur palpitant qui alimentait rumeurs et commérages. Construit lors du début du siècle précédant le siècle dernier, pris en tenaille entre l'épicerie et le bureau de Poste, le Petit Mousquet semblait avoir été le premier bâtiment érigé, autour duquel s'était ensuite organisée la commune.

Je poussai le battant vitré et retrouvai Théodore au comptoir, juché sur un tabouret, en grande conversation avec le barman. Il riait sans discrétion, fidèle à lui-même. L'autre lui demanda ce qu'il trouvait si drôle.

— Hormis l'alcool, répondit mon meilleur ami, ce qui me fait marrer, c'est toutes les hypothèses différentes que j'entends, même après que l'enquête a été bouclée… Tiens, salut Renaud.

— Salut, dis-je en prenant le tabouret voisin. La même chose que lui, s'il te plait.

Étienne traina sa frêle carcasse jusqu'à la tireuse, remplit un verre en le coiffant de la quantité de mousse idéale et revint vers nous.

— N'empêche, dit ce dernier en glissant un sous-verre sous ma pinte, qu'elle n'est pas si bête, mon hypothèse.

Théodore lâcha un aboiement.

— Sans déconner ! Partage-la donc avec mon ami, ici présent.

— Pas de problème.

— Dis-lui ce que tu m'as dit.

— Mais avec joie.

Étienne s'éclaircit la gorge puis, essuyant un verre d'un geste machinal, il déclara :

— Je pense que Lorenzo est mort en conduisant.

— Non ! s'écria Théodore en le pointant du doigt. Répète *exactement* ce que tu m'as dit.

Étienne s'acharnait sur son verre avec ardeur ; il n'aura

jamais été aussi propre.

— Eh bien… En fait, je pense qu'il a été victime d'une combustion spontanée.

Spontanée, je répétai mentalement.

Théodore manqua de s'étouffer tellement il riait. Ses épaules tressautaient comme un marteau-piqueur. Une douzaine de paires d'yeux se braquèrent sur nous, je dissimulai mon embarras derrière mon verre.

Le barman fulminait.

— Si je dis ça, c'est parce que c'est déjà arrivé à quelqu'un que je connaissais, pardi ! Il était en train de regarder un film, tranquille, sans rien demander à personne, quand il a pris feu comme ça, tout d'un coup, *pouf !* en plein milieu de la salle de cinéma. On n'a retrouvé qu'un tas de cendres sur le siège. Faut pas rigoler avec ces histoires.

— Non mais t'entends ça ? J'espère au moins qu'on lui a remboursé sa place ! lança Théodore en se tournant vers une assemblée hilare.

J'observais mon ami avec une certaine confusion. En dépit du drame qui s'était joué, impliquant directement sa sœur, Théodore ne paraissait pas avoir conservé la moindre blessure, le moindre ressentiment. Un roc. Il semblait avoir étouffé les évènements sous un voile épais, ainsi que les souvenirs qui allaient avec. Je songeai qu'il devait s'agir d'un moyen comme un autre de se protéger.

Je sautai du tabouret et me glissai sur la banquette au fond de la salle, où se trouvait déjà une fillette de huit ans.

— Bonsoir, Chloé.

Elle décolla son visage de son cahier de coloriage et me sourit.

— 'Soir monsieur.

— Tu sais, même si c'est « Monsieur » à l'école, ailleurs tu peux m'appeler Renaud.

Chloé hocha la tête, battant la cadence avec ses jambes, puis retourna à son coloriage. Elle s'appliquait à rendre une vache bleue.

— Ce n'est pas bleue, une vache. Ça peut être marron, blanc, ou même noir. Mais des vaches bleues, moi, je n'en ai jamais vu. Et toi ?

— Non, mais j'ai pas d'autres couleurs.

Je lui ébouriffai les cheveux.

— Tu sais ce que tu devrais faire, alors ? Tu devrais demander à ton père de t'offrir des nouveaux feutres, je proposai en désignant Théodore accoudé au bar. (Je me penchai et chuchotai à son oreille :) tu devrais aussi lui dire que tu ne tiens pas à venir dans un endroit pareil, que ce n'est pas fait pour les petites filles et que tu préfères regarder les dessins animés à la télé.

Chloé plaqua ses mains devant sa bouche et pouffa de rire. Théo nous rejoignit soudain, comme si son instinct paternel s'était brusquement aiguisé.

— Tu veux un autre Coca ? demanda-t-il à sa fille, qui secoua la tête.

Il s'engouffra à son tour sur la banquette et hissa la

fillette sur ses genoux. Il avisa un instant le dessin qu'elle était en train d'exécuter.

— Ma petite puce a le gène de l'artiste, ça fait pas un pli. Sa mère était comme ça, c'est elle qui a dû le lui transmettre.

— Je ne vois pas de qui ça pourrait venir, autrement.

Théodore sourit.

— Comment tu vas ?

— Eh ben… (J'observai la mousse qui crépitait sur le rebord de ma pinte en imaginant être un peu comme elle : éphémère) Ça va.

— Et avec ta femme ?

Je bus une gorgée et m'essuyai les lèvres du revers de la main. Puis je m'éclaircis la gorge.

— Elle veut qu'on fasse un test de…

Je m'interrompis, réalisant que Chloé se trouvait en plein dans notre sphère de discussion. Je lançai un regard à mon ami qui plaqua ses mains sur les oreilles de sa fille.

— De toute façon, avec tout ce qui se dit ici, tu peux être sûr qu'elle est immunisée.

— Ouais, ben je préfère qu'elle ne soit pas au courant de mes petits problèmes de couple, si tu vois ce que je veux dire. Lucie veut m'emmener chez un spécialiste – un ami à elle, parait-il – pour qu'on fasse un de ces tests de fertilité.

— Et alors ?

— Alors, c'est une idée qui ne m'emballe pas du tout.

Théo libéra les oreilles de sa fille.

— Je vois. C'est pas forcément mes oignons, mais

puisque tu m'en parles, c'est que tu as besoin de mon avis. Et tu sais quoi ? Je pense que c'est une bonne idée.

— Lucie n'a pas perdu de temps pour te graisser la patte. J'aurais dû m'en douter. Traitre. Faux-frère.

Il éclata de rire.

— Non, attends. Je te dis juste ce que j'en pense. (Il se pencha de mon côté.) Enfin merde, Renaud, depuis quand ça dure ? Et combien de temps ça va encore durer ? Affronte ça comme un homme !

— C'est facile pour toi de dire ça, tu as la chance d'avoir une fille magnifique.

— Et toi, tu as la chance d'avoir ta femme en vie.

Je me réfugiai dans le fond de mon verre.

— Excuse-moi !

— Y'a pas de mal, je sais que tu traverses des moments difficiles.

Je me contentai de hausser les épaules.

Une dispute éclata autour de la table de billard. Quelques insultes fusèrent, avant que le barman n'intervienne pour calmer les esprits échauffés et offre dans la foulée sa tournée d'anisé. La fillette parut moins perturbée que moi par l'incident. Elle lança un regard morne autour d'elle avant de se replonger dans son œuvre.

— Et toi, Théo, comment tu vas ? C'est vrai quoi, je me demande comment tu fais pour supporter tous les ragots qui trainent dans l'air depuis… le drame.

— C'est drôle, dit-il, les gens ont tendance à parler d'accident. Comme si c'était arrivé par hasard. Comme si c'était genre « pas de chance ». Moi, j'appelle ça le revers du destin.

Ne souhaitant pas le contrarier après le nombre de pintes qu'il avait englouties, je me contentai d'acquiescer. Et de demander :

— Comment elle se sent ?

— Clarisse ? Elle se remet tout doucement. Le problème c'est que dans un coin de son esprit, Lorenzo est toujours vivant, quelque part. J'essaie de lui faire comprendre que l'espoir n'est plus permis. Que c'est un espoir dangereux. À part ça, elle a l'air plutôt bien, ce que je trouve admirable. C'est une battante, tu la connais.

— C'est vrai.

— Tu devrais l'appeler, un de ces jours.

— Je le ferai. Elle nous manque, à l'école. Elle manque aux élèves. C'est une enseignante formidable et une psy remarquable.

— Appelle-la pour lui dire tout ça.

Je me rendais compte que je n'avais pas parlé à Clarisse depuis la disparition de Lorenzo. Par respect, pudeur, ou simplement par lâcheté ? Tellement de raisons qui n'en étaient pas. Je n'avais pas été présent quand elle avait eu le plus besoin de moi.

Je me sentais minable.

— Une sacrée histoire, pas vrai ? renchérit Théodore en levant son verre. Comme quoi, il y a une justice dans ce monde.

6

J'effaçai le tableau d'un coup de chiffon expérimenté et surpris Bruno le visage collé à la fenêtre.

— C'est par ici que ça se passe. Tu viens de gagner un exercice à faire ce weekend.

— Allez, m'sieur, soyez cool !

— Je serai cool avec toi quand tu seras cool avec moi. Ne m'oblige pas à te coller trente lignes supplémentaires.

— C'est pas juste, protesta-t-il, Valentin aussi il regarde par la fenêtre !

Mon regard glissa vers l'intéressé : Valentin avait le menton posé dans la paume de la main et les yeux rivés à l'extérieur, sans réaliser qu'il était soudain devenu le centre des attentions.

— Valentin ?

Le garçon ne réagit pas, captif de son univers à des années-lumière du nôtre.

— Valentin !

Il sursauta, tourna la tête vers moi, surpris, regarda autour de lui comme tous ses camarades s'esclaffaient.

— Val, il a le cul sur terre et la tête dans les étoiles !

scandait Bruno par-dessus le brouhaha général.

— Silence. Valentin, tu resteras à ta place pendant la récréation.

Je remarquai la mine réjouie de Bruno.

— Quant à toi, petit malin, tes trente lignes viennent de se transformer en soixante.

***

Le brouhaha de la cour de récréation nous parvenait en sourdine. Je m'assis de façon à avoir le garçon bien en face, afin de passer au crible chacune de ses réactions.

— Tu as fait ce que je t'ai demandé ?

Pas de réponse. Sa trousse semblait être l'élément le plus important de son univers.

— Est-ce que tu as refait le devoir ?

Valentin secoua la tête.

— D'accord. Et on peut savoir pourquoi ?

La bouche de l'enfant se réduisit à un mince sillon dont les bordures blanchissaient.

— Regarde-moi, s'il te plait.

Il obéit enfin, soutenant mon regard quelques secondes avant de baisser les yeux.

Il m'arrivait régulièrement de souhaiter pouvoir poser ma main sur l'épaule de mes élèves, de les réconforter d'un simple contact physique. Mais l'époque voulait que le moindre geste venant du professeur vers l'enfant vît sa signification salie, son sens originel déformé. D'ailleurs, Vicar avait toujours été clair à ce sujet : ne jamais interagir physiquement avec l'élève. Et d'ajouter : même si c'est le comportement le plus humain qui soit.

— Je veux pas refaire le devoir. Je l'ai déjà fait une fois.

— Je ne suis pas d'accord. Un devoir est réellement terminé quand la consigne a été respectée.

— Je l'ai respectée.

Parfois, aussi, il m'arrivait de ressentir ce besoin irrépressible de prendre l'élève par les épaules pour le secouer comme un prunier.

— Tu te fiches de moi ?

— Non.

— J'avais bien précisé que tu devais écrire ce que tu as fait pendant tes vacances. Pas le film que tu as vu la veille à la télé, ou ce que tu as lu dans une BD.

— Je sais, rétorqua-t-il en me fixant. J'avais compris.

— Ah bon ? Attends voir... (Je dépliai la feuille et la parcourus minutieusement.) Tu racontes que tu as vu un loup. Non, pardon, tu as d'abord vu ses yeux, c'est bien ça ? Tu as vu les yeux du loup et ensuite tu as vu le loup.

Je m'arrêtai pour observer le garçon par-dessus la feuille : prostré dans la même attitude de défense.

Je continuai :

— Le loup grognait, puis il s'est jeté sur quelqu'un. Sur un homme. Pour le tuer. Du moins, c'est ce que je comprends. Elle est plutôt violente, ton histoire. J'ignorais que tu avais ce genre d'idées dans la tête.

Sa respiration s'amplifiait, ses mâchoires se crispaient.

— Et toi, tu étais où ? je demandai en me penchant sur lui. Tu étais où, quand ça s'est passé ? Parce que, franchement, je commence à avoir peur. Il faut prévenir les gens, tu ne crois pas ? Les autorités, aussi ! Tu te rends compte, il y a un loup dans les parages !

Le garçon tressaillit. C'était ce que j'avais espéré : le faire réagir.

Je renchéris :

— Il y a du sang... Un peu partout... C'est ce que tu as écrit. Donc là, le monsieur est vraiment mort, j'imagine. En même temps, une attaque de loup, ça ne pardonne pas. C'est là que le loup t'a vu.

— Oui, il m'a vu, souffla-t-il d'une voix à peine audible. Il m'a vu...

Valentin était sur le point de craquer. J'avais ouvert la faille qu'il s'était efforcé de camoufler.

Je décidai de couper court à son calvaire.

— C'est bon, on arrête là. Allez, calme-toi, va t'amuser avec tes copains. On en reparlera une autre fois.

Le garçon se frottait les yeux. Sa carapace avait failli exploser. Tandis que je rangeais ma chaise, il décampa comme une bourrasque. Je remis la feuille dans ma poche et m'approchai de la fenêtre avec précaution.

Dans la cour, les garçons disputaient une partie de football d'un côté. De l'autre, les filles s'étaient rassemblées en essaims bruyants pour comparer leurs téléphones portables.

Valentin progressait lentement à travers cette agitation, les mains dans les poches. Il contourna méthodiquement un groupe de garçons et se coula en direction d'un banc à l'écart.

J'avais le souvenir d'un enfant qui était toujours au centre des parties de foot. Qui n'hésitait pas à lancer l'idée d'un nouveau jeu à ses camarades. Qui n'était pas avare en formules de politesse envers ses professeurs.

Comment avait-il pu changer à ce point, en seulement deux mois ?

Au centre de la cour, Marie-Line et Vicar étaient aux aguets, prêt à intervenir sur la moindre altercation. Le directeur ressemblait à un mirador au milieu d'un centre de détention. Se penchant sur le côté, il confia quelque chose à la jeune femme qui éclata de rire.

Sacré Vicar…

Marie-Line finit par me remarquer, m'adressant un large sourire. Je mis de côté cette impression gênante de jouer les voyeurs et esquissai un geste fébrile de la main.

Son sourire s'éternisa.

***

Au moment où je fis irruption dans son bureau, le directeur était plongé dans l'étude du dernier bulletin officiel de l'Éducation Nationale.

— Je ferme la porte ?

Vicar fit un geste évasif.

— Tu tombes à pic, dit-il en soupirant. J'allais mettre le feu à ce torchon et me rendre au ministère pour commettre un attentat.

— Je ferme la porte alors, ce sera plus prudent.

— Ces ministres, ils m'amusent beaucoup. Ils ne se rendent pas compte de l'insuffisance de nos moyens pédagogiques, ni des temps de classe trop serrés pour balayer le programme dans son ensemble. Ils parlent d'ajouter une matière supplémentaire !

— Vraiment ? dis-je en m'asseyant.

— La morale, articula-t-il sur un ton pompeux. Comme si le fait de réintroduire les principes éducatifs du siècle dernier allait mettre du plomb dans la cervelle de nos chères têtes blondes.

J'acquiesçai avec dépit, puis plaisantai :

— On devrait plutôt intégrer la formation à l'utilisation du téléphone portable.

— Pas besoin, ils excellent tous dans ce domaine ! Tu voulais me parler ?

— Oui, à propos de Valentin. J'ai l'impression que…

La porte s'ouvrit derrière moi. Le visage du directeur s'éclaira. Je n'avais pas besoin de me retourner.

— Bon weekend ! lança Marie-Line dans mon dos.

— Oui, passez un excellent weekend, roucoula Vicar.

Profitez-en pour reprendre des forces, d'accord ?

— Entendu !

— Bon weekend, dis-je en me tordant le cou.

Marie-Line s'attarda sur moi.

— Ma proposition tient toujours.

Je restai muet quelques secondes, me parant une nouvelle fois de mon expression ahurie.

— Euh, je vais y réfléchir.

— Pas trop longtemps, alors.

Elle disparut, légère comme une brise, faisant entendre ses talons dans le couloir.

Vicar me dévisageait de travers.

— C'est quoi, sa « proposition » ?

— Bah, rien d'important, je répondis en éludant d'un geste de la main.

Le directeur s'enfonça dans son siège, les mains entrelacées.

— Tu sais, j'ai comme l'impression que la petite nouvelle, là... Comment dire... Je crois que je lui ai tapé dans l'œil.

— Ah oui ?

— Juste une impression, tu sais... Le pif, mon ami, le pif. Et entre nous, je ne vais pas m'en plaindre ! Alors, quel est le problème avec Valentin ?

Je pris moins de cinq minutes à lui expliquer la situation. Vicar conclut :

— Convoque ses parents. Discute avec eux pour savoir

ce qu'ils en pensent. S'ils ont noté des changements dans son attitude. Problème familial ? Décès d'un proche ? Il y a toujours une explication derrière le comportement de nos enfants.

7

J'abandonnai ma Clio sous le grand chêne et m'enfonçai dans les bois de la Montagne Noire. Les ruines m'attendaient, majestueuses, atemporelles. Je grimpai sur la huitième marche de la tour, descellai la pierre de la paroi et ouvris le coffret en métal blanc.

Un mot laissé par Lucie :

Reviens vite, tu me manques.

Je souriais, songeur. Notre dispute de la veille ne semblait pas avoir laissé de trace. Je jetai le bout de papier parmi les autres, refermai le coffret qui retrouva sa place dans la fraicheur de la pierre.

Je me hissai ensuite sur la marche la plus haute. La vue était imprenable. J'apercevais l'étang en contrebas, niché dans une alcôve végétale. En bordure, une vieille barque à l'agonie émergeait avec peine de la vase. Une épave qui aurait pu appartenir à un poète du siècle passé, un artiste en quête de solitude, déroulant des vers à la mémoire d'un amour perdu et qui, de dépit, aurait percé la coque et laissé les flots la submerger lentement.

C'était ce que j'avais trouvé de mieux pour adoucir la vérité.

Car la vérité était tout autre : cctte barque avait appartenu à mon père et il s'en était servi pour essayer de me noyer, alors que j'avais six ans. Précisément en perçant la coque. Je le voyais encore jubiler, l'esprit à la dérive.

À cet âge, je n'avais pas encore appris à nager. Je dois mon salut au seul fait que mon père a retrouvé sa lucidité avant qu'il ne soit trop tard. La barque s'enfonçait déjà dans la vase quand il me ramenait sur la grève, se confondant en excuses pathétiques.

Cette crise, plus grave que les autres, l'avait convaincu d'aller consulter. Il s'était fait admettre dans un établissement spécialisé et n'en était jamais ressorti.

J'enlevai une autre pierre de la paroi et plongeai ma main dans la cavité – celle-ci connue de moi seul – pour en retirer un paquet de cigarettes et un briquet Zippo. Le briquet appartenait à mon père qui l'avait lui-même hérité de son père, qui l'avait subtilisé à un soldat américain à la fin de la Seconde Guerre mondiale. La réserve d'essence s'épuisait vite et la charnière du capuchon avait été changée une bonne dizaine de fois. Malgré tout, il fonctionnait encore parfaitement.

Une inscription sur le paquet de cigarettes avait tendance à me toucher particulièrement : *Fumer peut rendre stérile.* Ce qui ne m'empêcha pas de jeter, quelques minutes plus tard, un mégot bien entamé. Je me livrai ensuite à un rituel très précis : debout au sommet de la tour, je quittai ma chemise, la brandis à bout de bras et l'agitai pour en chasser l'odeur de tabac. Je me donnai l'impression de jouer un indien qui envoie des signaux de fumée.

Je descendis les marches en me reboutonnant et retrouvai le sentier vers de ma voiture.

Filant à vive allure, les vitres ouvertes pour me débarrasser de l'odeur de mon méfait, je passai devant la maison aux colombages apparents. Celle que l'on scrutait régulièrement, ma femme et moi. Celle qui représentait les plus belles couleurs de notre avenir.

La plaquette « À VENDRE » avait disparu de la façade, remplacée par « VENDU ».

***

Nue, enveloppée dans la couverture, elle me faisait penser à un nem tout chaud. À croquer.

Ç'avait toujours été comme ça avec Lucie : après une dispute, on réglait nos comptes sur l'oreiller. Je me souvenais d'une époque où je provoquais délibérément les disputes, juste pour goûter davantage à sa peau en fusion.

Au début de notre relation, à l'instar de tout jeune couple, nous faisions l'amour dès que l'envie se faisait ressentir. C'est-à-dire tout le temps. Partout. La moindre occasion était la bonne. À peine cachés. À peine conscients du monde qui nous entourait.

J'avais rapidement trouvé mon poste d'enseignant. Ma femme avait passé deux années consécutives à écumer les petits boulots en intérim ou à temps partiel : serveuse, hôtesse de caisse, adjointe en secrétariat, fleuriste… Avant de comprendre qu'elle devrait sacrifier ses nuits pour décrocher un emploi plus substantiel.

Nous avions ensuite trouvé cet appartement. La vie s'écoulait sans heurt : le train-train quotidien, rythmé par de fréquents moments de joie, les attentions de tous les jours. Et puis nous avions réalisé que le véritable bonheur n'était pas une chose éphémère. Le véritable bonheur devait s'étaler sur l'avenir.

Le lendemain de notre mariage, Lucie cessa de prendre la pilule et nous nous lançâmes dans une nouvelle aventure. La perspective de fonder une famille était grisante. C'était le ciment qui allait sceller notre union pour de bon.

Nous avions alors entrepris de faire l'amour en respectant une fréquence particulière. Il ne s'agissait plus d'écouter nos envies, mais plutôt de se caler sur les périodes mensuelles où le corps de Lucie était le plus à même de concevoir.

Seulement, en intégrant un réglage précis dans la passion, la passion s'effondre. L'acte n'est plus charnel, il est *automatique*. Nous étions deux automates, forcés à se livrer régulièrement à une activité devenue insipide.

Après un an d'une discipline auto-imposée, et voyant

qu'aucun résultat ne pointait le bout de son nez, nous décidâmes d'abandonner les règles que nous avions mises en place, pour n'écouter que nos besoins. Nous étions convaincus qu'il ne fallait pas forcer la nature. La passion revint. L'envie aussi.

Mais toujours pas de bébé.

Après quelque temps, c'est l'inquiétude qui s'immisça dans notre couple. La peur, les doutes. La colère, qu'on ne pouvait diriger contre rien ni personne. Les disputes, la vaisselle brisée. Les pleurs. Les réconciliations.

Le dégout de la vie.

Le temps passait. Nous avions la même colère en nous, qui nous rongeait. Les mêmes questions : pourquoi nous ? Qu'est-ce qu'on a fait ? Est-ce que c'est à cause de la pollution ? De la nourriture ? Des additifs ? De McDo ?

Ça venait de moi ? De toi ?

Étions-nous incompatibles ?

J'étais là à ressasser le passé, allongé dans mon simple appareil, quand Lucie, que je croyais endormie, chuchota :

— La maison est vendue.

— Je sais, oui, je suis passé devant.

Elle ouvrit les yeux. Les lames des stores à demi-ouverts dessinaient des raies de lumière sur son visage.

Ses lèvres remuèrent de façon imperceptible.

— C'est ridicule, mais… J'étais convaincue qu'elle nous attendait. Qu'elle attendait qu'on soit prêts. Qu'on soit trois.

Je serrai ce gros nem moelleux dans mes bras.

— Ce n'était simplement pas la bonne, c'est tout. Je suis sûr qu'on trouvera la maison idéale, le moment venu.

Les yeux de Lucie devinrent humides.

— J'ai l'impression de piétiner, de tourner en rond, dit-elle.

— Piétiner et tourner en rond en même temps, c'est impossible. À moins que tu ne sois une toupie.

Elle me frappa gentiment la poitrine.

— C'est pas drôle…

— Ah non ?

Elle secoua la tête, découragée. Je tentai de la rassurer :

— Écoute, on va y arriver, tous les deux.

— Je n'en suis plus sûre…

— Mais si, tu verras.

— Mm… Faut que j'aille aux toilettes.

Lucie laissa glisser la couverture à ses pieds. Je la suivis des yeux. Elle verrouilla le loquet, chose qu'elle ne faisait jamais.

J'enfilai un caleçon, mon pantalon, et m'assis sur le rebord du lit. Nos parfums s'étaient mêlés à une odeur de sueur. Fragrance subtile devenue addictive.

Je réalisai alors que j'avais toujours sur moi le devoir de Valentin. Je sortis la feuille et la parcourus pensivement.

Il avait une tête énorme et des crocs effrayants et des yeux ronds et brillants. Et l'homme a hurlé quand le loup s'est jeté sur lui.

Valentin, sérieusement, c'est quoi cette histoire ? Si je

ne te connaissais pas, je dirais que ton imagination t'a dépassé.

Le papillon a tout vu.

Le papillon…

***

Je poussai la porte de la chambre 126 avec toujours la même crainte. Une boule au ventre qui vibrait, qui ne se calmerait que lorsque je serais ressorti.

Mon père était assis près de la fenêtre. Il avait rapproché les rideaux. Ainsi, dans la pénombre, il pouvait voir sans être vu. Observer le monde extérieur qui l'obsédait, sans jamais y mettre les pieds.

Je refermai la porte mais n'allumai pas l'interrupteur. La première des règles était de respecter la volonté du pensionnaire. Je déposai un paquet sur le lit, m'approchai doucement et établis le contact : ma main sur son épaule. Encore une consigne des médecins parmi d'autres : ne pas le brusquer, ne pas le contredire, parler doucement sans jamais hausser le ton.

Entrer dans son jeu.

— Bonjour, papa. Je t'ai apporté des chocolats. Ceux que tu préfères, avec de la liqueur à l'intérieur.

Il leva un visage souriant. Son doigt, tremblant, pointait contre la vitre.

— Je l'ai trouvé, murmura-t-il.

— Quoi ?

Il prit le temps d'établir les connexions dans son cerveau malade.

— Celui qu'ils ont envoyé pour moi. L'espion nazi. Il se cachait dans les buissons, là-bas, depuis le début.

Il fourra son nez entre les pans du rideau qu'il tenait dans chaque main. Il avait l'air heureux, c'était la seule chose qui rendait la maladie acceptable. Ou presque.

Chez lui, ça s'était déclaré beaucoup plus tôt que la moyenne. Foudroyant.

Tout avait commencé par des propos étranges. Comme quoi nous n'étions pas en sécurité. Comme quoi la France était devenue le terrain d'entrainement privilégié des terroristes. Que nous devions nous préparer à une offensive imminente. Le pire, c'est que le gouvernement était au courant ! On n'imaginait pas les sommes engrangées pour étouffer ces informations !

Il m'avait souvent pris à partie pour me confier ses inquiétudes, alors que je n'étais qu'un enfant. Il avait réussi à me faire gober n'importe quoi, au point que je me méfiais du facteur.

Ma mère avait essayé de le raisonner, mais c'était comme s'adresser à un mur.

Après l'épisode des terroristes, ce fut au tour des nazis de débarquer dans son petit monde chaotique. Je n'avais jamais compris pourquoi : mon père n'était même pas né alors que la Seconde Guerre mondiale était terminée. Les médecins m'avaient confié plus tard qu'il était inutile de chercher une explication, parce qu'il n'y en avait pas.

Mon père s'était mis à croire que le quartier fourmillait d'espions voués à la cause des nazis. Après quoi, il commença à se perdre dans sa propre maison, à ranger son linge dans le four, à ne plus reconnaitre sa femme.

Et puis, plus tard, il y eut l'épisode de l'étang. La mort qui m'avait frôlé.

— T'as pas été suivi ? s'enquit-il, inquiet.

— Non, papa, j'ai fait attention.

Son front se plissa : une idée impromptue venait de surgir dans son esprit.

— Comment va maman ? dit-il sans se détourner de la fenêtre.

En fait, c'était de *ma* maman qu'il voulait parler. Son épouse.

— Elle est morte, tu sais, il y a dix ans…

— Ah, oui. Et toi ?

— Quoi, moi ?

— Est-ce que tu vas bien ?

J'accusai le coup, comme à chaque fois qu'il donnait l'impression de refaire surface. Je m'efforçai de sourire.

— Je vais bien.

— Ah. Et les enfants ?

— J'ai pas d'enfants.

Il se mit à m'étudier longuement, les yeux plissés, essayant sans doute de se rappeler qui j'étais. Une odeur d'urine se dégageait de lui. Il faudrait que j'en parle à l'infirmière.

— Tu as mangé ? je demandai.

Il ne parut pas m'entendre, se repositionna contre la vitre, levant un doigt tremblant. J'avais déjà disparu de sa réalité.

— Je l'ai trouvé, signala-t-il. Il se cache dans les buissons depuis le début.

Il avait de nouveau basculé dans son gouffre sans fin. Son gouffre personnel. Je l'embrassai, empilai deux coussins dans son dos et allai jusqu'à la porte. Me retournai.

— Joyeux anniversaire, papa.

Quand je me retrouvai dehors cinq minutes plus tard, je fonçai vers ma voiture et m'enfermai à l'intérieur. Je ne démarrai pas avant d'avoir pu calmer la boule convulsive dans mon estomac.

8

Il s'était mis à pleuvoir pour la première fois depuis une éternité, ce qui ne semblait pas perturber les enfants. Les garçons prenaient un plaisir sournois à sauter dans les flaques pour éclabousser les filles, lesquelles éclataient de rire avant de se mettre à courir après les garçons.

Assis à l'écart sous le préau, Valentin observait ses camarades, les mains fourrées dans les poches de son k-way. Il avait relevé le col, de sorte à cacher la moitié de son visage. De temps en temps, il jetait un regard anxieux d'un côté ou de l'autre, comme s'il s'attendait à voir surgir une bête féroce des buissons à tout moment. Chaque récréation ressemblait à la précédente : il gardait jalousement son banc jusqu'au moment où il fallait rentrer en classe.

— Tu as convoqué ses parents ? me demanda Vicar en remarquant mon air soucieux.

Nous étions devant la porte d'entrée de l'établissement, laissant la récréation se prolonger pour profiter de cette fraicheur inattendue.

— Je les reçois ce soir.

Marie-Line nous rejoignit, toute guillerette.

— J'organise une soirée chez moi vendredi, annonça-t-elle. Une sorte de pendaison de crémaillère, mais version « soft ». Rien d'extravagant, juste une excuse pour se retrouver autour d'une pizza et d'un mojito.

— Tu fais les mojitos ? s'étonna Vicar à ma gauche.

— Je ne les fais pas, non, je les sublime, assura Marie-Line à ma droite.

— Je te trouve très sûre de toi.

— Tu n'auras qu'à venir vendredi vérifier par toi-même. Je loue une petite maison dans le village. Elle n'est pas compliquée à trouver, vous verrez, elle est située juste en face du café Le Petit Mousquet.

Sous l'insistance de Vicar, elle nous confia son numéro de téléphone.

— Je l'enregistre dans mes favoris, indiqua le directeur sur un ton nettement graveleux, provoquant le complet désintérêt de la jeune femme qui reporta son attention sur les élèves autour de nous.

Vicar finit par s'éloigner pour intervenir dans une dispute ; Marie-Line en profita pour se rapprocher.

— Le dirlo… Il est un peu bizarre des fois, non ?

— Je pensais être le seul à le penser.

Elle me donna un coup de coude, forçant le rire, et fit glisser un doigt sur mon bras.

— Pour être tout à fait honnête, ce n'était pas mon numéro. Je ne suis pas du genre à le donner à n'importe qui. Toi, en revanche…

Encore une fois, mon air hébété me devança. Impossible d'y réchapper, c'était devenu un réflexe physiologique, un peu comme la respiration ou les battements du cœur. Sans doute la manifestation d'un gène issu de mes ancêtres préhistoriques, le but étant d'éviter que ma race ne se reproduise. Ce qui me dérangeait le plus, c'était que Marie-Line allait se mettre à penser qu'il s'agissait là de mon unique façon de communiquer : la bouche entrouverte et le regard vide.

Au moment où je trouvai enfin une répartie, Vicar agita la cloche. Fin de récré.

Je quittai Marie-Line et rejoignis la tête de mon escouade. Les enfants s'étaient rassemblés en rang comme de parfaits soldats, modèles réduits. Ils se mirent à battre le rythme, deux par deux en se tenant la main.

Leur discipline ne fut pas exemplaire très longtemps : une turbulence secoua le milieu de mon unité. Ça criait, ça poussait. Les esprits s'échauffaient. Des insultes fusaient tandis que j'accourais vers l'origine de la secousse.

Deux garçons roulèrent à mes pieds, agrippés l'un à l'autre. Ils se tenaient par le col, tremblant de colère, la figure rougie. Ils ne remarquèrent pas ma présence de suite. J'en attrapai un dans chaque main et les soulevai. Leurs chaussures quittèrent le sol.

Bruno d'un côté, Valentin de l'autre.

En cogner un contre l'autre était terriblement tentant.

— Vous m'expliquez ?

Emporté par son élan, Bruno balança son poing un peu au hasard, passant à côté de mon visage d'un demi-centimètre.

— Oh ! On se calme !

Je leur fis retrouver la terre ferme après m'être assuré qu'ils ne risquaient plus de se faire mal. Ou de me faire mal.

J'ordonnai aux autres de rejoindre la classe. Du coin de l'œil, j'aperçus Marie-Line et Vicar en faire autant avec les derniers badauds.

Je me tournai finalement vers mes deux boxeurs.

— Qu'est-ce qui se passe ?

— C'est lui qui a commencé ! attaqua Bruno.

Si j'avais gagné un euro chaque fois que j'avais entendu ce genre de répartie, je serais déjà en train de me dorer la pilule sur une plage des Maldives, une Tequila Sunrise à la main, profitant de ma retraite anticipée.

— C'est pas vrai ! se défendit Valentin en se frottant le bras. J'ai rien fait.

— T'es qu'un menteur ! rétorqua Bruno dont la lèvre inférieure était tuméfiée. T'arrêtes pas de mentir !

Je me tournai vers Valentin et l'interrogeai du regard.

— J'suis pas un menteur, plaida-t-il.

— Menteur ou pas, ça m'est égal. Vous n'êtes pas des animaux ?

Ils secouèrent la tête.

— Bien. Allez vous asseoir à vos places. Je ne veux

plus assister à ce genre de dérapage, c'est clair ?

Les garçons trainaient les pieds l'un à la suite de l'autre. J'entendis Bruno grommeler :

— De toute façon, c'est qu'un menteur… Y'a pas de loups, ici…

***

J'avais demandé au garçon d'attendre dans le couloir où j'avais installé une chaise. Il paraissait tendu à l'extrême. Plus nerveux que d'habitude, en tout cas.

La maman de Valentin s'appelait Annette, son papa Franck. Annette était plus grande que son mari d'au moins une tête, lequel adoptait une posture voutée qui accentuait encore la différence de taille.

En fait, Franck et Annette me paraissaient parfaitement dépareillés. Malgré cela, je pouvais deviner un peu de Valentin dans chacune de leur expression. Les yeux de la mère. Le menton du père.

— Merci d'être venu, leur dis-je, tandis que nous prenions place dans le bureau de Vicar.

Annette avait un visage doux et amical. D'une certaine manière, elle me rappelait ma propre mère. Franck, de son côté, me fixait avec l'air de se demander ce qu'il faisait là. Ses yeux étaient enfoncés sous des sourcils broussailleux. Cet homme avait dû naitre avec un visage taillé au burin. Il me rappelait mon père.

— C'est normal que Tilou ne soit pas avec nous ? s'inquiéta Annette, et j'eus besoin de quelques secondes pour saisir le surnom de Valentin. C'est normal qu'il reste dans le couloir ?

— Je préfère m'entretenir avec vous en privé, pour l'instant. Nous le ferons venir plus tard, seulement si c'est nécessaire. Ne vous inquiétez pas, je procède toujours comme cela.

Annette n'eut pas l'air convaincue. Elle lançait des coups d'œil incessants en direction du couloir.

La moustache de Franck s'agita :

— Bon-il-a-fait-quoi-le-gamin ?

— Je tenais à vous dire que Valentin a toujours été un bon élève. Très sérieux, volontaire, assidu. L'an dernier, déjà, c'était un vrai plaisir de l'avoir en classe. Croyez-moi, je ne peux pas en dire autant de tous mes élèves.

Annette esquissa un sourire plein de fierté. Franck montrait déjà des signes d'ennui. Je décidai de les confronter au vif du sujet :

— Mais j'ai remarqué un changement radical dans son comportement depuis le premier jour de la rentrée. (Les mains de la maman se décollèrent lentement de ses genoux…) Il est renfermé sur lui-même. (… montèrent doucement jusqu'à sa bouche…) Il ne fait pas ses devoirs et ne respecte pas les consignes. Pas plus tard que ce matin, il s'est battu avec un camarade. (… pour étouffer un gémissement.)

— Oh…

Le papa restait étonnamment stoïque. À peine un froncement des sourcils, au mieux un grognement qui aurait pu s'apparenter à un mot de désapprobation.

— Mon Tilou ! s'exclama finalement Annette. Lui qui ne ferait pas de mal à une mouche… Vous dites qu'il s'est battu ?

Les paroles de ce diable de Bruno me revinrent à l'esprit : *C'est qu'un menteur, y'a pas de loups par ici.*

— Madame, les enfants se bagarrent pour tout et n'importe quoi. Ce n'est pas la première fois qu'on assiste à ce genre d'accès de colère, et certainement pas la dernière.

— Oui, mais… enfin, c'est Tilou, se justifia-t-elle avant d'extirper un carré de tissu de sa poche pour se moucher.

— Vous ne devez pas vous formaliser pour ça. Comme je le disais, on assiste régulièrement à des bagarres. Mais toujours sans gravité. Je suis sûr qu'il ne recommencera pas.

— Il a pas intérêt, commenta Franck.

Je les regardai tour à tour.

— Est-ce que, de votre côté, vous avez noté un changement d'attitude ? Est-ce qu'il se montre différent, à la maison ?

Là, ils échangèrent un regard qui suintait la discorde. La femme commença :

— Oui, depuis quelque temps, déjà…

— Tais-toi.

— Mais, chéri, reconnais-le : Tilou n'est plus comme avant !

— Arrête un peu, c'est toi qui te fais des idées. Il *grandit*, c'est tout. Faut pas aller chercher plus loin. Il change parce qu'il grandit. C'est normal, à son âge, il commence à voir le monde différemment. Et puis tu sais, les hormones…

Annette préféra s'abstenir de tout commentaire, levant les yeux au ciel.

— D'accord, j'entends chacune de vos opinions. Mais vous, madame, vous dites que vous avez vu certains changements flagrants chez Valentin ?

La femme déglutit, se moucha, essuya ses yeux humides. Elle ignora superbement le regard assassin de son mari, chose dans laquelle elle semblait exceller.

— Il a détruit toutes ses peluches…

— Je t'avais dit de pas lui laisser des peluches, à son âge, grogna Franck.

— Il casse volontairement ses jouets. Il a… Il a coupé la tête de ses robots et démembré ses figurines. Il ne nous adresse plus la parole. Quand il rentre de l'école, il file directement dans sa chambre. Il s'enferme pour se livrer à je ne sais quelles activités…

— Qu'est-ce que tu peux déballer comme conneries !

— Tu n'en sais rien, Franck, tu n'es pas là !

— Je travaille tard, s'excusa-t-il à mon attention.

J'acquiesçai, laissai Annette poursuivre :

— Il met de la musique de sauvage, très fort, et je l'entends tambouriner contre les murs.

— De la « musique de sauvage » ?

— Oui, euh, du hard rock. Parfois il crie. Un jour, je l'ai entendu pleurer. J'ai bien essayé de savoir ce qui n'allait pas, mais il ne veut rien me dire. Quand j'essaie de lui parler, il s'enfuit. On dirait qu'on n'existe plus. C'est tout juste s'il lève les yeux sur nous…

Son mouchoir affichait complet, je lui tendis la boîte, elle en cueillit une poignée et s'épongea les pommettes.

— Merci.

— Pas de quoi.

Franck ne semblait pas partager la détresse de sa femme, l'air d'être parti dans son petit monde. Décidément, il avait tout de mon propre père.

— J'ignorais que c'était à ce point, j'avouai. Ça confirme mon impression.

— Est-ce que vous, monsieur, vous pouvez nous dire ce qu'il a ? Peut-être qu'il vous a parlé, à vous ?

Je tâtai la feuille pliée dans ma poche, à deux doigts de leur faire part de l'histoire de Valentin – le loup, le sang, le papillon – mais je décidai de m'abstenir. En l'état actuel des choses, ça n'aurait fait qu'envenimer la situation. Et le père était loin de se montrer réceptif.

— On ne sait plus quoi faire, sanglotait Annette. On a peur qu'il se fasse du mal…

Franck lâcha un soupir d'exaspération. Je me lançai, quelque peu hésitant :

— Eh bien, je… Je recommande habituellement de faire appel à un spécialiste.

— Vous entendez quoi, par « spécialiste » ? grinça Franck, dont les yeux noirs m'agrafèrent contre le mur.

— Un pédopsychiatre. Je peux vous en recommander un, si vous voulez.

— Vous croyez que mon fils est dingue ?

— Pas du tout. Je pense seulement qu'il est préférable d'envisager ce genre de démarche pour cibler le problème le plus tôt possible, avant que…

— Arrêtez votre discours de prof. Vous nous prenez pour vos élèves ? Vous croyez pouvoir nous dire comment élever notre gosse ? Vous savez quoi : occupez-vous plutôt du vôtre !

J'encaissai sans broncher. Franck n'était pas bavard, mais il visait dans le mille au moment de décocher sa verve.

— Chéri, calme-toi…

— Écoutez, je n'ai pas du tout l'intention d'interférer dans vos méthodes d'éducation. Je ne peux pas me mettre à votre place, mais je peux donner des conseils. C'est vous qui prenez les décisions pour votre fils. Je vous fais confiance pour faire ce qu'il faut.

— C'est ça…

Franck se leva, écourtant l'entretien. Il fit signe à sa femme, elle se décolla prestement de sa chaise, enfilant son manteau. Pour ma part, j'avais l'impression d'être vissé à mon siège. Je tendis ma main au moment où Franck, dont l'humeur n'était finalement pas rancunière, me tendit la sienne.

Il se pencha au-dessus du bureau.

— Mon conseil, prof, c'est qu'en ce bas-monde chacun doit rester à sa place.

Durant les quelques secondes où ma main fut prise au piège, je pus distinguer la bordure rouge de ses paupières, le fond jaunâtre de ses yeux cirrhosés et, plus discrètes, les effluves d'alcool qui s'échappaient de son haleine chargée.

Une force effrayante émanait de lui, quasi animale.

Ce fut au tour de sa femme de me serrer la main, en douceur, accompagnant le geste d'un petit mot de remerciement et de la promesse de m'apporter des petits cakes la prochaine fois.

— J'espère qu'il n'y aura pas de prochaine fois, je répondis.

Franck poussa la porte et attrapa Valentin au passage, le soulevant sans ménagement par le col de son t-shirt. Le petit rentra la tête dans les épaules, m'envoyant un regard implorant qui me transperça.

J'interpelai Annette discrètement. Elle s'approcha, nerveuse.

— Ça va vous paraitre étrange, mais… Votre fils vous aurait-il parlé d'un loup, à un moment ou un autre ?

Elle cligna des yeux plusieurs fois, perplexe.

Son mari s'était arrêté pour nous observer de loin ; je ne tenais pas à ce qu'il revienne par ici.

— Ça ne fait rien, j'ai dit. Merci quand même.

Annette s'empressa de rejoindre les siens.

Du haut de ma salle de classe, je les suivis des yeux pendant qu'ils traversaient la cour, redoutant ce que pourrait infliger cet homme à un gamin de dix ans.

9

Lucie avait laissé un mot sur la table de la cuisine :

Ai dû partir plus tôt. Espère que la rencontre avec les parents s'est bien passée.

P.S : reste salade de riz dans le frigo.

Je fis un rapide inventaire de l'intérieur du réfrigérateur : la salade de riz en question, jetée à la hâte dans un grand bol, ne m'attirait pas outre mesure. La discussion houleuse avec les parents de Valentin tournait en boucle dans ma tête et avait tendance à me couper l'appétit.

Résigné, je piochai une bière dans le bac à légumes – qui avait toujours contenu davantage de bouteilles de bières que de légumes – et m'affalai sur le canapé. J'ingurgitai quelques lampées puis reposai la bouteille sur un dessous de verre à l'effigie d'Homer Simpson. Un cadeau de Lucie, remporté à la fête foraine du village deux ans auparavant. Une citation, à moitié estompée, se devinait sur le pourtour :

D'oh ! No more food !

« Tu connais Homer ? » m'avait-elle demandé. « Il est gros, laid, stupide et fainéant. Malgré tous ses défauts, il est père de trois enfants. Alors, fais-moi plaisir : garde ce sous-verre précieusement et jette un œil sur ce gros type chauve chaque matin, parce qu'il représente un espoir. Si Homer a réussi, on peut réussir, nous aussi. »

Je m'offris une autre gorgée en l'honneur de ce cher monsieur Simpson et de son regard vide sidéral. Sa bedaine montgolfière m'avait fait sourire autrefois.

— Tu es le loser le plus célèbre de la création. C'est quoi ton secret ?

J'extirpai mon portable de ma poche et commençai à composer le numéro de Clarisse... Pour finalement suspendre mon geste. J'ignorais totalement ce que j'allais lui dire.

La formule classique du « comment ça va ? » me paraissait déplacée : j'étais sûr que Clarisse n'allait pas bien. Était-il seulement possible de reprendre le cours normal de son existence après un tel drame ? Après s'être fait arracher la moitié de son âme ? Je n'osais même pas imaginer ce qu'elle devait endurer. Et moi qui n'avais même pas le courage de l'appeler...

Je tapai une nouvelle fois son numéro, me forçant à ne pas raccrocher cette fois.

Après la quatrième sonnerie, une voix :

— Allo ?

— Clarisse, c'est Renaud.

Une seconde de silence.

— Renaud ! Quelle agréable surprise ! Ça me fait plaisir,

tu sais. Comment vas-tu ?

Je la reconnaissais bien là.

Ma collègue. Mon amie. La personne qui m'avait permis de mettre des mots sur la maladie de mon père. Elle traversait la période la plus difficile de sa vie, mais elle me demandait si j'allais bien. Moi qui avais tout – ou presque – pour être heureux.

Ma nervosité s'envola sur-le-champ.

— Je vais super bien. Mais… Et toi, alors ? Comment… Comment tu gères la chose ?

Je m'engageais dans le genre de conversation dont j'avais horreur. Du genre où chaque mot doit être soupesé avant d'être prononcé. Ça me faisait l'effet de dévaler un escalier dont une marche sur deux était pourrie.

Son souffle cogna contre le combiné.

— Je vais mieux, dit-elle. Bien mieux, en fait. C'était difficile au début, tu t'en doutes. Mais depuis… je dirais… une quinzaine de jours, j'ai retrouvé le goût de vivre.

— Si tu savais comme je suis content d'entendre ça.

— Renaud, je voulais te remercier, tu sais, d'avoir été présent aux funérailles.

— Arrête, c'est normal. Lorenzo comptait beaucoup pour moi. Il comptait beaucoup pour nous tous.

L'emploi du passé pour parler d'un disparu est toujours délicat. Mais j'avais pris conscience que depuis les funérailles, c'était le temps qui semblait convenir. Et Clarisse ne s'y était pas opposée.

— Je vois quelqu'un, expliqua-t-elle à demi-mots. Un psychologue. Sans lui je n'aurais pas pu m'en sortir aussi vite, tu sais. C'est lui qui m'a fait réaliser que je ne devais plus attendre qu'il revienne… Que Lorenzo ne pousserait plus la porte de la maison.

J'acquiesçai, comme si Clarisse pouvait deviner mon mouvement de tête.

Je distinguai une voix masculine en fond mais tentai d'en faire abstraction pour me focaliser sur mes propos.

— Ce doit être une terrible épreuve pour toi.

Et voilà. Je venais de passer à travers une marche pourrie. *C'est ça, enfonce le couteau plus profondément et remue bien dans la plaie.*

— Ce psy m'a beaucoup aidée, répéta Clarisse. Quand on traverse ce genre d'épreuve, il ne faut pas hésiter à se faire aider. Je peux te jurer que, tout seul, c'est impossible de s'en sortir.

J'entendis encore quelqu'un qui parlait, plus clairement cette fois, d'une voix qui ne m'était pas inconnue.

— Je te dérange, peut-être…

— Pas du tout. Théo et Chloé sont venus passer la soirée.

— Oh, tu n'es pas seule, alors, tant mieux.

Quelques mots de Théodore me parvinrent de façon étouffée, immédiatement traduits par Clarisse dans une version adoucie :

— Il te passe le bonjour. Il dit que vous devriez venir

prendre l'apéro vendredi soir, Lucie et toi.

Vendredi soir. Je repensai à l'invitation de Marie-Line pour la pendaison de crémaillère, qui devait justement se tenir chez elle ce soir-là.

— Et je suis de son avis, d'ailleurs, reprit Clarisse, ça fait trop longtemps qu'on ne s'est pas vus.

— Une éternité.

Théodore lança une plaisanterie de mauvais goût, à propos du fait que deux amants séparés trouvent toujours le temps long.

— Très drôle, Théo…

Je perçus vaguement le son de la télévision.

— Il demande si tu regardes le match, dit Clarisse, un peu agacée.

— Non.

Elle transmit à son frère, puis :

— Il demande pourquoi tu ne regardes pas le match.

— Dis-lui… que je n'ai pas la tête à ça, en ce moment.

— Ouais, bon, les gars, je ne compte pas jouer le pigeon voyageur toute la soirée. Vous êtes des grands garçons maintenant, vous pouvez vous appelez, tout de même !

Théodore grogna quelque chose à propos du fait que ce serait beaucoup moins drôle. Clarisse lui dit de la fermer un peu, puis j'entendis le claquement d'une porte – je l'imaginai en train de s'isoler – avant de me questionner :

— Qu'est-ce qui se passe ? C'est Lucie ?

— Il y a un peu de ça.

— Théo m'en a parlé. Je pense que tu devrais faire ce test. Vraiment. Je pense que c'est une excellente idée, en fait.

Je retins mes mots, usant de la première pirouette trouvée :

— Peut-être... Je dois juste y réfléchir. Mais il y a autre chose. Tu te souviens de Valentin ?

Un temps mort.

— Valentin... Un de tes élèves ?

— Oui. Le petit Denouraud.

— Bien sûr, oui. Valentin. Je l'ai eu dans ma classe alors qu'il n'avait que trois, ou quatre ans. Un petit adorable, si je me souviens bien.

Je souris.

— On parle bien du même. Depuis quelque temps, il agit plutôt bizarrement.

— Qu'est-ce que tu veux dire ?

— Ce n'est pas facile à décrire, mais... Il n'est plus le même. Il s'est renfermé. Quand je lui pose des questions, il me répond à côté, ou de manière virulente. Je te jure, je ne le reconnais pas. J'ai vu ses parents, aujourd'hui, sa mère a abondé dans mon sens. Il aurait la même attitude à la maison.

Je pouvais presque entendre Clarisse qui réfléchissait au bout du fil.

— Laisse-moi deviner, dit-elle, le père n'est pas du même avis.

— Bingo.

Sans m'en rendre compte – comme souvent lorsque je téléphonais – j'avais quitté le canapé du salon pour aller faire les cent pas sur notre balcon, où le soleil offrait ses derniers rayons.

Je m'appuyai au garde-corps.

— Je suis désolé de t'appeler pour te parler de mes petits soucis, alors que tu as largement le compte de ton côté. Je me sens un peu con, à vrai dire.

— Non, non. Ne t'inquiète pas, vraiment.

— Si je te parle de ça, c'est que je connais ton talent inné pour la psychologie enfantine, et que je sais que tu pourras me donner une opinion éclairée.

Le terme « don » était plus approprié que « talent ». Clarisse avait toujours su déchiffrer l'âme des enfants de notre école. L'âme des gens en général. Elle parvenait à se mettre à leur place et déduisait ce qui les rongeait avec une rapidité déconcertante.

Un petit garçon, qui avait présenté des ecchymoses sur le corps, laissait entendre que sa mère le maltraitait. Et tout portait à croire que c'était le cas. Beaucoup d'entre nous – moi le premier – avaient pris les propos du garçon comme la vérité toute nue. Nous sommes naturellement enclins à considérer l'enfant comme une victime.

Il avait fallu à Clarisse moins d'une heure pour diagnostiquer chez le garçon des troubles de la personnalité de type Asperger. Le petit était autiste et aucun médecin n'avait su le diagnostiquer avant. Il s'infligeait des coups sur le visage, le ventre et les jambes après chaque contact physique avec sa mère, alors même qu'elle faisait preuve de la plus grande affection.

Un autre exemple concernait cette petite fille qui avait beaucoup de difficulté à rester concentrée en classe. Elle ne pouvait pas tenir une journée sans piquer du nez. Clarisse avait parlé à la fillette et soulevé un problème affligeant : ses parents tenaient une épicerie de nuit et la forçaient à travailler. À 3 heures du matin, au lieu de dormir dans un lit douillé comme tous les enfants de son âge, elle stockait des colis et mettait les produits en rayon. Ce n'est que lorsqu'elle avait terminé qu'elle avait l'autorisation d'aller se coucher.

Nous avions prévenu les services sociaux. Dieu merci, grâce à Clarisse, la fillette allait aujourd'hui beaucoup mieux.

Une clameur soudaine s'éleva à l'autre bout du fil. Un joueur venait de louper un but et Théodore avait hurlé comme un animal blessé.

— Dis-moi un peu ce que tu as sur le cœur.

— Eh bien, je… Je pense que monsieur Denouraud n'est pas tendre avec son fils.

— Qu'est-ce qui te fait dire ça ?

— Plusieurs choses, en fait. La façon dont il parle de Valentin, d'abord, sans montrer d'affection particulière. Ensuite, la manière qu'il a de le bousculer. Sans parler de son haleine d'alcoolique.

— Vraiment…

— Tu aurais dû voir le regard que Valentin m'a lancé quand son père l'a trainé dans le couloir. Je suis presque sûr que le petit a eu droit à une dérouillée en rentrant à la maison.

— Et tu te sens coupable.

— Évidemment ! Je veux dire, c'est moi qui ai organisé l'entretien. C'est difficile de ne pas se sentir responsable.

Clarisse observa un moment de réflexion, retrouvant naturellement ses instincts de psy. En fond sonore, la télévision continuait d'égrener les minutes palpitantes du match avec, de temps à autre, un cri de joie ou de colère qui ponctuait les moments forts. Toujours accompagné du rire de Chloé.

— Mon conseil : n'y pense plus pour l'instant. Détache-toi de tout ça !

— Mais… comment ?

— Mets ces idées de côté. Enferme-les dans un coffre-fort mental et ne touche plus à la clé pendant un moment.

— J'avoue que je ne te suis pas, là.

— Écoute, si j'ai pu retenir une chose importante récemment, c'est que l'être humain a tendance à s'inquiéter à propos de ce qu'il ne peut pas changer, ce sur quoi il n'a pas la main.

— Tu te trompes. Je peux aider ce garçon, Clarisse.

— Demain, oui. Pas aujourd'hui. Pas ce soir. Encore moins cette nuit. Des idées pareilles portent sur elles l'effet contraire des somnifères, si tu vois ce que je veux dire.

— Je crois…

— Souviens-toi : le coffre-fort mental. Laisse la clé tranquille jusqu'à demain. Alors, tu pourras l'ouvrir à nouveau. Mais pas avant. Sinon, tout ce que tu gagneras c'est une bonne crise de nerf.

Dehors, le chant des cigales avait laissé la place à la stridulation des grillons. Je me retrouvai sur le canapé du salon sans avoir réalisé que j'avais quitté le balcon.

— D'accord. Bon. Je vais essayer d'appliquer ton conseil. La clé, le coffre, tout ça. Et concernant Valentin ?

— Il est trop tôt pour avancer une quelconque hypothèse, répondit Clarisse.

— Mais, quand même, je trouve que…

— C'est trop tôt, Renaud. Tu ne peux pas fonder une opinion réaliste sur de simples suppositions.

Les mots de Clarisse me détroussèrent des armes que je pensais détenir.

— Qu'est-ce que je dois faire ?

— Pas grand-chose, j'en ai peur. Si ce garçon a réellement un problème, alors ce problème apparaitra de lui-même. Fais-moi confiance. Ça fonctionne toujours de cette façon.

Cette fois, c'est moi qui laissai passer un instant de silence. Clarisse ne m'avait pas convaincu.

Je décidai d'enchaîner sur le nœud de mes préoccupations :

— Il a écrit une histoire plutôt dérangeante.

— Quel genre ?

— Si je pouvais mettre une étiquette dessus, je dirais… horreur. Je ne vois pas d'autre mot. Il y parle d'un loup qui attaque un homme et le tue.

Pas de réaction, je poursuivis :

— Ce qui me dérange, c'est qu'il était censé raconter des faits réels.

— Je vois.

Une explosion de joie éclata dans le combiné, ce qui m'obligea à éloigner le téléphone de mon oreille quelques instants. S'ensuivit le bruit d'un verre brisé.

— Heu, c'est la guerre des tranchées chez toi ?

— Pas loin, soupira Clarisse. L'équipe de Théo vient de marquer un but. Et lui, il vient de casser son verre. Zut, c'est pas vrai… Il y a de la bière partout sur le tapis…

Il semblait évident que Clarisse avait à gérer des urgences plus immédiates que mes cas de conscience.

— Je te laisse. Merci encore de m'avoir écouté.

— Désolée… J'aurais aimé pouvoir t'aider davantage.

Elle éloigna l'appareil pour sermonner son frère et revint vers moi.

— Heureusement que Chloé est là pour surveiller ce grand nigaud. On se demande qui éduque qui. Enfin bref… Merci à toi d'avoir appelé. Ça m'a fait très plaisir. Et souviens-toi : oublie le coffre-fort jusqu'à demain.

— Je vais devoir l'enterrer très profondément, ce satané coffre.

— À bientôt, Renaud. Oublie ça.

10

Oublier ?

Hors de question.

Tandis que mes élèves se précipitaient dans la cour de récréation comme des morts de soif, je m'assis au bureau de Valentin.

Encore une fois, le garçon greffa toute son attention sur sa trousse. Il ne la quitterait plus des yeux.

J'engageai ce qui était devenu notre joute quotidienne :

— Tu as récolté une mauvaise note au dernier contrôle de maths. Pour ne pas dire très mauvaise. Qu'est-ce qui s'est passé ?

Je plaquai la copie devant lui mais il ne daigna même pas y jeter un œil.

— C'est toujours moi qui reste en classe pendant la récré. C'est pas juste.

— Ne commence pas.

— Bruno n'arrête pas de m'embêter, mais il a le droit d'aller en récré, lui.

Sur ce point, il n'avait pas tort. J'avais remarqué que Bruno avait fait de Valentin sa tête de turc depuis quelque temps. Les gosses, disait mon père, c'est comme des yeux qui louchent : il y en a toujours un pour emmerder l'autre. Ça sonnait tellement juste, même venant de lui.

— Si je me souviens bien, vous étiez copains, tous les deux. Tu sais pourquoi il agit comme ça ?

Après cinq secondes, Valentin me dit :

— Je suis pas un menteur.

— C'est ce que dit Bruno ? Il dit que tu es un menteur ?

Le garçon acquiesça d'un coup de menton. Je remarquai sa tendance chronique à se tordre les doigts.

— Je sais que tu n'es pas un menteur.

— C'est pas vrai.

— Pardon ?

Il haussa le ton :

— Vous croyez que je mens, vous aussi !

— Pourquoi tu dis ça ?

Le garçon s'était mis à maltraiter ses doigts jusqu'à s'en faire blanchir les phalanges. Je réalisai avec effroi qu'il serait capable de se les briser. Je posai mes mains sur les siennes. Il eut un léger sursaut et finit par me regarder.

— Parle-moi. S'il te plait.

Il retira ses mains précipitamment, les glissant sous la table. Je repensai aux paroles de Vicar : *Pas de contact physique. Jamais.*

— Je peux aller dehors maintenant ?

— Quand tu m'auras dit ce qui ne va pas chez toi.

Erreur de stratégie. Son visage se ferma.

— Je peux aller dehors ? répéta-t-il.

Je soupirai.

— Vas-y.

Moins d'une minute après, me tenant près de la fenêtre, j'observai le garçon glisser comme une ombre jusqu'à son banc. Un banc dont il avait fait son île de survie.

Il ne le quitterait plus jusqu'à la fin de la récréation, ne décrocherait pas un mot jusqu'au soir.

Je devais faire en sorte que ça change.

Après la classe, quand la plupart des enfants retrouvaient leurs parents de l'autre côté du portail, d'autres n'avaient pas la même chance. Pas de suite. Ils devaient d'abord passer une heure ou deux en garderie jusqu'à ce que l'on vienne les récupérer.

Ce soir-là, Valentin, ainsi qu'une poignée de ses camarades, passaient le temps sous la surveillance de Marie-Line. Deux petites filles s'échangeaient des images du dernier film d'animation Disney, un garçon faisait du découpage, Valentin, lui, contemplait l'horloge murale.

Lorsque j'entrai dans la salle, Marie-Line referma son magazine, quitta son bureau et me rejoignit en trottinant.

— Coucou, ça va ?

Avec l'air de se souvenir de quelque chose, elle dégagea la barrette qui retenait ses cheveux en chignon et les laissa tomber sur ses épaules. Son mouvement de tête était purement théâtral. J'avais en face de moi l'évadée d'une publicité pour un shampooing.

— J'espère te voir chez moi, vendredi soir, enchaina-t-elle rapidement.

À force d'évoquer ce vendredi soir, j'avais l'impression que toute ma vie se dirigeait vers cette seule finalité.

Je répondis du tac au tac :

— Je ne suis pas sûr, on risque de sortir quelque part avec ma femme.

— Oh…

— Tu vas trouver ça bizarre, mais… On ne s'est pas déjà rencontrés, tous les deux ?

Elle se mit à glousser, ne sachant plus où se mettre. Je fis un geste du menton en direction de la table des enfants.

— Je crois que tu devrais intervenir.

Une des filles avait attrapé une poignée de feutres et les tenait comme un javelot. Ivre d'inspiration, elle composait un assemblage de cercles multicolores sur le visage de sa voisine, laquelle souriait béatement.

— Rosie, non mais ça va pas ? s'exclama l'enseignante en essayant de lui arracher les feutres.

J'en profitai pour dégainer mon portable et envoyai un texto à ma femme :

Serai retardé.

Je refermai le clapet et glissai le téléphone dans ma poche. Marie-Line s'était absentée dans les toilettes avec la petite, elle allait en avoir pour un moment.

C'est à partir de là que tout commença.

J'allais me jeter à cœur perdu dans une fosse sans fond, déclenchant les premières secousses d'une mécanique bien huilée.

Je me plantai devant Valentin pour qu'il me remarque. Le garçon donnait clairement l'impression d'émerger d'un rêve.

— Fais-moi confiance.

Je balayai la salle d'un regard circulaire, pris une rapide inspiration, puis j'empoignai Valentin par le coude.

***

C'est précisément au moment où je remarquai l'expression apeurée du garçon, ratatiné sur le siège passager, que je réalisai la gravité de mon acte. Il ressemblait à un animal en cage destiné au marché noir, les yeux immenses rivés sur la route, se demandant ce qui allait lui arriver.

— On va où ?

— Ne t'inquiète pas, on arrive bientôt.

J'arrêtai la voiture à l'ombre du grand chêne, fis le tour et ouvris sa portière. Valentin se tassa dans un réflexe de survie.

Merde, Renaud, tu vas trop loin. Tu l'effraies. Ramène ce pauvre gosse à la garderie. Avec un peu de chance, tes actes n'auront aucune conséquence.

Je m'accroupis à sa hauteur.

— N'aie pas peur. Je suis là pour t'aider.

Il me lança un regard de travers.

— On va où ? Pourquoi on est partis de l'école ?

— Je veux te montrer un truc… cool.

Diluée dans son air suspicieux, je crus déceler une étincelle de curiosité.

— Un truc cool ? Qu'est-ce que c'est ?

— Un secret.

Sur ces mots, je lui tournai le dos et pris le sentier qui s'enfonçait dans les bois. J'entendis la portière claquer derrière moi et les pas encore hésitants du garçon.

Je gravis les marches de l'ancienne tour et m'assis sur la huitième. J'eus largement le temps de voir arriver Valentin. Il trainait les pieds à sa manière, comme quand il traversait la cour de récréation pour aller se réfugier sur son banc : d'une façon désœuvrée. Il shoota dans un bout de bois, cala les mains dans ses poches et s'arrêta à bonne distance des ruines.

Après un rapide état des lieux, il leva le nez vers moi.

— C'est tout ?

— Non, ce n'est pas tout. Viens voir par ici.

Le garçon hésitait. Il jeta un coup d'œil méfiant par-dessus son épaule – histoire de vérifier que le sentier n'avait pas disparu, on ne sait jamais – sortit les mains de ses poches, les remit dans ses poches. Traça distraitement un cercle dans la terre avec ses chaussures.

— C'est ça, votre secret ?

— En réalité, j'en ai deux. Est-ce que tu veux les connaitre ?

— Mouais…

— Je te fais confiance. Tu ne dois les révéler à personne.

Il haussa les épaules.

— Mouais. D'accord.

Je m'étais attendu à un peu plus d'enthousiasme. J'espérais seulement que ma combine de dernière minute allait fonctionner.

— Allez, approche. Je ne vais pas te manger.

Valentin enjamba une ronce, escalada les marches deux à deux et posa ses fesses à côté de moi.

— Bon. Mon premier secret est un trésor.

Je pus voir à son expression qu'il ne fallait pas le prendre pour un idiot. Alors, avec des gestes lents, je dégageai la petite pierre de la paroi et plongeai ma main dans le trou. À l'instant où je dévoilai le coffret de métal blanc, il ne put retenir un « ouah » d'émerveillement.

Première lueur derrière ses pupilles. Première victoire, même minuscule. Il était proprement hypnotisé par l'objet que je m'efforçai de manipuler lentement, exagérant l'aspect dramatique de la situation.

J'ouvris délicatement.

— C'est… des papiers ? fit le garçon sans cacher sa déception. Des bouts de papier…

Je souris.

— C'est beaucoup plus que ça.

— Je sais ! Y'a un double-fond dans la boite. Le vrai trésor est caché dessous.

— Perspicace, mais tu as tout faux.

Ses mains retrouvèrent le fond de ses poches. Son visage la teinte d'un ennui évident.

Ramène-le à l'école. Il se fout de ton baratin comme de l'histoire de l'annexion de la Savoie.

— Tu connais ma femme ?

— J'sais pas.

— On s'est croisés à la fête du village, l'an passé. Tu te souviens ? Elle était avec moi. Elle s'appelle Lucie.

— Ah oui, c'est vrai. Je me souviens.

— Tu sais, parfois, on veut dire des choses mais on ne sait pas comment les formuler. Comment s'exprimer.

— Euh, comme quand on est amoureux d'une fille, mais qu'on sait pas comment lui dire ?

— En quelque sorte, oui. C'est la même chose avec ma femme. Parfois, on a du mal à se parler. Alors, on se laisse des messages. Des impressions, des blessures qu'on a sur le cœur. On écrit tout ça sur un bout de papier, pour l'autre. Mais, dis-moi, tu es amoureux ?

Valentin se détourna subitement, les joues en feu, faisant la grimace.

— Non, beurk ! N'importe quoi ! Je disais ça comme ça…

Je l'observai en souriant. Et me surpris à penser que,

dans une autre vie, il aurait pu être mon fils.

— Si tu as quelque chose à me dire, mais que tu n'y parviens pas ; si tu veux me parler, de n'importe quoi, mais que tu n'oses pas, ou que tu as peur…

— J'ai pas peur.

— … Tu peux écrire ce que tu as sur le cœur et mettre tout ça dans ce coffret. Absolument tout. Je te promets que je le lirai. Et ça deviendra notre secret.

J'attendais une réaction de sa part, en vain. J'espérais que la suite allait lui plaire.

Tandis que je replaçais le coffret dans sa cachette, Valentin grimpa jusqu'au sommet de la tour et se dressa comme un I, ébahi par la vue imprenable à ses pieds. Portant une main en visière, il détailla rapidement les alentours.

— Il y a un lac, là-bas !

— C'est un étang. C'est plus petit qu'un lac et l'eau provient d'une nappe phréatique.

— C'est pareil…

— Ça, c'est toi qui le dis. À croire que je ne t'ai rien enseigné ! En fait, ce que tu vois, là-bas, c'est mon autre secret. Mon plus grand secret. Viens avec moi.

Nous nous frayâmes un chemin dans la végétation. Rapidement, le sol prit une consistance spongieuse et l'étang se dévoila tel un œil de saphir dans un visage nervuré. Sa surface immobile donnait à l'étendue d'eau l'aspect d'une matière solide.

Je conduisis Valentin le long de la berge. Le coassement des crapauds rythmait les secondes avec une précision d'horloger. Prenant garde de ne pas glisser sur les rochers humides qui s'étalaient en bordure, nous atteignîmes le croissant blanchâtre que formait la minuscule plage.

Le garçon jeta un œil intéressé sur le cadavre de barque qui émergeait à moitié des plantes aquatiques.

— Ça me fait penser à mon grand-père, dit-il en rigolant. Elle ressemble à la dernière dent sur sa gencive.

Au moins, cette épave faisait rire quelqu'un… Il ramassa un bâton et se mit à piquer l'embarcation dans l'espoir de la voir sombrer, puis renonça et jeta son bout de bois dans l'étang ; des nuées de libellules se dispersèrent autour de l'impact.

Je pris mes aises dans la chaise longue installée sous un petit abri en bois, joignis mes mains derrière ma tête.

Le garçon s'approcha prudemment.

— C'est vous qui avez construit cette cabane ?

— Eh bien, je ne m'attendais pas à ce que quelqu'un utilise un jour le terme « cabane » pour désigner mon tas de planches et de clous – et je te remercie du compliment – mais oui, c'est bien mon œuvre.

Le petit s'esclaffa au mot *œuvre*. Puis il ajouta que cet endroit était « plutôt cool ».

J'étais d'accord avec lui. D'ailleurs, ç'avait été la première chose à laquelle j'avais pensé, le jour où j'avais eu le courage de revenir dans ce petit bout de paradis qui avait failli être mon enfer.

Un pan entier de l'étang était recouvert de renoncules. Elles s'épanouissaient à l'arrivée du printemps, revêtant la berge d'un manteau doré. En fin de journée, les rayons de soleil qui perçaient à travers les branchages brossaient des traits orangés sur la surface de l'eau. Ces éléments réunis prêtaient à l'ensemble des allures de tableau de maître.

Le garçon s'assit sur un tronc couché, les jambes rassemblées contre lui, les bras autour des genoux.

— Alors, c'est votre… deuxième secret ?

— Patience, on y arrive.

Il nota la présence d'une canne à pêche appuyée contre l'abri, d'un seau en fer et d'une boite en plastique contenant divers flotteurs de couleurs.

— Vous pêchez, dit-il, fier de sa déduction.

— Non. Pas du tout. J'ai horreur de la pêche. Je préfèrerais marcher sur des braises plutôt que passer des heures à attendre qu'une bestiole morde à l'hameçon. En plus, je déteste manger du poisson.

— Moi aussi, admit-il en souriant. Mais alors, pourquoi vous avez une canne à pêche et… tout le reste ?

— Parce que je fais croire à ma femme que je viens ici pour ça. En plus, on raconte qu'un énorme poisson, long d'au moins un mètre, se prélasse au fond de cet étang. Un poisson géant.

Valentin me regarda de travers, mais pas à cause de mon histoire de poisson géant.

— Vous mentez à votre femme ?

— Eh bien, on peut dire ça, oui.

— Mais alors, vous venez ici pour faire quoi ?

C'était le moment idéal pour prendre un air embarrassé.

— Je voudrais te le dire, tu sais, mais j'ignore si je peux te faire confiance…

Le garçon se redressa. J'avais réussi à susciter chez lui le sentiment d'intérêt recherché.

— Je dirai rien, promit-il.

— Même pas à ma femme ?

Valentin se campa sur ses jambes et porta la main à son cœur.

— Juré sur ma tête. Croix de bois, croix de fer. Si je mens, je vais en enfer.

Je fis semblant de réfléchir, d'hésiter. Je me grattai la joue du bout des doigts. Je devais avouer que le moment était jouissif. Je le fis durer encore un peu.

— Eh bien, voilà qui me parait sérieux. Écoute : si je te dévoile mon secret, tu devras répondre à une question. Une seule.

Le garçon retrouva un air suspicieux ; ses fesses, le tronc couché.

— Quelle question ? demanda-t-il.

— Trop facile. Ça ne fonctionne pas comme ça. Je te dévoile mon secret et *ensuite* je te pose une question. Une seule question, à laquelle tu devras répondre. Voilà le deal.

Il fit mine de regarder autour de lui, donnant l'impression

de chercher une issue dans les broussailles. Une échappatoire à notre conversation qui s'engageait doucement dans une voie qui ne lui plaisait pas. Au fond, il devait brûler d'envie de prendre ses jambes à son cou.

Je me penchai en avant ; la chaise longue grinça sous mon poids.

— Marché conclu ? dis-je en tendant la main.

Au bout d'un moment seulement, Valentin quitta son banc de fortune et traina les pieds jusqu'à moi. Il me secoua la main d'un coup sec.

— Marché conclu. C'est quoi votre secret ?

— Je fume. Assez régulièrement, d'ailleurs. Je fais croire à ma femme que je viens ici pour pêcher, mais... c'est faux.

Les yeux du garçon s'arrondirent. Sa bouche s'ouvrit lentement. Je ne sais pas ce qui était le plus choquant pour lui : entendre son professeur tenir de tels propos si librement, ou le mensonge éhonté que je venais de partager.

À l'instar de tout enfant de son âge, Valentin était conditionné à respecter les règles qu'on lui dictait. Les règles que *je* lui dictais. Je n'osai imaginer le chamboulement instillé dans son esprit, alors que l'adulte qui faisait figure d'autorité admettait qu'il enfreignait ses propres règles.

— Ben, ça alors... C'est vraiment pas bien.

— Pas bien du tout, tu as raison. C'est très mal. Tu comprends pourquoi c'est un secret.

— Ah ben oui alors.

Il détourna les yeux, un peu embarrassé, prenant le temps de digérer une telle révélation.

Mais je ne lui laissai pas l'occasion de s'en remettre.

— Maintenant, c'est à toi d'honorer notre marché et de répondre à ma question : c'est quoi cette histoire de loup ?

11

Valentin me tournait le dos, scrutant l'étang en silence.

— On a conclu un marché.

— Je sais.

Sa voix s'était raffermie.

— Alors tu dois me répondre : c'est quoi cette histoire de loup ?

— C'est pas une histoire.

— J'ai été honnête avec toi, tu dois l'être avec moi.

Il se retourna. L'expression qu'il arborait me fit froid dans le dos.

— C'est pas une histoire, siffla-t-il entre ses dents.

Il ramassa des galets et les envoya l'un après l'autre dans l'étang comme de petites bombes. Loin de vouloir faire des ricochets. Je me redressai sur la chaise longue.

— D'accord. Si c'est la vérité, tu dois m'en dire plus.

Les cailloux qui crevaient la surface de l'eau ponctuaient chacune de mes questions.

— Où étais-tu quand tu as vu ce loup ?

Plouf.

— Est-ce que tu en as parlé à quelqu'un ?

Plouf.

— Est-ce que cela a un rapport avec ton père ?

Valentin suspendit son geste. Touché ? Peut-être… Je ne pouvais plus faire marche arrière. Je devais creuser la brèche.

— Tu as des problèmes à la maison ? Ton père… Est-ce que ton père *est* le loup ?

Le garçon se retourna enfin, la main crispée sur le galet. Dardant sur moi un regard assassin.

Le temps parut se cristalliser, formant une bulle de silence qui nous englobait.

Il n'avait pas baissé le bras. J'eus alors une vision claire et précise du galet projeté sur mon visage.

Pousse-le à bout. Peu importe ce qui arrivera.

— C'est à cause de ton père que tu es comme ça ?

Ce que j'avais imaginé se produisit : le bras du garçon bascula en avant, la petite pierre fusa dans l'air… Et alla percuter le seau en fer au pied de l'abri avec un bruit épouvantable, l'envoyant rouler dans les fourrés.

À peine avais-je réalisé ce qui venait de se passer que le garçon se mit à courir vers le passage par lequel nous étions arrivés.

— Valentin !

Je m'arrachai de la chaise longue et piquai un sprint sur la plage, avalant une famille de moustiques au passage. Mon portable sonna dans ma poche, mais je n'y prêtai pas attention. J'assurai la courbe sur la berge et fonçai dans les bois.

Devant moi, des arbustes vacillaient après le passage du garçon, ce qui me permettait de suivre facilement sa trace. Par chance, je devinai exactement où il se rendait.

Je débouchai dans la clairière en soufflant comme un obèse, vis le garçon perché au sommet de la tour. Debout, les bras croisés, les cheveux balayés par la brise, un pied sur les remparts. Il m'observait avec solennité.

Je tentai de reprendre le cours de ma respiration, les mains flanquées sur mes genoux. Où étaient passés mes vingt ans ?

— Ne… Ne fais pas de bêtise… D'accord ?

— J'ai plus envie de vous parler, rétorqua le garçon.

Sa position en hauteur et la façon qu'il avait de pencher la tête légèrement sur le côté, me donnaient l'impression qu'il me regardait avec dédain. Ou une sorte de fierté, peut-être. Une expression que je n'avais jamais vue chez un enfant de cet âge.

— J'veux plus vous parler.

— Écoute, je suis désolé. (Je m'approchais de la tour à pas mesurés, avec la peur qu'il ne s'enfuie.) Si je t'ai blessé, je ne l'ai pas fait exprès. Je veux seulement t'aider.

— Vous pouvez pas m'aider.

— Je suis sûr que si.

Le garçon se mit à crier :

— Non, vous comprenez rien !

— Alors, explique-moi.

La sonnerie de mon téléphone retentit à nouveau. Je

jetai un coup d'œil rapide sur l'écran : Vicar, évidemment. Je pouvais l'entendre fulminer d'ici.

Quand je relevai la tête, le garçon en avait profité pour s'éclipser derrière les remparts.

Je contournai l'édifice et le retrouvai assis à mi-hauteur de l'escalier. Il avait descellé la pierre de la paroi et tenait le coffret, ouvert, sur ses genoux. Le métal scintillait. J'eus peur, un instant, qu'il envoie tout balader. Au contraire, il manipulait les bouts de papier comme une collection de cartes rares.

Il retrouvait doucement un air serein.

— Vous vous transmettez beaucoup de messages avec votre femme… Pourquoi vous lui dites pas la vérité, pour les cigarettes ?

Je m'appuyai contre la paroi. La première réponse à laquelle je pensai était digne d'un lâche. Je me rendis compte que c'était pourtant la vérité.

— Parce qu'elle ne me le pardonnerait jamais.

— Pourquoi ?

Je pris une grande inspiration.

— Il y a des problèmes qui ne concernent que les adultes, et dont tu ne devrais pas avoir connaissance.

Valentin referma le coffret et le remit à sa place, prenant soin de le camoufler parfaitement. Avant de m'observer.

— Vous croyez qu'y a des problèmes d'adulte. Et des problèmes d'enfant. Moi, je crois qu'y a juste des problèmes. C'est tout. Le plus difficile, c'est d'en parler.

Que dire ?

En plus d'une intelligence évidente, ce petit était doté d'une jugeote remarquable, j'en étais maintenant convaincu. Je décidai de l'aborder sous une approche différente.

— Tu n'as pas envie de m'en dire davantage, je peux comprendre. Je ne peux pas t'y obliger, après tout. Mais sache une chose : je suis là.

— Je sais.

— Je ne te lâcherai pas. Je serai sur ton dos jusqu'à ce que je comprenne ce qui se passe.

Le petit recommença à se tordre les doigts.

— Rappelle-toi le coffret. Tu peux y mettre tout ce que tu veux. Tout ce que tu as dans la tête. D'accord ?

Il fit oui du menton, se leva, passa devant moi et trottina jusqu'au sentier. Apparemment, notre entrevue touchait à sa fin. Je lui emboitai le pas et nous nous retrouvâmes dans ma voiture.

L'horloge digitale du tableau de bord m'indiquait que nous avions quitté l'école depuis presque une heure. J'imaginais déjà l'accueil que Vicar me réservait.

Avant de reprendre la route, je posai une dernière question à Valentin :

— Tu as un portable ?

***

Arrivé à un jet de pierre de l'école, je distinguai la Toyota gris métallisé des parents de Valentin, stationnée juste devant le portail.

Annette Denouraud patientait en compagnie de Marie-Line ; aucun mari n'était en vue et c'était une excellente chose.

— Vous me laissez là, suggéra Valentin.

— Je ne peux pas.

Je braquai dans une ruelle parallèle à l'établissement, évitant soigneusement de me faire repérer.

— Où on va, maintenant ? demanda Valentin, anxieux, qui venait de perdre de vue sa maman.

Je me garai derrière l'école, coupai le contact et envoyai un texto à Vicar :

Porte de derrière.

Je sortis de la voiture et invitai le garçon à faire de même. Je me campai devant lui, prêt à formuler une requête pas très honorable, mais il me devança.

— Je dirai rien.

J'hochai la tête dans un remerciement silencieux. Une seconde après, l'accès de secours, normalement destiné à n'être utilisé qu'en cas d'urgence, s'ouvrit sur le directeur.

Il me regarda, regarda le garçon, puis revint sur moi.

— Tu étais où ?

— Désolé…

— On en reparlera. Pour l'instant, il serait préférable que tu conduises Valentin auprès de sa mère. Tu as de la chance, elle est arrivée il y a tout juste cinq minutes pour le récupérer. Marie-Line a pu la faire patienter, prétextant que tu lui faisais revoir ses tables de multiplications. Je pense qu'elle a gobé.

Talonné par Valentin, je traversai la cantine, le hall d'entrée et me dirigeai vers l'enceinte en essayant de paraitre naturel. Pour ce qui était de paraitre naturel, le garçon n'avait aucune difficulté : l'expression neutre, comme s'il ne s'était rien passé, autre que des échanges prof-élève efficaces à propos de la table de 8.

Annette Denouraud nous accueillit à grands renforts de sourires. Je fis abstraction du regard électrique projeté par Marie-Line et serrai la main de la maman.

— Je vous le rends. Il fait de gros progrès.

— Tant mieux, dit-elle. Ça, c'est mon Tilou. C'est un bon élève, hein ?

— Oui.

— Il fait son maximum, mon Tilou. (Elle s'apprêtait à poser les mains sur les épaules de son fils, mais l'enfant évita adroitement le geste et s'enfuit vers la voiture.) C'est un bon garçon, vous savez.

— Je sais, oui.

— Plus tard, il veut ressembler à son père, ajouta-t-elle.

Je me gardai de tout commentaire.

Madame Denouraud rejoignit la Toyota dans laquelle Valentin avait déjà pris place. Le véhicule fit un bouquant d'enfer en s'éloignant et le silence retomba peu à peu.

Marie-Line et Vicar m'encadrèrent.

— Espèce de connard, dit la première avant de s'éclipser.

Le directeur m'attrapa par le coude.

— Il faut qu'on parle.

***

— Qu'est-ce que tu foutais ?

— Je suis désolé.

— Ça, tu me l'as déjà servi.

Vicar s'imposait au-dessus de moi. Il appuyait ses fesses contre son bureau, les jambes entrecroisées. Étant moi-même assis sur une chaise, mon sentiment d'infériorité était accentué.

— Tu m'expliques ? insista-t-il.

— Je ne pensais pas m'absenter si longtemps.

— Le fait que tu t'absentes ne me pose pas vraiment de problème. Par contre, que tu enlèves un élève à l'école alors qu'il est censé rester ici, ça a tendance à m'ennuyer sérieusement.

Je sentais que Vicar faisait l'effort de garder son calme. Dans une autre école, j'aurais déjà eu droit à une sanction immédiate.

— Je ne l'ai pas « enlevé ».

— Eh bien, ça y ressemble. Tu entraînes un élève en dehors du cadre scolaire sans prévenir qui que ce soit. Et tu reviens une heure plus tard comme une fleur, sans explication.

— Il y a quelque chose qui ne tourne pas rond chez Valentin. Je crois savoir de quoi il s'agit, mais je voulais qu'il me le dise de vive voix. Qu'il me confirme ce que je crois.

— Et qu'est-ce que tu crois ?

— Je crois que son alcoolo de père n'est pas tendre avec lui.

— Maltraitance ?

Haussement des épaules.

— C'est une accusation grave, poursuivit Vicar. Ça peut aller loin.

— Je n'accuse personne. C'est seulement… un sentiment. Une impression de déjà-vu. Ce ne serait pas la première fois…

— Je te l'accorde. Mais ce n'est pas une raison pour avoir des réactions excessives.

Mes yeux dérivaient constamment sur l'horloge murale. Je songeai à Lucie qui s'apprêtait à rejoindre son travail de nuit. Je pestais intérieurement. Mais cette fois je ne pouvais m'en prendre qu'à moi.

— Tu devrais aller t'excuser auprès de Marie-Line, ajouta Vicar. Tu lui as fichu une sacrée trouille. Et ça se comprend. Si je ne t'avais pas vu partir avec Valentin dans ta voiture, elle serait toujours à sa recherche en ce moment-même. On aurait été obligé de prévenir la police, à l'heure qu'il est.

Je restai un moment dubitatif, réalisant ce à quoi j'avais échappé.

— Je t'aime bien, Renaud. Mais si tu me refais un coup pareil, je te colle un avertissement sans préambule.

***

Un mot de Lucie m'attendait sur la table de la cuisine. Encore un. Ces derniers temps, nos rares échanges se réduisaient à des notes. Des bouts de papier volatiles dont le destin était de finir dans la poubelle.

L'école a appelé pour savoir où tu étais. Qu'est-ce qui s'est passé ? Où étais-tu ? Mon petit prof des campagnes, qu'est-ce qui te prend ?

P.S : j'ai remarqué que tu ne mangeais pas ce que je laissais dans le frigo, alors j'ai rien laissé cette fois. Commande une pizza.

J'abandonnai la cuisine en envoyant des excuses mentales à ma femme, convaincu qu'après toutes ces années de mariage, elle pourrait capter mes pouvoirs télépathiques.

J'entrai dans la chambre et ouvris un premier placard, fouillai derrière les vêtements, réitérai mes recherches dans les tiroirs de la commode. Sous les sous-vêtements, derrière les albums de photos.

— Où ai-je bien pu le mettre ?

Je tentai ma chance dans le placard à balais du couloir attenant. En équilibre sur un tabouret, j'accédai à l'étagère la plus haute. Au bout d'un moment, je trouvai ce que je cherchais : une boite à chaussures, calée entre un classeur de factures et une pile de documents administratifs.

À l'intérieur, point de chaussures. À la place étaient rassemblés tout un tas d'objets hétéroclites : des piles neuves, d'autres usagées (difficile désormais de faire la différence entre les deux), une collection de pin's dont j'avais oublié l'origine, un vieux rasoir électrique et… Un téléphone mobile.

— Bingo.

L'épisode mouvementé de mon entrevue avec Valentin m'avait au moins appris une chose : ce garçon était sans doute le seul de sa génération à ne pas posséder de portable. Au vu des récents évènements, et même si je le déplorais, je comptais sérieusement y remédier.

12

Une fois encore, je l'avais retenu en classe au moment de la récréation. Si je voulais trouver le meilleur moyen de rendre furieux un élève, j'avais réussi haut la main.

Je ne le laissai pas protester et pris les devants :

— Juste une minute.

— Qu'est-ce qu'y a, encore ?

Le ton que Valentin employait ne me plaisait pas, mais je laissai passer. Le pauvre garçon avait des circonstances atténuantes.

— Comment tu vas ?

Il ne répondit pas, établissant son contact visuel permanent avec sa trousse.

— Je me suis souvenu que j'avais gardé un vieux téléphone, au fond d'un placard. Il fonctionne encore très bien. J'ai acheté une carte pour créditer un peu de forfait dessus.

J'agitai l'appareil au-dessus de sa tête, mais le garçon continuait de m'ignorer.

— Il y a deux heures d'appel et cinquante textos à utiliser pendant un mois. Il est à toi.

Son masque renfrogné se transforma en une mimique amusante qui frisait l'embarras. Il jeta un œil intrigué sur le téléphone, hésita, donnant l'image d'un animal sauvage au contact de l'être humain pour la première fois.

— Mes parents, ils veulent pas que j'aie un portable…

— Ils ne sont pas obligés de le savoir.

Avais-je vraiment dit ça ?

Le garçon finit par prendre l'appareil, le manipula avec précaution avant de le glisser dans sa poche. Et de m'ignorer de nouveau.

— Si quelque chose te trotte dans la tête, tu peux m'envoyer un message. Tu peux même m'appeler.

— Est-ce que je peux aller en récré ?

— Bien sûr.

Je le regardai quitter la classe en songeant que je venais sans doute de commettre une terrible erreur.

***

Lucie me tomba dessus dès que j'eus franchi le seuil de notre appartement.

— On se connait ? m'interrogea-t-elle en pointant sur moi sa brosse à cheveux. Il me semble qu'on se connait… Votre visage atypique ne m'est pas inconnu…

— Qu'est-ce que tu racontes ?

— Ah, c'est toi ! s'écria-t-elle, feignant la surprise. Excuse-moi, je ne t'avais pas reconnu, depuis le temps…

— Ça va, j'ai compris.

Lucie tourna les talons pour aller se terrer dans la salle de bains, reprenant son rituel matinal là où elle l'avait laissé.

Je me calai dans l'entrebâillement de la porte.

— J'ai bien conscience qu'on ne se voit pas beaucoup... J'aimerais qu'il en soit autrement.

— Vraiment ?

— Évidemment, qu'est-ce que tu crois ?

Elle se coiffait avec des gestes mécaniques, répétés des milliers de fois depuis sa plus tendre enfance, tirant ses cheveux en arrière sans ménagement. Ça avait tout l'air d'un supplice. Dans le miroir, je voyais son visage crispé.

— J'ai l'impression que tu n'as plus envie de passer du temps avec moi, dit-elle. Notre situation n'est pas évidente à cause de mon boulot de nuit, d'accord, c'est en partie de ma faute. Mais si tu déguerpis quand on a l'occasion d'être ensemble, on risque de vivre deux vies séparées.

La brosse qui passait et repassait dans les nœuds de ses cheveux émettait des frottements rugueux. J'avais mal pour elle.

— On est des fantômes, l'un pour l'autre, déplora-t-elle. Il n'y a que le weekend où on redevient un couple. Et encore...

Je restai silencieux. Je devais admettre que ses mots sonnaient juste.

Elle finit par se tourner vers moi.

— Tu étais où ?

Je devinai immédiatement de quoi elle parlait.

— J'étais retenu à l'école.

— Tu me crois idiote à ce point ? Vicar m'a appelée, il était inquiet, il t'a vu partir avec un élève. Qu'est-ce que tu as fait ?

Ne sachant quoi dire, je la laissai poursuivre.

— Je ne comprends pas pourquoi tu fais ça, Renaud.

Elle n'avait que rarement utilisé mon prénom pour s'adresser à moi, usant normalement de sobriquets aussi inventifs qu'affectueux. Où était passé son « petit prof des campagnes » ?

— Écoute, c'est pas si dramatique. Et puis, je ne l'avais vraiment pas prévu. Ça m'est juste… venu comme ça, tu sais, je n'ai pas réfléchi sur le coup.

— Je ne te parle pas de ça, répliqua-t-elle. Je ne comprends pas pourquoi tu ne me dis pas la vérité.

— La vérité ? Je n'ai pas eu l'occasion de t'en parler, c'est tout.

Et c'était vrai.

— Je déteste quand tu me caches des choses, dit Lucie. Ne me cache rien, s'il te plait.

— Bien sûr.

— Promis ?

Me revint en mémoire le téléphone mobile que j'avais confié à Valentin. Information que je passais pour l'heure sous silence.

— Promis.

Elle s'avança vers moi et m'embrassa.

— Je me fais trop de souci, des fois, excuse-moi.

Elle se blottit contre moi, je resserrai mon étreinte. J'en profitai pour m'imprégner au maximum de son parfum.

— Tu sais ce que je me disais, ce matin ? chuchota-t-elle.

— Non, quoi ?

Elle avait frissonné.

— Eh bien, je me disais que… Enfin, qu'on pourrait peut-être… Je ne sais pas trop comment te dire ça…

— En tout cas, tu sais comment entretenir le suspense.

Elle me regarda bien en face. Nos visages se touchaient presque. Je discernai dans ses yeux une flamme d'espoir que je n'avais pas vue depuis des années.

— On pourrait adopter.

***

À vrai dire, je m'étais renseigné sur le sujet avant même que Lucie ne m'en parle. Les démarches pour adopter un enfant en France nécessitaient 5 ans minimum, et plus encore quand il s'agissait d'un enfant en bas âge.

Cette perspective restait très incertaine dans notre cas. Les critères pour adopter jouaient en notre défaveur : nos petits salaires, le CDD de Lucie, notre vie dans un deux pièces. Autant d'obstacles accumulés sur ce long chemin administratif qu'était l'adoption.

Ensuite, je devais avouer que cette option ne m'emballait pas des masses. J'avais toujours conçu une vision plus « naturelle » dans le fait d'avoir un enfant. Aussi loin que je me souvenais, mettre au monde un bébé m'avait toujours paru un petit miracle en soi. Adopter était, selon moi, comparable à bafouer ce moment magique, à nager à contre-courant.

Certains auraient pu dire que j'étais détestable, et j'aurais pu le comprendre. Tant de pauvres petits orphelins n'attendaient que des parents pour être heureux. Mais après tout, ce n'était que mon avis : les trois mots « je veux adopter » ne faisaient pas partie de mon vocabulaire.

En revanche, comme j'étais incapable d'aller contre les besoins de ma femme, j'avais trouvé un moyen de diversion. Temporaire, certes, mais qui constituait une parade efficace.

J'avais attendu le départ de Lucie pour sauter dans la Clio et filer à toute allure en direction de Toulouse.

Le refuge animalier *Nos Amis à Quatre Pattes* était ouvert jusqu'à 20h. L'enseigne aux lettres bleues, clignotant de manière maladive, projetait une lueur stroboscopique sur la devanture aux fenêtres grillagées.

Il régnait dans le hall d'accueil une température ambiante agréable. Quatre chaises, rassemblées autour d'une table basse, constituaient l'espace d'attente. Des magazines, traitant exclusivement des animaux, étaient mis à disposition des visiteurs. De l'autre côté, une porte à double battant percée de deux hublots étouffait les aboiements et autres jappements provenant de la zone où les animaux cohabitaient.

J'allai directement au comptoir. La jeune fille ne devait pas avoir plus de vingt ans. Le visage comme un sol lunaire, tatouage sur l'épaule et piercing sous la lèvre inférieure.

Elle m'aborda avec un grand sourire.

— Bonsoir, comment puis-je vous aider ?

— Je veux adopter.

Quelques formalités plus tard, je ressortis avec un petit teckel dans les bras et la vision du visage rayonnant de Lucie. La perspective de lui réserver une telle surprise me réjouissait plus que n'importe quoi.

Je me dirigeai vers ma voiture dans une semi-obscurité. Un lampadaire venait de s'allumer, autour duquel bourdonnait une nuée d'insectes.

Je plaçai une main sous la croupe de mon nouveau compagnon et utilisai l'autre pour saisir les clés dans ma poche.

Au moment d'ouvrir la portière, une grosse main se referma sur mon épaule.

— File-moi ton clebs. Un seul mot et je t'égorge.

13

Je me retournai pour faire face à mon assaillant. Son visage, familier, rayonnait.

— C'est pas un chien, ça ! C'est à peine plus gros qu'une marmotte !

— Merde, Théodore, tu fais chier.

Il se plia en deux, libérant un rire tonitruant qui s'envola autour de nous comme une nuée de chauves-souris. Appuyé à ma voiture, j'en profitai pour reprendre mon souffle. Mon cœur s'était emballé de manière trop enthousiaste.

— Allez, quoi, c'était trop tentant, se justifia Théo en secouant la tête. Tomber sur toi, ici, à une heure pareille, quelle aubaine !

— Sûr. Mais ça aurait pu très mal finir pour toi, je répliquai. Si j'avais usé de ma technique de Krav Maga. Un coup dans le plexus solaire, suivi d'une clé de bras. Tu aurais appelé ta maman.

Mon ami esquissa un sourire, rien de plus. Je lui trouvai tout à coup la mine soucieuse, l'air ailleurs.

— Tout va bien ?

Il regarda derrière lui comme s'il craignait d'être suivi.

— Oui, ça va, assura-t-il.

Un chien était sobrement assis à ses pieds. Massif, à l'image de son maître. Le pelage couleur suie, le regard fixe, les yeux cerclés d'or. Une muselière lui enserrait la gueule, prête à craquer. Son poitrail se gonflait et se dégonflait lentement, accompagnant chaque expiration d'un râle grognard.

Je ne pus m'empêcher de frémir.

Un loup. Pendant une seconde, je vis un loup. Je vacillai, me retenant à la voiture.

J'en vins difficilement à me persuader que c'était un chien, seulement un chien. Identique, en de nombreux points, au loup gris de nos terreurs d'enfance mais, bon Dieu… Juste un chien.

J'avais le souvenir du Kunming Dog alors qu'il n'était qu'un chiot, ressemblant à une peluche quand Théodore nous l'avait présenté pour la première fois. Aujourd'hui, de la peluche il n'avait gardé que ces yeux lumineux. Et encore.

— Quelque chose ne va pas ? demanda Théodore en tapotant les flancs de la bête. Tu reconnais pas Marker ? C'est mon p'tit père à moi, mon gros loulou.

— Oui, je sais… J'étais juste un peu… surpris.

— Y'a pas plus inoffensif, indiqua Théodore en voyant la tête que je faisais. Par contre, ta marmotte ferait une friandise de choix pour lui.

Dans mes bras, le petit chien s'agita comme s'il avait perçu la menace.

— C'est avec ça que tu comptes protéger ton territoire ? renchérit Théodore.

— C'est surtout pour faire plaisir à Lucie, en fait. Une façon de lui remonter le moral.

Mon ami s'apprêtait à demander des détails, alors je passai à autre chose :

— Tu es ici pour une raison précise, ou ça fait partie de tes virées nocturnes en quête de victimes ?

— J'ai décidé de partir quelques jours à la montagne, expliqua-t-il. Les randos, à cette période de l'année, y'a que ça de vrai. Pas mieux pour se ressourcer. J'ai loué un petit chalet mais le proprio n'accepte pas les chiens.

— Ah, mince.

— Comme tu dis. Clarisse n'a pas envie de l'avoir dans les pattes – elle va déjà s'occuper de Chloé – alors je comptais le faire héberger ici. Les tarifs sont plutôt intéressants. J'imagine que c'est un moyen de dissuader les gens d'abandonner leurs chiens au bord de la route.

J'avais manqué sa dernière phrase, focalisé sur la masse de muscles qu'il tenait à bout de laisse.

Ses yeux. Je ne parvenais pas à m'en détacher, hypnotisé. Deux points lumineux qui flottaient dans les ténèbres.

Noyé. J'étais noyé dans le flot bestial qui émanait de la bête. Brutal. Primaire. Elle était la puissance incarnée.

— Oh, merde ! s'écria-t-il, m'arrachant violemment de

ma torpeur. Quel con…

La jeune fille au tatouage et piercing se tenait devant le refuge, sur la pointe des pieds, attrapant le store pour l'abaisser. Une fois le volet verrouillé, elle nous adressa un signe de la main puis s'éloigna, se fondant lentement dans l'obscurité.

Théo fit mine de vouloir la rattraper mais se ravisa.

— Bon, ben, on reviendra demain, hein mon p'tit père ?

L'animal ne broncha pas. Il ne m'avait pas quitté des yeux une seule seconde. J'ouvris la portière de ma Clio sans jamais lui tourner le dos. Des fois que…

— Au fait, vous venez prendre l'apéro, vendredi soir ?

J'avais oublié l'invitation. À celle-ci s'ajoutait encore celle de Marie-Line, si toutefois ma collègue acceptait de me recevoir après les complications dans lesquelles je l'avais fourrée. À vrai dire, je n'avais pas encore décidé de ce que serait mon vendredi soir.

Et j'étais loin d'imaginer ce que j'allais vivre.

— Je vais en parler à Lucie. Je te tiens au courant. Je dois y aller. À plus.

— Comme tu veux. Fais gaffe à toi. Au fait, bonne idée, la marmotte, dit-il en désignant le chien. Je suis sûr que ta femme va sauter de joie. Tu lui as trouvé un nom ?

***

— Karl Ferdinand.

Lucie m'envoya un regard mi-sceptique, mi-amusé.

— Tu es sérieux ?

Nous étions installés sur le canapé du salon, le chien roulé en boule entre nous.

J'avais passé la journée à éviter mes collègues de travail, en particulier Marie-Line. De toute façon, la jeune femme avait pris soin de m'ignorer le plus clair de son temps. La frayeur que je lui avais fait subir en lui enlevant Valentin restait encore bien ancrée quelque part dans sa gorge sous la forme d'une boule de rancœur.

Je n'avais pas retenu le garçon en classe. J'espérais retenir sa confiance en lui laissant un sentiment de liberté. Résultat : il ne m'adressa pas une seule fois la parole, ne parut pas s'intéresser le moins du monde à mon cours et se mit de nouveau à l'écart durant la récréation.

Le soir venu, j'avais récupéré le petit chien aux ruines avant de rentrer chez moi.

Je m'étais introduit dans l'appartement en toute discrétion, puis j'avais glissé l'animal dans la salle de bains où Lucie se préparait. Les yeux agrandis par la surprise – l'effet était encore plus saisissant dans le miroir –, elle s'était tournée vers moi mais, à court de mots, s'était mise à crier de joie en pressant l'animal contre elle, lui vrillant probablement un tympan ou deux.

— Tu veux vraiment appeler ce pauvre amour comme ça ? insista Lucie. Tu veux l'appeler Karl Ferdinand ?

— Avec la tête qu'il a et son physique ingrat, je pense que lui donner le prénom d'un savant pourrait lui éviter un handicap supplémentaire. J'ai donc décidé de l'appeler comme l'inventeur de l'oscilloscope.

— C'est n'importe quoi. Si tu veux vraiment lui donner le nom d'un intellectuel, autant prendre celui du voisin d'en dessous ; le type du premier, qui fait des claquettes en jouant de l'harmonica.

— Philibert ?

— Oui.

Je réfléchis un instant et conclus :

— Disons plutôt… Phil.

— Phil, répéta Lucie d'une voix forte, et le chien lança un jappement d'approbation.

Une minute plus tard, ma femme nous quittait, Phil et moi. L'animal eut droit à une longue étreinte d'adieu ; je récoltai un baiser rapide comme l'éclair.

— Je dois filer, sinon je vais être en retard. Tu vas me manquer, mon petit cœur. Toi aussi, Renaud.

Une fois la porte claquée, je m'allongeai sur le canapé. Phil sauta aussitôt sur moi, la queue battant au rythme d'une joie frénétique. Dans le regard qu'il posa sur moi, je crus décrypter un message de remerciement.

Mon portable vibra dans ma poche, accompagné d'un bip sonore.

C'était un texto de Valentin :

Merci pour le téléphone.

Je n'en revenais pas. C'était totalement inattendu de sa part.

Je répondis :

Pas de quoi. Comment vas-tu ?

Je ne reçus aucun message en retour.

14

Vendredi 13 septembre.

Dans l'esprit commun, cette date évoquait la mauvaise fortune. L'augure d'un jour de malheur. La poisse.

Pour moi, elle était synonyme d'évènements favorables. Par exemple, c'était un vendredi 13 que j'étais né. Un vendredi 13 aussi le jour où j'étais sorti pour la première fois avec Lucie. Même date quand je l'avais demandée en mariage. Idem concernant le jour où j'avais décroché mon poste d'enseignant, ou encore le jour où nous avions obtenu l'appartement. Où j'avais remporté le premier prix du loto de la paroisse (un jambon sec et une demi-douzaine de bouteilles Châteauneuf-du-Pape) ; où j'avais vu la fin du dernier épisode de la dernière saison de Lost ; où j'avais choisi un chariot de supermarché dont le monnayeur comportait déjà une pièce d'un euro.

M'appuyant sur un tel bilan positif, je me disais que rien de mauvais ne pourrait m'arriver aujourd'hui.

Évidemment, je me trompais lourdement.

Nous étions assis, Marie-Line et moi, sur un banc de la cour de récréation. Une situation gênante que j'aurais préféré éviter. Mais Vicar avait tenu à s'enfermer dans son bureau pour plancher sur des documents administratifs. Me laissant seul et démuni face à la jeune femme.

— Sans rancune, alors ?

— Sans rancune, consentit Marie-Line, mais ne me refais jamais ça, sinon on risque de ne pas s'entendre du tout, toi et moi.

— Bien sûr. C'était vraiment stupide de ma part. Désolé.

Son sourire refit surface.

— Justement, j'ai pensé à un moyen de te faire pardonner.

Je fus enclin à imaginer le pire, pourtant je m'entendis demander :

— Quel moyen ?

— Tu viens à ma soirée tout à l'heure.

Elle accompagna sa proposition en posant délicatement sa main sur mon épaule.

Je n'eus pas besoin de mimer mon embarras.

— Ah, c'est ce soir...

Elle fronça les sourcils, la tête inclinée sur le côté.

— Évidemment. Tu avais oublié ? Renaud, je vais finir par croire que tu as une dent contre moi !

— Non, non, je t'assure. C'est juste que... J'avais autre chose en tête.

Elle éclata de rire. Un rire singulier, qui se brisait sur

une note irréelle. On aurait dit qu'au lieu de rire, elle sursautait de peur à un rythme soutenu.

Me regardant avec cet air conquis dont elle avait dû faire sa spécialité, elle attaqua :

— Je n'ai toujours pas ton numéro, tu sais. Tu croyais vraiment que j'allais oublier ? Je n'abandonne pas si facilement. Je finirai bien par l'avoir. Même si je dois y passer toute ma vie. Même si je dois te harceler…

— Ne te fatigue pas, je te le donne.

Je lui énonçai donc de tête mon numéro. Et le regrettai la seconde d'après.

— Tu es un amour, s'extasia-t-elle.

Je l'observai du coin de l'œil.

Cible directe de son déploiement de séduction, je conservais suffisamment de lucidité pour en venir à me demander si ma collègue avait bien compris que j'étais marié. J'en conclus rapidement que c'était précisément cet aspect qui l'intéressait. J'appelais ça le « prestige de la bague au doigt ».

Comme si cela ne suffisait pas, elle se rapprocha encore et jugea bon d'ajouter :

— J'obtiens toujours ce que je désire.

***

Je fus étonné de recevoir un texto de Lucie en début d'après-midi, quand elle était censée dormir à poings fermés.

Je confiai un exercice de conjugaison à mes élèves et m'assis à mon bureau. Sur l'écran de mon téléphone s'alignait une phrase toute simple :

Ne trouve pas le sommeil.

Je pianotai sur les touches :

Quelque chose ne va pas ?

La réponse de ma femme ne vint pas tout de suite. J'en profitai pour surveiller mes élèves et surpris Bruno en train de copier sur son voisin. Je le rappelai à l'ordre.

Ce que je lus ensuite, toujours aussi concis, m'envoya un frisson dans les reins.

On doit parler. C'est important.

Mes doigts se firent plus fébriles sur les touches. Je me forçai à ne pas imaginer toutes sortes de scenarios improbables et demandai, pour la deuxième fois :

Qu'est-ce qui se passe ?

Je préfère te le dire ce soir. Ne rentre pas trop tard.

J'ignorais si c'était un point commun à toutes les femmes de l'univers, mais la mienne était passée maître dans l'art de me tourmenter.

J'écrivis :

D'accord, à ce soir.

À ce soir. Promets-moi que tu m'aimes.

Je t'aime, je te le promets.

Je rangeai l'appareil dans ma poche et repris les commandes de la classe tant bien que mal.

Foutu vendredi 13 !

***

Lucie m'attendait sur le canapé, Phil lové contre elle. Dès qu'il m'aperçut, l'animal leva la tête et m'adressa un aboiement timide.

— Un vrai chien de garde…

— Coucou, mon petit prof des campagnes, roucoula Lucie en se dandinant.

Je me déchaussai avant de la rejoindre. Elle évitait mon regard.

— Je n'ai pas beaucoup dormi, commença-t-elle. Deux heures, maximum.

— C'est ce que j'ai cru comprendre.

Lucie donnait l'impression de chercher ses mots. D'en faire défiler toute une série avant de choisir les bons.

— Je ne suis pas rentrée ici après le travail… Je veux dire, pas de suite.

Je repoussai instantanément toutes sortes d'hypothèses, ce qui me coûtait un terrible effort. Mes idées cheminaient sur différentes voies, allant de la perte d'emploi de Lucie à la révélation d'un amant. Un sexagénaire plein aux as, tant qu'à faire.

Mon corps s'alourdissait.

— D'accord… Tu as fait quoi, avant de rentrer ici ? Tu es allée où ?

Elle n'avait pas encore osé me regarder dans les yeux. Pire, elle se rongeait les ongles, chose qu'elle n'avait pas faite depuis l'âge de ses dix-huit ans.

— Je t'en prie, Lucie, c'est bien toi qui parlais d'honnêteté, récemment.

Elle leva enfin les yeux sur moi.

— Je suis allée voir mon ami, lâcha-t-elle.

— Quoi ?

— Le docteur Villebarne, poursuivit-elle. Je t'en ai parlé. J'avais pris rendez-vous avec lui il y a quelque temps. Je suis… passée récupérer les résultats.

Les résultats ?

La compréhension s'écoulait lentement dans mon cerveau en envoyant des jets d'acide sulfurique. Ça brûlait.

— Tu veux dire que… Tu as…

— J'avais besoin d'en apprendre davantage, coupa-t-elle en me prenant les mains. De comprendre d'où vient le problème. Pourquoi on n'y arrive pas. Pourquoi nous. Le docteur Villebarne a été très compréhensif. C'est un très bon ami, tu sais. Il a promis qu'il allait nous aider.

Lucie se posait les mêmes questions que moi, à la différence qu'elle avait eu le courage de les formuler à voix haute, et à l'attention de la bonne personne. Malgré tout, je ressentais une forme de trahison.

— Quand on en a parlé la dernière fois, j'ai dit que je n'étais pas d'accord pour faire ce test de fertilité.

— Je sais, dit Lucie, je suis désolée… Je ne pouvais pas rester sans rien faire, tu comprends ? J'avais l'impression de devenir folle.

— Et maintenant, tu te sens mieux ?

Ma femme se détourna comme si elle venait de recevoir une gifle. Un instant, je regrettai d'avoir été si tranchant.

Je me rendis compte que j'écrasais ses doigts. Je replaçai mes mains sur mes genoux.

— Dis-moi une chose : ce rendez-vous, là, avec ton pote, le docteur Villeurbanne…

— Villebarne.

— Peu importe. Tu as fixé ce rendez-vous avant, ou après notre conversation ?

— Notre conversation ?

— Tu vois très bien de quoi je parle.

Lucie hésita, finit par avouer :

— C'était avant.

Elle attrapa mes doigts pour les compresser de façon désespérée. Je les retirai une nouvelle fois.

— Ah, bravo !

Je me levai et allai m'accouder au comptoir de la cuisine. Pour l'instant, j'avais besoin de mettre un peu d'écart entre elle et moi. Et ça me donnait une bonne excuse pour élever la voix.

— Donc, si je comprends bien, tu avais décidé de faire ce test depuis longtemps. Que je sois d'accord ou pas. Tu te fiches complètement de mon avis.

Lucie abandonna le canapé pour venir se camper face à moi.

— C'est faux, se défendit-elle. Je t'aime plus que tout, et ton avis passe avant n'importe quoi, tu le sais.

— J'ai tendance à en douter, maintenant. Je suis quoi, moi, un distributeur automatique, que tu peux utiliser comme bon te semble ?

— Non, c'est faux ! J'ai fait ça pour nous.

Elle me regardait avec une telle intensité que j'aurais été prêt à tout lui pardonner. À envoyer valser les bols et la corbeille de fruits et allonger ma femme sur le comptoir pour lui faire l'amour. En exagérant un brin.

Mais une pensée fulgurante vint écraser toutes les autres.

— Attends une minute, comment tu as pu faire le test sans moi ? Tu avais pourtant besoin de mon… De ma…

— De tes petits poissons ?

— Appelle ça comme tu veux, mais c'est l'idée.

— Je les avais avec moi, fit Lucie d'une voix qui déraillait.

Je la dévisageais sans comprendre.

— Quoi ? Comment ça ?

Ce qu'elle ajouta ensuite fut quasiment inintelligible :

— Je les avais mis dans un pot.

— Tu as *quoi* ?

— Après avoir fait l'amour, la dernière fois, j'ai conservé ta semence dans une boite, au congélateur. Je m'en suis servi pour le test.

— Tu plaisantes…

— Je n'avais pas le choix !

— T'as pas fait ça…

— Je l'ai fait pour nous !

Je retournai au salon et me laissai tomber comme une masse sur le canapé. Phil courut se réfugier sous le lit de notre chambre, comme s'il avait senti que quelque chose était sur le point d'éclater. J'étais presque tenté de l'imiter.

— J'arrive pas à y croire.

Lucie m'observait à travers des larmes. Elle entourait son buste avec ses bras, comme pour se protéger de moi. De ma réaction.

— Comment tu as pu faire ça ?

Ma question étant purement rhétorique, elle me laissa poursuivre :

— C'est pas possible. J'y crois pas. Je ne peux pas t'imaginer faire une chose pareille. Mettre au point cette manipulation à mon insu.

— Mais… Maintenant, au moins, on sait, plaida Lucie, tremblante.

— Non. Toi, tu sais. Nuance. Tu ne m'as toujours rien dit concernant les résultats.

Elle secoua la tête tristement.

— Eh bien, Alphonse… Je veux dire, le docteur Villebarne, a pu faciliter les procédures. Il dit que nous ne devons pas espérer avoir un enfant de manière naturelle.

— Sans blague.

— Il dit que nos chances sont minces, qu'elles ne dépassent pas 2 %.

Ma femme se tenait toujours debout, faisant l'effort de rester digne. De ne pas craquer. Ce qui était loin d'être mon cas.

Je me pris le visage dans les mains. Ce n'était pas le résultat chiffré qui acheva de me déprimer, c'était de l'entendre formulé à voix haute. Et de savoir que ce n'était plus simplement une hypothèse, mais le résultat d'un protocole bien précis. Scientifique.

— Je parie que le problème vient de moi, j'avançai d'une voix lasse.

Comme Lucie ne répondait pas, je tentai de lire son expression. Elle baissa les yeux. Son attitude était plus éloquente que mille discours.

— Je suis désolée…

— Ouais. Et moi, j'ai besoin de prendre l'air.

Je me levai et arrachai ma veste du porte-manteau.

— Où tu vas ? s'écria Lucie d'une voix chevrotante.

— J'étouffe, ici.

Je me sauvai sans autres précisions. J'avais maintenant une idée précise de la façon dont j'allais utiliser mon vendredi soir.

15

Je comptai quatre secondes entre le moment où j'appuyai sur la sonnette et celui où Marie-Line ouvrit la porte.

La jeune femme donnait l'impression d'avoir gravi l'Everest pour arriver jusqu'à moi. Le souffle court, une main sur le cœur, elle me souriait.

La première chose qui me frappa fut la longueur – très réduite – de sa jupe, dont l'étoffe corail ne s'acquittait de son travail que jusqu'à mi-cuisses. Elle portait un chemisier tout aussi avare en surface réglementaire, dont le décolleté me renvoyait le souvenir de ma visite scolaire organisée dans les Gorges du Verdon.

Ensuite, c'est son parfum qui me frappa violemment. Entêtant, prédominant, c'était un tourbillon de notes boisées qui me désorientait. Un uppercut savamment dosé qui claqua contre mes sinus.

J'allais tousser mais Marie-Line ne m'en laissa pas l'occasion. M'entourant de ses bras tentaculaires, elle me colla une bise sur chaque joue. Visiblement, l'enlèvement de Valentin était de l'histoire ancienne.

— Je suis *trop* contente que tu sois venu.

— Je ne pouvais pas louper ton fameux mojito.

L'étreinte s'éternisait. Elle finit par s'écarter, libérant ses tentacules et me tourna le dos. Démarche chaloupée dans le couloir, œillade appuyée, précise, sourire furtif au moment de pénétrer dans son salon lumineux. Lumineux et étrangement vide. Dépourvu de meubles ou de canapé.

— Sympa, la déco.

— C'est par là que ça se passe, précisa-t-elle en rigolant.

Elle me conduisit à l'extérieur, dans un patio de quatre mètres sur quatre. Un fauteuil, un sofa, des coussins et un pouf s'organisaient autour d'une table basse, le tout baignant dans la lueur satinée d'une lampe halogène. Toutes ces commodités avaient été trainées jusqu'ici depuis le salon.

J'éprouvai un immense soulagement en voyant que je n'étais pas seul : les convives avaient déjà pris leurs marques. Vicar, le premier, confortablement installé dans le fauteuil, leva son verre à mon intention.

— L'invité de marque se fait toujours désirer !

Je discernai chez lui quelque chose d'inhabituel. Un grain particulier dans sa voix, peut-être. Sa façon de faire trainer les voyelles.

À côté du directeur, un jeune homme d'une vingtaine d'années me serra la main.

— … Effroi, marmonna-t-il.

— Pardon ?

— Geoffroy. C'est mon nom.

— Ah, euh, Renaud.

Geoffroy se présenta comme le meilleur ami de Marie-Line et se replongea aussitôt dans son activité de roulage de joint ; ces politesses seraient l'unique échange constructif que nous aurions.

Je fis ensuite la connaissance d'un couple. Bertrand, dit « Béber » et Véronica, dit « Véro », décollèrent leurs lèvres l'un de l'autre pour me saluer. Avant de retourner à leur besogne.

— Des vieux potes de la fac, m'expliqua Marie-Line en me prenant par le coude. Ils se sont trouvés sur les bancs de l'université et ne se sont jamais quittés. C'est trop romantique, quoi.

— Ils ont l'air sympas.

Marie-Line se mit à voleter parmi les convives et se planta devant la table basse en calant un coussin sous ses genoux. Elle attrapa un verre en plastique et procéda à l'élaboration du mojito. Je n'en perdis pas une miette. Ses mains expertes volaient d'une bouteille à l'autre, passaient d'un flacon à un autre, avec une dextérité remarquable. La démonstration se solda par la touche finale : une ombrelle posée sur le rebord du gobelet.

Elle me tendit la boisson sous les applaudissements de l'assemblée.

— Merci, dis-je en prenant mon verre.

— Vas-y, goûte.

Je m'exécutai. Et ne fus pas déçu.

Marie-Line me regardait, anxieuse, dans l'attente de mon verdict.

— C'est… délicieux !

Ravie, la jeune femme vint aussitôt se coller à moi.

— C'est parce que j'ajoute un ingrédient un peu… spécial.

Je lorgnai l'intérieur de mon gobelet d'un air soupçonneux.

— Qu'est-ce que c'est ?

— Rien de bien méchant.

— Mais encore ?

Marie-Line agrippa alors mon épaule d'un geste précis, malaxant doucement mes trapèzes.

— Tu es trop stressé, Renaud.

— Ça se voit tant que ça ? je répliquai, buvant une autre gorgée de son breuvage décidément excellent.

Vicar, qui venait d'échanger des mondanités avec Geoffroy « Rouleur de joint », éclata d'un rire tonitruant. Un rire perdu d'illuminé. Le genre de rire qui prend fin quand nous oublions ce qui l'a provoqué. Le comportement du directeur n'était définitivement pas normal.

Le bout de son menton pointa ma direction.

— Tu vas voir, mon ami, dans quelques minutes tu auras oublié tous tes soucis !

Et alors que j'avais tout à coup la sensation d'être transporté quinze ans dans le passé, avec le souvenir des soirées étudiantes délirantes, j'entrevis dans un soupçon d'effarement la pupille dilatée de mon cher directeur.

Je reposai mon verre sur la table basse. Cinq minutes avaient suffi : je glissai déjà dans un état second, profond, comme tiré vers le bas à travers les strates molletonnées d'un nuage de confusion. Je me demandais si le fait de me faire vomir au milieu de cette assemblée de pré-adultes aurait été malvenu. Je regrettais de ne pas avoir accepté l'invitation de Théo, finalement. Je pensais à Lucie, à notre dispute, puis au chien que je lui avais offert et à son nom ridicule.

J'avais envie de rire sans trop savoir pourquoi. Au lieu de quoi, je demandai :

— Tu as mis quoi dedans ?

— Un peu de cannabis, expliqua Marie-Line comme si c'était normal.

— Oh non !

La jeune femme m'entraina à l'intérieur sans que je puisse résister. Le comptoir de la cuisine vint à la rencontre de mes fesses, je pris appui dessus. Marie-Line se tenait devant moi, tout près. Trop près.

— Ça va aller, dit-elle. Ce n'est rien.

— Rien ? Tu déconnes dans les grandes largeurs. C'est vrai quoi, c'est juste de la drogue, après tout… Merde, tu aurais pu me prévenir !

Elle positionna sa main près de ma hanche et posa l'autre sur ma joue, m'envoyant une décharge sous-cutanée, un frisson qui serpenta dans mon épiderme. Son parfum insistant me prit à la gorge.

— 'Suffit que tu te détendes, murmura-t-elle.

— Je devrais y aller.

— Quoi ?

— Je devrais rentrer chez moi.

Je me dégageai, me dirigeai vers le salon d'une démarche hésitante. Mon sens de l'orientation déclinait. Les quatre points cardinaux ne faisaient plus qu'un. Les quelques neurones qui me restaient s'étaient lancé dans une danse frénétique.

Je ne me souvenais plus de la manière dont j'avais investi les lieux. Il y avait forcément une porte d'entrée quelque part. Donc une porte de sortie…

Marie-Line m'avait déjà rattrapé. Elle passa un tentacule autour de ma taille pour me soutenir.

— Renaud, ça va ?

— Pas très fort.

— J'ai dû forcer la dose…

J'apercevais les autres, dehors, qui s'amusaient de me voir ramer. Vicar en particulier était hilare. On en reparlerait au boulot, lundi…

Peu après, je me retrouvai vautré sur le fauteuil entre Rouleur de joint et mon directeur, sans le souvenir d'avoir marché jusque-là. Sans même savoir combien de minutes (d'heures ?) s'étaient écoulées. Le temps paraissait troué comme du gruyère.

— Du gruyère, j'articulai.

— Qu'est-ce que tu dis ? demanda Rouleur de joint

avec un sourire de complète béatitude.

— Rien.

Vicar se pencha de mon côté. Tout ému, des trémolos dans la voix, il me dévoila une chose essentielle. Chose que j'oubliai la minute après.

Marie-Line vola à mon secours, me prenant par les mains et me forçant à la suivre, m'entrainant à l'étage.

— Où on va ? je m'entendis demander.

— Je veux te faire visiter ma maison.

Un éclair de lucidité me dévoila clairement ses intentions. Je me statufiai, la jambe pliée sur une marche.

— Non… Peux pas…

— Pourquoi ?

— Je devrais être chez moi.

Comme je prenais la tangente, conscient de me débrouiller avec l'escalier aussi bien qu'un enfant en bas-âge, elle me retint par le coude.

— Tu ne peux pas conduire dans cet état, fit-elle remarquer.

— Alors, je vais marcher. Mais il est hors de question que je te suive. Tu m'entends ? Hors de question… Tu ne m'entraineras pas avec toi.

***

Marie-Line me projeta sur le lit avec une facilité étonnante, ce qui me fit m'interroger : ses forces étaient-elles tout à coup décuplées, ou les miennes étaient-elles annihilées par la substance dans mon sang ?

Sa chambre était petite, mais suffisamment large pour contenir un lit double. La déco laissait présager qu'une part de la jeune femme se trouvait encore enracinée dans le monde de l'adolescence. Il y avait des posters d'acteurs américains aux minois irrésistibles et un autre, plus grand, du chanteur d'un groupe de rock anglais, la chemise largement ouverte. Sur une étagère s'alignaient tous les membres d'une famille d'ours en peluche, de l'arrière-grand-mère à l'arrière-petit-fils.

Je me demandais si je me trouvais bien chez Marie-Line, 28 ans, enseignante, ou dans l'antre d'une ado en mal d'amour. La suite allait m'apporter la réponse.

Marie-Line se tenait à califourchon sur mon ventre, le regard sauvage. Le point de vue dont je bénéficiais m'apporta les détails les plus intimes de son anatomie. J'essayai de me dégager, elle appuya sur mes bras de tout son poids. Et quel poids ! Si son corps donnait l'impression d'avoir acquis la masse volumique d'un routier, le mien s'était aussi nettement alourdi. J'avais les muscles englués dans un bourbier épais. L'un dans l'autre, j'étais quasiment paralysé, pris au piège dans la toile d'une tarentule géante.

— Détends-toi, ça va aller, répétait Marie-Line, ce qui ne me rassurait pas du tout. Je vais pas te manger, tu sais. (Elle fit mine de réfléchir.) Ou peut-être que si, en fait…

Elle approcha son visage du mien, les yeux mi-clos. Ses lèvres, entrouvertes, rencontrèrent ma mâchoire comme j'avais eu le réflexe de tourner la tête.

— Tu es un petit joueur, dit-elle. Moi aussi, j'adore m'amuser.

— Laisse-moi partir, putain.

Elle resserra ses cuisses autour de mon thorax avec la force d'un étau, à deux doigts de me briser les côtes.

Elle veut me tuer, ou quoi ?

Sa voix s'écoulait comme du miel. Ses mots me paraissaient lointains, étouffés, hors de ma conscience.

— J'ai craqué sur toi dès que je t'ai vu. Deux ans, maintenant, que j'arrête pas de penser à toi. T'es devenu une obsession.

Deux ans ?

— Je suis sûre que tu ressens la même chose, poursuivit-elle. En fait, je l'ai deviné la première fois qu'on s'est rencontrés. Tu avais le même regard. Ce jour où tu m'as fait comprendre *qui* j'étais réellement. Le jour où tu m'as transformée.

— Mais de quoi tu parles, bordel ?

Marie-Line marqua une pause, visiblement blessée. Elle se redressa, m'observant de plus loin.

— Tu ne te souviens pas ? articula-t-elle lentement.

Je secouai la tête.

— Désolé, mais je crois que tu fais erreur. On s'est rencontrés il y a tout juste deux semaines. L'école, la rentrée des classes, ça te dit quelque chose ?

— C'est faux. Et tu le sais très bien.

Je secouai la tête davantage, de plus en plus perdu.

— Tu ne peux pas faire semblant d'avoir oublié, dit-elle. Tu te rappelles forcément ce moment. Ce fameux soir où je faisais du stop.

— Oh…

Ça y est. Ça venait de faire *tilt.* Tandis que la jeune femme continuait de parler avec des étoiles dans les yeux, un souvenir assez vague me revint en mémoire. Celui d'un soir d'automne où j'avais croisé cette âme en peine, frigorifiée au bord de la route, levant mollement le pouce. Je m'étais arrêté et j'avais proposé de la raccompagner. C'était sur mon chemin, après tout, je n'avais eu aucune raison de la laisser plantée là à la nuit tombante.

— Ces quelques minutes dans ta voiture, continua Marie-Line d'un air emprunté, ces quelques minutes ont été les plus intenses de ma vie.

— Sérieusement ?

— Un véritable coup de foudre.

— Ah, merde.

— Tu étais si attentionné, tu me parlais avec tant de douceur…

Pour être honnête, je ne partageais pas tout à fait le même souvenir. J'étais crevé, j'avais eu une journée chargée, je devais avoir une mine affreuse. Je m'étais dit qu'un peu de compagnie me ferait du bien. Nous avions taillé une bavette comme deux personnes civilisées. Parlé de tout et de rien. Je l'avais ensuite déposée devant un abribus et j'avais continué, sans un regard en arrière. Ç'avait été aussi simple que ça.

En fait, j'avais même oublié cette rencontre jusqu'à ce soir.

— Je n'allais pas bien à l'époque, reprit-elle. J'étais paumée et tu m'as sauvée. Tu m'as redonné gout à la vie. Pendant deux ans, chaque jour, je n'ai pensé qu'à toi, Renaud. Tu as occupé chaque seconde de mon existence. Tu as insufflé chacune de mes inspirations. J'ai voulu te retrouver, évidemment, mais je n'avais aucun moyen de le faire. Ni numéro, ni adresse. Seulement ton prénom. J'ai cru devenir folle. Une véritable torture. Jusqu'au jour où je t'ai croisé, par hasard, dans les rues de Dourgne. Tu étais avec ta femme.

— Ah…

— Mais je t'en veux pas, tu sais. J'ai accepté de te partager avec une autre.

— Me « partager » ?

Les propos tenus par Marie-Line ressemblaient fort à ceux d'une illuminée.

— Tu m'as blessée, un peu, finit-elle par avouer. Ta femme ne connait pas sa chance…

Je pouvais lire sur son visage une douleur bien réelle. Généralement, à ce moment-là, la folle à lier brandissait son énorme couteau, riant à gorge déployée, et le plongeait dans le cœur du pauvre homme dont elle avait fait sa cible.

J'avais très peur tout à coup.

— Je suis désolé… Je crois…

La jeune femme me sourit tristement. Notre rencontre n'avait duré que vingt minutes, à l'époque, tout au plus, et pourtant j'avais l'impression d'être le bourreau de sa vie.

— Je suis devenue enseignante, comme toi. Je ne crois pas aux coïncidences. Nos destins étaient faits pour se croiser à nouveau. Un jour, j'ai entendu dire que tu exerçais dans l'école de Dourgne. Pour moi, c'était un signe. Une évidence.

Elle avait levé une main en disant ça, dégageant mon poignet gauche par la même occasion. Erreur.

J'en profitai pour l'attraper par le cou. Elle gémit de surprise.

Je serrai un peu, pas trop fort, juste assez pour la déstabiliser. Mon corps sortait doucement de sa léthargie. Pas complètement, mais il y avait du mieux. La drogue semblait se dissiper.

Marie-Line tenta de me faire lâcher prise en utilisant ses deux mains. C'est exactement ce que j'avais espéré, car elle avait libéré mon bras droit. Je basculai sur le côté, l'entrainant par le cou, la poussant par l'épaule. Nous roulâmes jusqu'au bord du lit dans une étrange position, inversant les rôles. Cette fois, je me retrouvai sur elle.

Je lui saisis les poignets et les plaquai de chaque côté

de sa tête. Avec ses jambes qui m'entouraient, elle ne relâchait pas la pression autour de mon thorax.

Elle essaya de m'embrasser. J'esquivai.

— Ne me repousse pas, dit-elle.

— T'es qu'une pauvre tarée.

Je donnai une nouvelle impulsion et nous dégringolâmes ensemble, son corps amortissant notre chute sur le sol. Je parvins finalement à me dégager, puis à me relever.

— Attends, gémit-elle en voulant me saisir la cheville.

Je m'éloignais à reculons, pendant qu'elle peinait à se hisser sur le lit. Son visage présentait tous les aspects de celui d'une démente : les traits tirés, les yeux exorbités, les narines qui palpitaient. D'un autre côté, je devais afficher un air à peu près similaire.

Je me heurtai à la porte derrière moi. Me retournai, attrapai la poignée.

— Ne pars pas, supplia-t-elle, reste avec moi.

Je tentai d'ouvrir, mais le battant ne pivota pas.

— C'est pas vrai !

Elle avait verrouillé la porte, j'aurais dû m'en douter. Je tournai le loquet et appuyai de nouveau sur la poignée. Cette fois, les gonds accomplirent leur besogne.

Libéré, je me lançai dans les escaliers sans un regard en arrière. Je dévalai les marches quatre à quatre et loupai la dernière. Je m'écrasai lourdement sur le carrelage du salon, me relevai sans trop savoir comment. Me dirigeai en claudiquant vers la baie vitrée ; des gouttes d'eau la martelaient. Le ciel s'était obscurci, le tonnerre grondait au loin. Passant la tête par l'ouverture, j'annonçai :

— Je me tire.

— Oh, déjà ? déplora Vicar qui ne semblait pas perturbé par la pluie, pas plus que ses nouveaux amis.

Je fonçai ensuite vers la sortie. Mes jambes étaient en coton. Mon sang tambourinait contre mes tempes de façon anarchique. Je me jetai à l'extérieur.

— Renaud, attends ! s'écria Marie-Line qui arrivait au pas de course.

La jeune femme, les cheveux en pagaille, m'intercepta sur le palier. Elle m'attira contre elle, me serra avec fureur.

— Je ne voulais pas te faire fuir…

Je l'écartai un peu, la retenant par les épaules.

— Repose-toi. Tu n'es pas dans ton état normal. De mon côté, je vais essayer d'oublier ce qui s'est passé. On se revoit lundi au boulot, en tant que bons collègues, d'accord ?

— Alors ça, ça m'étonnerait, rétorqua-t-elle.

Une voiture passa à proximité, nous saisissant dans ses phares un court instant. Des gouttes d'eau dégoulinaient sur le visage de Marie-Line. Elle se hissa sur la pointe des pieds et colla ses lèvres aux miennes.

Elle avait réussi, finalement.

Puis elle se détourna et rentra chez elle en refermant doucement la porte. De l'intérieur me parvenaient vaguement les cris enthousiastes de ses amis.

Je restai un moment sur le palier, faisant face à la place du village, goutant à une pluie qui s'était fait désirer.

Je remarquai qu'un véhicule était rangé juste à côté du mien. Il n'était pas là quand j'étais arrivé.

Une silhouette se décolla du capot et se dirigea vers moi. Elle s'arrêta au pied de la volée de marches, prise dans le halo de lumière d'un lampadaire.

Je retins mon souffle.

Les cheveux collés en paquets humides sur le front, grelotant, Lucie me regardait avec un air assassin.

16

Depuis combien de temps s'était-elle tenue là, dissimulée dans l'obscurité ? Une minute, peut-être plus. Suffisamment longtemps pour avoir assisté à notre étreinte. Et au baiser.

Le rideau de pluie qui nous séparait n'était pas assez épais pour me protéger des attaques mentales que Lucie assenait. Sur son visage défilaient plusieurs assauts consécutifs d'émotions, de sentiments, issus de sa panoplie spéciale « scène de ménage », jonglant entre la haine et la colère en passant par la déception. C'était sans doute celle-là la pire.

— Ce n'est pas du tout ce que tu crois, je proclamai, avec cette impression d'être au cœur d'une mauvaise pièce de théâtre.

Sa main vola droit sur ma figure. Je redoutai une gifle, me crispai, mais elle ne fit que la poser doucement sur ma joue.

Elle se tourna ensuite vers la maison et je devinai instantanément ce qui allait suivre.

— Chérie, non…

Elle s'était déjà engouffrée à l'intérieur.

Impossible de retenir un serpent qui a l'intention de fondre sur sa proie.

— Attends !

Je gagnai le couloir sur les talons de ma femme. Plutôt, de ce qui *avait été* ma femme. Car de serpent elle s'était changée en un taureau qui charge. Dieu merci, rien ne se trouvait sur son passage. Pour l'instant.

Le taureau se planta devant une assemblée médusée, imposant un silence électrique dans l'arène. J'arrivai quelques secondes en retard.

Vicar prit l'air embarrassé de circonstance. Essayant de se lever, mais n'y parvenant pas, il retrouva sa position confortable dans le fauteuil.

— Bonsoir, Lucie… Comment ça va ?

Ma femme les dévisagea l'un après l'autre en terminant par Marie-Line.

Les deux femmes s'affrontèrent du regard.

— Qu'est-ce que vous faites chez moi ? lança l'institutrice d'un coup de menton.

— Tu sais qui je suis ?

— Oui.

— Alors tu as bien une idée.

Un battement de cils après, Lucie attrapa le premier gobelet qui lui passait sous la main et aspergea le chemisier de Marie-Line, laquelle eut un mouvement de recul sur sa chaise. Elle lâcha un gémissement, blessée dans son amour-propre. Jamais elle n'avait essuyé un tel affront.

Ses yeux se transformèrent en deux boulets de canon incandescents rivés sur ma femme.

— Salope…

Lucie s'empara alors d'une carafe d'eau – remplie cette fois à ras bord – et menaçait de récidiver.

— J'ai bien envie de te l'envoyer sur la gueule, et je ne parle pas du contenu.

Marie-Line ouvrit la bouche, mais se ravisa aussitôt. Elle avait deviné que son adversaire ne plaisantait pas. Elle préféra se tourner vers les membres de sa tribu en ricanant.

Toujours un peu groggy par les dernières traces de la substance dans mon sang, mon temps de réaction était décuplé. Je finis par placer mes mains sur les épaules de ma femme en espérant la calmer.

— Allez, chérie, rentrons à la maison.

Elle ne m'entendait plus. Le duel silencieux dura encore un moment. Deux lionnes qui se tournaient autour, qui s'observaient, se flairaient. Elles n'avaient pas besoin de grogner, leurs regards de félin suffisaient.

J'accentuai la pression.

— Allez, viens…

Je parvins à l'entrainer dans le couloir, puis jusqu'à la porte. Sur le palier, elle tenait toujours la carafe dans sa main crispée.

— Tu as l'intention de la ramener chez nous ? je demandai.

Lucie parut réaliser ce qu'elle tenait, posa le récipient sur la première marche et dévala le reste de l'escalier. Elle me fuyait.

Sa voiture émit le chuintement de l'ouverture centralisée. Elle eut juste le temps d'ouvrir la portière de quelques centimètres, je me précipitai pour la refermer.

— Laisse-moi partir Renaud, avertit-elle, bouillant de l'intérieur.

— Pas question.

Je m'adossai à la portière.

— Comment tu m'as retrouvé ?

— C'est tout ce qui t'importe ? Tu n'as rien d'autre à me dire ?

Son visage se trouvait tout près du mien. J'avais tout le loisir de l'observer plus en détails, comme si j'en décelais une nouvelle facette. Les gouttes d'eau continuaient d'en faire leur piste d'atterrissage. Je crus deviner que parmi ces gouttes se trouvaient des larmes.

J'avais une furieuse envie de l'embrasser. Mais quelque chose me disait que j'allais devoir attendre longtemps. Plus longtemps, en fait, que ce que je croyais.

Lucie croisa les bras d'emblée, me faisant comprendre qu'il serait difficile de la convaincre. Que même la meilleure explication ne suffirait pas.

— Cette fille… dis-je en pointant la maison du doigt, c'est une grande folle.

— Folle de toi ?

— Heu, j'en ai bien l'impression, oui.

— C'est pour ça que tu es venu ici, ce soir ? Pour la voir ?

— Non, pas du tout. Elle m'a juste invité à sa pendaison de crémaillère. Et comme tu as pu le constater, il ne s'agissait pas d'un tête-à-tête.

— Pourquoi tu ne m'en as pas parlé plus tôt ? répliqua Lucie. Ce que j'ai pu voir, sur ce palier, ressemblait étrangement à un tête-à-tête. Et même plus que ça.

J'avalai une grosse boule nerveuse. On devrait tous posséder un interrupteur magique, un gadget pour remonter le temps d'un simple clic. Revenir en arrière et visualiser les différents chemins qui s'ouvrent devant nous. Le bon chemin, celui qui nous évite les embûches, serait balisé par un marquage luminescent nous permettant de ne pas le louper.

D'un autre côté, si un tel objet existait, la vie ne serait-elle pas ennuyeuse ?

Je décidai de m'engager de suite sur la pente glissante :

— J'ai réussi à sortir de sa chambre, tu sais, mais elle m'a rattrapé dehors, et c'est là que…

— Attends, fit-elle en levant une main. Attends. Tu étais dans sa chambre ?

Une pause, durant laquelle les engrenages de mon cerveau se mirent à fonctionner à plein régime.

— Elle m'y a trainé de force, après avoir… heu, mis un truc… dans mon verre.

— De mieux en mieux.

Lucie me bouscula. Je résistai, obstruant l'accès à l'habitacle.

— Laisse-moi passer !

— Arrête. Calme-toi.

— Me calmer ? dit-elle à travers un sourire féroce. C'est la meilleure. Tu retrouves ta *pouffiasse* en cachette, tu passes du temps dans sa chambre et tu l'embrasses sur le palier. C'est toi qui devrais calmer tes ardeurs. C'est dans ta tête que ça tourne pas rond.

Elle contourna habilement le véhicule et s'engouffra côté passager. Je m'étais glissé entre temps sur le siège conducteur. Au moins, nous étions au chaud.

— À quoi tu joues, Renaud, laisse-moi partir.

J'agrippai le volant, pris plusieurs inspirations. J'observai les éclats nocturnes de Dourgne à travers le rétroviseur.

— Comment j'étais censé réagir, hein ? Qu'est-ce que j'aurais dû faire ?

— Je n'en sais rien. Mais sûrement pas t'échapper pour aller faire la cour à la première venue, articula Lucie.

— Ce n'est pas ce que tu crois. Il ne s'est rien passé. J'avais besoin de prendre l'air, c'est tout.

L'habitacle se chargea d'une chaleur étouffante, comme avant un orage. Rapidement, de la buée recouvrit les vitres. J'avais envie d'air frais. Mais si je sortais, je laissais Lucie me filer entre les doigts à coup sûr.

— Tu m'as menti, j'assenai. En faisant ce que tu as fait,

dans mon dos, tu m'as trompé.

— Non mais je rêve ! s'emporta Lucie.

— Je t'explique seulement ce que je ressens, d'accord ? J'étais contre ce test et tu le savais pertinemment. Tu m'as coincé.

— Je voulais juste en avoir le cœur net. Je voulais… arrêter de nager à contrecourant. Être sûre.

— Sûre de quoi, putain ?

Je frappai le volant du plat de la main, Lucie sursauta.

— Tu sais bien…

— Non, non, dis-moi. Sûre de quoi ? Qu'on n'a pas les moyens d'être parents ? Qu'on ne peut plus se permettre d'espérer ? Qu'on n'a pas la clé pour ouvrir cette foutue porte dressée devant nous ? Sûre qu'on est inutiles, impuissants. Que *je suis* impuissant, en fait. Parce qu'il s'agit de moi, finalement. Je n'arrive même pas à accomplir le devoir d'un homme le plus basique. En faisant ça, tu as prouvé que tu étais capable de me rabaisser.

— Arrête, c'est faux.

La lumière du plafonnier venait de s'éteindre, nous replongeant dans la pénombre. De la musique s'écoulait de la maison de Marie-Line, ainsi que des tintements de verres qui s'entrechoquaient.

J'avais tant de choses à dire… Mais je m'efforçai de conclure :

— Tu m'as déçu, Lucie. Voilà pourquoi je devais mettre des kilomètres entre nous.

J'ouvris la portière et m'extirpai de la voiture, les jambes tremblotantes.

Lucie s'installa derrière le volant et mit le contact. Les phares éclaboussèrent la façade de la maison.

Puis la vitre électrique s'abaissa et le visage de ma femme apparut. Des larmes avaient remplacé la pluie. Ses joues étaient en feu.

— Tu sais, Renaud, tu te trompes sur un point. Ton taux de fertilité est de cent pour cent. Le problème vient uniquement de moi. C'est à cause de moi si nos chances d'être parents sont si faibles. Mais ça, tu n'as même pas cherché à le savoir. Tu sais quoi, tu me dégoutes. Voilà pourquoi je vais devoir mettre des kilomètres entre nous.

La vitre se referma, me renvoyant mon reflet : celui d'un homme aux épaules avachies, se débattant au milieu de son naufrage.

La voiture fit marche arrière, décrivit une courbe sur le bitume et s'éloigna, m'abandonnant à la prise de conscience la plus douloureuse de mon existence : l'infinitude de ma bêtise.

***

Lucie toléra ma présence pour la nuit, à condition que ce fût sur le canapé du salon, avec Phil pour seule et fidèle compagnie. Ça, et une fine couverture, dont je me séparai à cause de la chaleur. Je ne fermai pas l'œil plus d'une heure.

Aux premières lueurs du jour, Lucie, qui visiblement n'avait pas passé une meilleure nuit que moi, exigea que je quitte l'appartement. Dieu merci, le terme « temporairement » ponctua sa requête.

Moins de vingt minutes plus tard, je déposai ma valise dans le coffre de la Clio et le petit chien sur le siège passager. Lucie, bras croisés, me regarda quitter le parking de la résidence sans m'adresser un signe.

Roulant à tombeau ouvert, j'empruntai la route nationale et filai en direction de la ville.

Je passai un rapide coup de fil à Théodore. C'était le moment pour lui de me prouver son amitié.

17

Enclavée entre deux immeubles, la maison de Théodore ne payait pas de mine.

Une palissade en bois branlante courait le long de son jardinet, interrompue par un portillon dont la peinture avait fané depuis des lustres. Sur un piquet culminait une boite aux lettres en fer, portant l'inscription *Mort aux cons* sur la face avant.

Je rangeai ma voiture le long de l'allée. Un peu plus loin, sur le trottoir, la vieille Citroën de Théodore avait le haillon du coffre grand ouvert. Son chien-loup était couché à l'intérieur. L'animal se contenta de dresser les oreilles quand je m'approchai, alerte, prêt à me sauter dessus. Ses yeux pointaient sur moi comme l'aiguille d'une boussole le pôle Nord.

Mon ami apparut sur le perron au moment opportun, un gros sac de voyage sous le bras. Il referma d'un coup de talon et traversa le jardinet en m'adressant un signe de tête, puis il me lança les clés de sa demeure.

La minuscule maison, ainsi prisonnière de ces deux énormes blocs de béton, me faisait invariablement penser au film *Là-haut*. C'était plus fort que moi, je pouvais presque deviner sur le toit une grappe de ballons multicolore qui s'étirait vers le ciel. Théodore débarquait alors, avec sa carrure de rugbyman, et tout le potentiel poétique de cette vision s'évaporait.

— Il veut bien me filer un coup de main, le nabot ?

Je lui ouvris la portière. Il balança son sac sur le siège passager puis se tourna vers moi.

— Salut, mon gros.

Accolade. Il sentait la sueur couplée à un fond d'eau de toilette. Et autre chose aussi, plus discret. Une sorte d'urgence. Mais je devais dégager la même impression, car il demanda :

— C'est quoi le problème ?

— Le problème… c'est moi.

— Ben, pour en arriver à te faire expulser de chez toi comme un malpropre, t'as pas dû être tendre avec ta belle. Elle a pas aimé la marmotte ?

Comme je regardais mes chaussures sans rien dire, Théodore eut le tact d'embrayer :

— T'inquiète pas, je suis sûr que ça va s'arranger. Ça s'arrange toujours. Et puis, ton vieux pote est là.

— Je sais, merci.

— Je te fais pas faire le tour du propriétaire, tu connais la baraque, et puis moi je dois filer. Y'a deux douzaines de bières dans le frigo et des boites de conserve dans le placard, si besoin. Tu devrais te sentir comme un coq en pâte.

Il me serra une nouvelle fois dans ses bras, ce genre d'effusion ne lui ressemblait pas. Il referma ensuite le coffre et prit place devant le volant.

— Tu l'emmènes avec toi, finalement ? demandai-je en désignant le molosse à l'arrière qui remplissait, à lui seul, presque tout l'espace disponible.

— Oui. J'ai pu m'arranger avec le proprio. Question de persuasion financière.

— Tant mieux. Bon séjour, alors. Et… on te revoit quand ?

Mon ami ne répondit pas. Il mit le contact et la radio cracha un vieux morceau de Metallica : *Master of Puppets.*

La vieille Citroën dégringola du trottoir, clopina sur la chaussée en toussotant et pila au bout de quelques mètres. La tête de Théodore apparut par la vitre ouverte.

— Juste un truc, articula-t-il par-dessus le vacarme, c'est pas grand-chose mais je préfère te mettre au jus : les toilettes déconnent, n'utilise pas la chasse d'eau !

— Ah bon ? Mais alors, comment…

La voiture s'éloigna en pétaradant et disparut à la première intersection.

J'inspirai à fond, enfonçai les mains dans mes poches et me retournai vers ma Clio. Derrière le parebrise, les pattes avant plantées sur le tableau de bord, Phil avait l'air tout excité.

Je le soulevai et l'emmenai contre moi.

— J'espère que tu sais faire la conversation.

***

Je pensais avoir déjà touché le fond, mais ce samedi eut le mérite de me révéler mes capacités à donner des coups de pelle supplémentaires.

Je sortis une chaise de la cuisine pour m'installer dans le jardinet, à l'ombre des vis-à-vis. Je tentai plusieurs fois d'appeler Lucie, en vain. Je lui laissai des messages plus pathétiques les uns que les autres.

Dérangé par la circulation, je décidai de réintégrer le domicile et m'allongeai sur un canapé aux tâches douteuses. La maison ne comptant qu'une seule chambre – celle de Chloé – Théodore devait dormir dans le salon. Je me plierai donc à la coutume.

Je tentai de trouver une sérénité intérieure. En vain. Les heures se succédaient, inutiles.

De son côté, Phil avait trouvé une façon de tuer le temps avec philosophie : perché sur le rebord de la fenêtre, il observait le monde extérieur en aboyant aux voitures bleues. Uniquement les bleues.

En milieu d'après-midi, la maison de Théodore devenait une fournaise. L'enclavement dans lequel elle se trouvait lui conférait des allures de sauna. J'enlevai mes vêtements, pris une douche froide et allai m'asseoir sur le carrelage de la cuisine, le dos contre le réfrigérateur.

Combien de temps devrais-je rester ici ? Deux, trois

jours ? Peut-être plus. J'étais prêt à laisser le temps nécessaire à Lucie pour qu'elle fasse le point. J'étais prêt à faire tout ce qu'il fallait, ensuite, pour la reconquérir. Quitte à sortir les chandelles au soleil couchant. Quitte à composer un poème au clair de lune.

Je ne m'étais jamais senti minable à ce point.

J'entendis le bourdonnement de mon téléphone, laissé en évidence sur la table basse du salon. Un bip sonore.

C'était un texto de Valentin :

J'ai revu le loup.

Je m'enfonçai dans le canapé et pianotai sur les touches.

Où ? Quand ?

Le garçon mit du temps à répondre :

Peux pas parler. Sinon le loup me dévore.

Mon cœur fit un seul bond, mais un bond phénoménal.

Je devais en savoir plus. Je me sentais comme un assoiffé devant un lit de rivière asséché. Je renvoyai d'autres textos qui restèrent sans réponse. J'hésitais à l'appeler, me ravisai.

Valentin ne lâchait que des bribes d'informations, goutte à goutte comme un robinet qui fuit. Pourtant, il commençait à se confier plus facilement. Je sentais que peu de choses l'empêchaient d'ouvrir les vannes en grand. Je devais lui laisser le temps de déverser ce qu'il avait sur le cœur.

Le fond d'écran de mon téléphone rayonnait du visage de Lucie portant des lunettes de soleil – souvenir d'un weekend improvisé dans les Landes. Cette époque me manquait. Spontanément, je glissai vers le répertoire et trouvai le numéro de Clarisse Millot.

Après deux sonneries, c'est la timide voix d'une fillette qui me répondit.

— Allo ?

Je me rappelais que Théodore lui avait confié sa fille. La petite avait dû être la plus rapide sur le combiné.

— Oui, hum, bonjour Chloé. C'est Renaud.

— Bonjour, monsieur.

— Tu vas bien ?

— Oui.

— Clarisse est là ?

L'appareil changea de main.

— Salut Renaud. Théo m'a dit ce qui t'arrive. C'est moche.

Les nouvelles allaient vite, aucun doute là-dessus.

— C'est ma faute. Je suppose que je le mérite.

— Si tu veux en parler…

— Je sais, merci. J'appelle à propos d'autre chose. Valentin…

— Tu as appliqué mon conseil ? Le coffre-fort, la clé.

— Heu, pas vraiment, non… Je crois que je me sens trop concerné pour mettre tout ça sous le tapis.

Je m'allongeai sur le canapé, un bras glissé sous la tête. Phil abandonna la fenêtre et sauta sur moi, tourna deux fois sur lui-même avant de se rouler en boule.

— Il m'a envoyé un texto.

— Ah bon, il a ton numéro ?

— Oui... Je lui ai donné un vieux portable à moi, avouai-je à demi-mot. Comme ça, tu sais... c'est plus facile. Il peut me joindre à tout moment.

Clarisse resta silencieuse, mais je savais ce qu'elle s'apprêtait à dire :

— Tu sais pourtant que c'est contre nos principes.

Je ne pris pas la peine de répondre. Je n'en étais que trop conscient.

Clarisse soupira.

— Bon, qu'est-ce qu'il a dit ?

— Qu'il a revu le loup.

Je perçus le claquement d'une porte. J'imaginai mon amie qui s'isolait pour réfléchir, comme elle avait l'habitude de faire.

— D'accord, dit-elle. Ton élève semble avoir été victime d'un traumatisme. Il peut arriver que des conséquences se manifestent de façon différée après une certaine période.

— En clair ?

— Pour être honnête, Renaud, je n'en sais rien. Je n'ai pas assez d'éléments sous le coude. Quand tu m'as appelée, l'autre jour, tu semblais presque convaincu que c'était à cause des parents.

— Pas des parents, non, seulement du père. Je suis un peu perdu.

— Le garçon pourrait être victime d'hallucinations, causées par un stress post-traumatique. Mais les cas sont rares. S'il a réellement vu un loup, alors le choc de cette rencontre se reflète aujourd'hui sous la forme de visions. Il *croit* voir le loup à nouveau, autour de lui. Des silhouettes, peut-être. Ça ne m'étonnerait pas qu'il en rêve, aussi. Mais ce ne sont que des suppositions, je ne peux rien affirmer à cent pour cent.

— J'ai à peu près pigé…

Tout à coup, Phil se redressa, le cou tendu. Il bondit sur la table basse, regagna son poste d'observation à la fenêtre et se mit à gémir nerveusement.

Je cachai le combiné d'une main.

— Phil !

— Il pourrait y avoir cinquante explications différentes, poursuivit Clarisse. Aussi plausibles les unes que les autres.

— Mais tu admettras que l'hypothèse du loup est peu plausible. J'ai du mal à croire qu'il ait été confronté à un *vrai* loup. Je veux dire, où peut-on encore trouver cet animal ?

— Eh bien, dans un zoo, pour commencer. Ensuite, rien ne prouve qu'il s'agisse vraiment d'un loup. Le garçon s'est peut-être retrouvé face à un chien *ressemblant* à un loup. La confusion est possible, surtout à son âge.

Je repensai aussitôt au molosse de Théodore, mais gardai l'idée pour moi.

Depuis son poste d'observation, Phil lâcha une série d'aboiements suraigus.

— Attends une seconde, je dis.

Je me décollai du canapé, le téléphone toujours dans la main, et allai voir le petit chien qui remuait dans tous les sens.

— Qu'est-ce que tu as vu ? Encore une voiture bleue, je parie ?

En me penchant, je vis effectivement une voiture bleue garée de l'autre côté de la rue. Sombre, presque noire. Un modèle américain. Le bas de caisse argenté, une longue rayure courant sur le flanc gauche. Les vitres teintées. Impossible de discerner quoi que ce soit, à part le contour des mains sur le volant.

Quelqu'un attendait. Regardait-il dans ma direction ?

Au bout d'un moment, la berline s'engouffra dans la circulation. Je restai scotché à la fenêtre quelques instants, avant de me rappeler que mon amie patientait au bout du fil.

— Renaud, tout va bien ?

— Oui, oui. C'est rien. Je… C'est rien.

Je secouai la tête, en proie à un vertige soudain, et regagnai le canapé, imité par Phil.

— Tu es sûr ? insista Clarisse. Je peux venir, si tu veux.

— Tu dois veiller sur Chloé.

— Comme tu voudras.

J'étais sur le point de couper court à la conversation,

quand un détail me revint à l'esprit.

— Oh, autre chose : Valentin m'a envoyé un deuxième texto, qui disait : « Je peux rien dire, sinon le loup me dévore », quelque chose comme ça. Qu'en penses-tu ?

— Difficile à dire, Renaud. Tu m'en demandes beaucoup.

— Je sais, désolé.

— Tu sais quoi, je te promets d'y réfléchir. Je te tiens au courant si j'ai une piste.

— Super, merci. Je te revaudrai ça.

— À très bientôt, alors, ajouta-t-elle joyeusement. Oublie un peu le grand méchant loup et fais ce qu'il faut pour retrouver ta belle.

18

Aucun souvenir.

Je n'avais aucun souvenir du trajet qui m'avait conduit jusqu'ici.

J'abandonnai ma voiture sous un soleil pâle et plongeai dans le sous-bois, les yeux rivés sur mes chaussures qui avaient l'air d'avancer sans me demander mon avis.

Les hautes herbes encerclaient les ruines en brûlant doucement sous le soleil, tandis que les ronces s'épanouissaient le long de la tour. Les nuages glissaient sur la voûte céleste à une allure folle, poussés par un vent d'altitude. Au sol, pas un seul courant d'air n'osait froisser le tableau. La chaleur cristallisait les choses avec plus de force que la glace.

Je me hissai sur la huitième marche et ouvris le coffret de métal blanc… Sans trouver un seul message de ma femme. Je le remis à sa place.

Un bruit me fit sursauter.

Je tendis le cou vers les fourrés, en direction de l'étang.

Un craquement, encore. Une branche cassa, comme un os qui se brise. Les feuilles tremblèrent, les arbustes vacillèrent. Les fougères dansaient de façon hypnotique. Autour de cette zone agitée, rien ne bougeait.

Un couple d'oiseaux apeurés s'éjecta vers le ciel, leurs ailes claquèrent comme des draps dans la tempête. Je les regardai disparaitre en souhaitant pouvoir les suivre.

Je me levai, les jambes vissées dans la pierre ancestrale, sans quitter des yeux les fourrés qui continuaient de danser, comme sous l'effet d'un vent imaginaire.

Des branches malmenées, les feuilles se décrochaient, bercées jusqu'au sol.

Puis tout s'arrêta.

Figé.

J'ouvris le clapet de mon téléphone et jetai un coup d'œil sur l'écran : aucun signal. La civilisation me sembla loin, tout à coup.

Et puis, comme si chaque molécule d'air s'était mise à vibrer, un grognement rauque s'écoula hors des bois. Profond, constant, comme un millier de claquements de dents.

Je retins mon souffle, pétrifié.

Le son guttural se prolongea, s'intensifia, avant de mourir brutalement, ponctué par un souffle animal. Féroce. Je l'avais senti s'épanouir sur mes bras, me filant la chair de poule.

Ça ne peut pas être vrai. Le fruit de mon imagination, le contrecoup des évènements des derniers temps. Ce n'est pas réel.

Pas réel, comme ces yeux qui se matérialisèrent dans

l'obscurité de la frondaison. Deux billes flamboyantes qui se plantèrent sur moi comme l'aiguillon venimeux d'un scorpion.

Le grognement s'éleva de nouveau, plus menaçant.

— C'est pas possible…

J'eus le réflexe idiot de me pincer. Je ne rêvais pas. Un rêve ne pouvait pas être si réaliste. La diversité des sons autour de moi, la subtilité des odeurs et la vivacité des couleurs étaient autant d'éléments qui renforçaient le poids de la réalité.

La tête de l'animal se précisa, alors qu'il émergeait lentement de la végétation. Sa gueule dévoilait deux rangées de crocs démesurés. De la salive en jaillit qui se mêla à ses poils argentés.

Ses muscles ondulaient sous son cuir.

— C'est pas possible, je répétai, incapable de faire le moindre mouvement.

L'animal se glissa dans la clairière à la manière d'un prédateur. Les pas mesurés, calculés. Il était l'incarnation parfaite du loup de mes terreurs d'enfance. Ses dimensions surnaturelles, issues d'une race née et façonnée dans le roc.

Mon instinct me poussa à former deux ébauches de solutions. La première consistait à canarder le monstre avec tout ce qui me tombait sous la main. Un rapide état des lieux eut vite fait de m'apprendre que rien, autour de moi, ne pourrait constituer de projectile satisfaisant.

Alors j'étais prêt à tout casser. Démanteler la tour, pièce par pièce s'il le fallait, pour obtenir de belles grosses pierres à balancer.

Restait la seconde solution, que j'adoptai sans réfléchir : je me lançai dans les escaliers à corps perdu, rebondissant sur la dernière marche en m'écorchant le poignet. Je courais, ventre à terre, en direction du sentier. La distance à parcourir ne m'avait jamais paru aussi longue. Mes pieds pesaient vingt kilos, on aurait dit que mes chaussures étaient remplies d'eau. L'expression « pédaler dans la semoule » prenait tout son sens. Je m'enlisais.

Le loup poussa un rugissement et se lança à mes trousses. Le souffle convulsif, la langue claquant dans sa gueule. Il aurait vite fait de m'attraper.

Le sentier n'était plus qu'à une longueur de bras, pourtant toujours hors de portée. J'accélérai, poussai de toutes mes forces sur un sol instable. J'enrageais.

Ne pas se retourner. Je ne dois pas me retourner. Je n'en avais pas besoin ; je percevais les mouvements du loup dans mon dos, son souffle sur ma nuque, son odeur âcre qui m'enveloppait comme un linceul.

La bête, prête à se jeter sur moi. Je plongeai en avant, roulai sur le chemin de terre et fonçai droit sur la Clio. Je percutai la portière en cherchant les clés dans ma poche.

Elle n'était pas encore apparue au bout du sentier, mais je pouvais entendre ses grognements. Je *savais* qu'elle était en colère. Qu'elle ne me laisserait aucune chance.

Que si j'avais pu lui échapper pour l'instant, ce n'était que l'œuvre d'un miracle. On ne provoquait pas éternellement les forces de la nature.

Mes doigts se refermèrent autour de mes clés. Je dus m'y reprendre à trois fois pour ouvrir.

Entretemps, j'avais vu. Dans la vitre : le reflet de la bête en approche.

Elle était là, à l'intérieur de mon cercle vital. Je suffoquais.

Je me jetai dans l'habitacle et tentai de refermer… Mais une patte, toute vêtue d'un pelage argenté, se glissa dans l'espace de la portière. Impossible de me barricader.

Je fuis à reculons, m'enfonçant dans les sièges, balançant mes pieds sur l'animal qui se faufilait à l'intérieur. Son thorax avait déjà gagné un demi-mètre. Sa férocité était effrayante. Sa force impressionnante. Il exhalait un souffle bouillant.

Je m'entendis hurler. Je frappai à coups de talon, de poings. La bête était insensible à mes attaques désespérées. Elle progressait doucement, sûrement. Rampant… à la manière d'un *être humain.*

Pris au piège.

Elle était sur moi.

Elle balança sa gueule en avant.

La morsure qu'elle m'infligea à l'avant-bras me coupa le souffle.

***

Prostré sur le canapé, dans le noir.

La sueur passait un doigt glacé sur ma nuque. Mon cœur jouait des percussions. J'examinais avec stupeur la marque des crocs sur mon bras.

Impossible…

Phil était à mes pieds, arborant une étrange expression de culpabilité.

Un rêve. Juste un rêve.

Je m'étais réveillé en sursaut, persuadé de vivre les derniers instants de ma vie. Confus, haletant, essayant désespérément de me rappeler l'endroit où je me trouvais. J'avais tâtonné à la recherche de l'interrupteur et découvert le teckel au bas du lit, la langue ballante, les yeux qui pétillaient de malice.

La douleur inspirée du rêve – du *cauchemar* serait plus juste – atroce par la force de l'imagination, s'était révélée minime dans la réalité. Je ne ressentais plus que des picotements et les empreintes s'effaçaient déjà.

— Mais qu'est-ce qui t'a pris ? je grondai en me massant le poignet.

Phil m'envoya un de ces regards plein d'innocence dont seuls les chiens ont le secret, la tête penchée sur le côté.

Je réalisai que je ne l'avais pas nourri depuis la veille au matin. Le pauvre animal n'avait pas su trouver de meilleur moyen pour se faire comprendre.

Il trottina jusqu'à la cuisine et s'assit près de la gazinière, à côté de sa gamelle vide.

— Désolé, mon petit pote. Comme maître, on fait mieux.

Je me frottai les yeux, des images effrayantes plein la tête : crocs, bave, sang.

Je tirai un sac de croquettes du sellier et remplis sa gamelle généreusement. Le teckel les dévora avec ferveur. Je remplis un grand bol d'eau fraiche, que je posai à proximité.

— Tu aurais dû rester avec Lucie. Elle se serait mieux occupée de toi.

Il était plus de 9h. Je songeais à ma femme. Pensait-elle à moi ? Je n'avais pas le souvenir d'avoir jamais été aussi perdu.

J'ouvris les volets et jetai un œil dans la rue. Puis me livrai à des étirements qui eurent le mérite de me réveiller complètement.

Ma mémoire me faisait sacrément défaut. Je n'arrivais pas à me souvenir du moment où je m'étais couché.

Prenant mon courage à deux mains, je composai le numéro de Lucie. Au bout de quelques secondes, c'est la boite vocale qui m'accueillit, avec ma propre voix sur le message automatique. Je n'aurai même pas le plaisir d'entendre la sienne... Je m'écoutai donc me proposer de laisser un message en son absence. J'avais l'impression de tenir un dialogue de schizophrène, où l'autre serait mon double maléfique prenant possession de mon identité.

Rends-moi ma vie, ordure. Rends-moi ma femme.

— Chérie, c'est moi. J'espère que tu vas bien. Écoute, je suis désolé. Vraiment. Appelle-moi quand tu peux.

Je raccrochai, dépité. Digne d'un message dans une bouteille laissée aux caprices d'un océan d'incertitude. Je décidai d'aller prendre l'air avant de virer trop poète. En ce dimanche ensoleillé, rester cloitré ici relevait du gâchis. Et Phil eut l'air d'adhérer à la proposition.

***

Les ruines demeuraient sensiblement différentes à celles de mon rêve. Dans la réalité, les couleurs étaient plus ternes, la tour moins haute. Le tout moins romanesque.

Je passai devant la géante de pierre et m'engageai dans les fourrés, le petit teckel niché dans mes bras. Impossible de ne pas jeter des coups d'œil prudents derrière moi tous les dix pas. Parvenu à l'étang, je le libérai. Il alla aussitôt se dégourdir les pattes sur la grève. Je pris mes aises sur la chaise longue, à l'abri de la cabane de fortune.

Les bras derrière la tête, les pensées en libre circulation, je songeai aux années récentes de ma vie. Et comme le temps pouvait en effilocher l'essence originelle.

Comme si, en grandissant, on acquérait la capacité de déceler le minuscule bout de fil qui dépasse. On prenait alors un malin plaisir à tirer dessus pour défaire lentement ce qui composait la structure de départ, ce qui en faisait toute la beauté initiale.

Je me souvenais des nombreuses virées nocturnes à l'étang avec Lucie, à une époque où nous n'étions pas encore mariés. Cette époque où tout nous semblait possible. Où rien n'aurait pu nous arriver, autre que ce qu'on aurait décidé.

Je la revoyais en train de tournoyer avec élégance au bord de l'eau, foulant le grès du bout des pieds, légère, décrivant une danse folle, les bras ondoyant de chaque côté. La lune qui projetait des reflets bleutés sur sa peau.

Me narguant de son regard espiègle.

Me provocant de son déhanché fiévreux.

M'éclaboussant, avant de me laisser l'attaquer, enfin. Et être son homme à jamais.

19

Je me garai à bonne distance de l'école et m'extirpai de la voiture, non sans difficulté. Mon corps donnait l'effet d'avoir encaissé dix ans d'un coup. Ce devait être le lourd tribut à payer pour être loin de l'être cher. Le visage de Lucie surfait sur la vague de mes pensées. Elle me manquait, c'était rien de le dire. Une grosse main de douleur pressait mon estomac pour en extirper tout le jus de tristesse accumulé depuis des jours.

Je consultais mon téléphone cent fois par jour. C'était devenu un de ces troubles obsessionnels compulsifs. Une sorte de superstition.

En fait, le seul appel auquel j'avais eu droit était celui de Théodore, depuis son chalet de montagne, pour m'informer qu'il repousserait d'une semaine son retour à la civilisation.

— Cas de force majeure, avait-il déclaré.

— Brune ou blonde ? j'avais demandé, ce à quoi il avait répondu :

— J'ai pas encore décidé. Tu as la maison en main, pas vrai ?

— Ne t'inquiète pas, je gère.

Et c'était vrai, si on considérait que « gérer » revenait à se morfondre sur le canapé comme un lamantin au soleil.

Il m'avait ensuite demandé si j'allais bien, mais d'une façon insistante. Quand j'avais raccroché, un goût amer m'était resté dans la bouche.

Une autre pensée avait creusé un large sillon dans mon esprit : cette femme, que j'allais devoir affronter aujourd'hui. L'obsédée, ascendant névrotique, qui m'avait drogué pour mieux me manipuler. La sociopathe hystérique qui m'avait trainé dans son lit.

Je traversai la cour de récréation avec une infinie prudence, tentant d'apercevoir Marie-Line par-dessus la foule de têtes blondes. Faisant intervenir l'ensemble de mes sens. Je la redoutais… Je me sentais comme une gazelle blessée devant une famille de lions endormis.

Ma vue ne révélant aucune menace imminente, mon ouïe prit le relais, à l'affut du claquement régulier et significatif des talons de la jeune femme. Exercice difficile, quand le brouhaha des enfants, autour de moi, ressemblait à celui d'un bus plein à craquer de malades de la Tourette.

Je jouai alors mon dernier atout : mon odorat, qui avait sans doute gravé dans ses molécules olfactives le parfum étouffant de ma collègue.

Rien. Pas un signe de la dangereuse femme. Ni de Vicar, d'ailleurs, qui avait pourtant l'habitude de débuter sa journée par une promenade dans la cour.

Étrange…

Je devinai, avant même d'être parvenu dans le hall d'entrée, que quelque chose se tramait. Quelque chose dont j'étais à cent lieues de me douter.

Je grimpai jusqu'au bureau de Vicar, poussai la porte et… restai bouche bée. J'ignorais combien de temps je m'étais tenu là, les bras ballants, l'air ahuri.

Évidemment, si à ma question, « on se revoit lundi au boulot, en tant que bons collègues ? », j'avais été plus attentif à la réponse de Marie-Line… Si j'avais mieux écouté Clarisse au téléphone, « à très bientôt alors »… Eh bien, l'un dans l'autre, je n'aurais pas été aussi surpris. J'aurais pu éviter de prendre cet air idiot qui me seyait tant. Et de lâcher, d'une voix embrumée :

— Clarisse…

Clarisse se retourna, sourire aux lèvres, un gobelet en plastique à la main.

— Renaud !

Embrassades chaleureuses. J'envoyai un regard gêné à Vicar, lequel s'était enfoncé dans son fauteuil, la moitié du visage caché derrière une bouteille de pétillant bon marché.

Le directeur ne parut pas me capter, ne sembla même pas saisir ma confusion, se contentant d'un bref hochement de tête, avant de remplir un troisième gobelet de mousseux qui m'était destiné.

Clarisse finit par s'écarter de moi.

— Tu ne me souhaites pas la bienvenue ?

Vicar lui fit passer le verre, qu'elle me tendit. Je le pris d'une main hésitante, trempai mes lèvres dans la mousse.

— Alors… Tu es revenue ?

La jeune femme écarquilla les yeux, lança un regard incrédule sur le directeur qui leva les mains devant lui.

— Je te jure que je lui ai dit.

— Eh bien, il n'a pas l'air de quelqu'un au courant, rétorqua Clarisse, avant de me tapoter la joue.

— Tu me remets ? Moi Clarisse, toi Renaud.

— Oui, je… Excuse-moi, c'est idiot, je ne pensais pas te revoir si tôt.

Clarisse éclata de rire. Un rire jaune.

— Voilà qui fait plaisir !

— Tu es impayable, renchérit Vicar, l'air décidément maussade. Je te l'ai pourtant dit, vendredi soir, chez Marie-Line. Souviens-toi. Je t'ai dit que Clarisse allait revenir dès lundi et qu'on prendrait un pot, pour l'occasion.

Je me pris le front dans une main. Le peu de souvenirs qui me restait de cette soirée se réduisait à un fond de verre illicite et au plafond coloré de la chambre d'une nymphomane.

— Enfin, Renaud, tu ne te rappelles vraiment pas ? s'inquiéta le directeur. Ouah, mon vieux, tu étais encore plus amoché que moi, alors. Elle a dû te coller une ration spéciale.

Je fis mine de ne pas comprendre. J'engloutis le breuvage amer d'une seule traite. Le retour de Clarisse, aussi inattendu fut-il et m'ayant remué les tripes les premiers instants, me faisait maintenant l'effet d'un cachet de Tramadol : je me sentais heureux, j'avais des fourmillements dans le bas-ventre et la tête qui planait à trois mille. Bref, un poids énorme quittait mes épaules.

Bye bye, Marie-Line.

— Bienvenue à la maison, Clarisse.

***

Le weekend, le Petit Mousquet se remplissait de villageois assoiffés aussi vite que les pintes qui y étaient servies. En semaine, en revanche, l'endroit ressemblait à un vieux troquet désaffecté. Les chaises empilées le long du mur du fond bloquaient l'accès aux toilettes et les seuls clients accoudés au bar étaient les plus fidèles, ceux qui semblaient être nés avec un tabouret sous les fesses. Au centre de la pièce, éclairée par le halo bleuté d'un néon grésillant, la table de billard donnait l'image d'une créature lugubre, affaiblie mais toujours menaçante : personne n'osait s'en approcher.

Nous nous réfugiâmes, Clarisse, Chloé et moi, sur la banquette en cuir craquelée qui survivait dans le coin des joueurs de belotte. Vicar, retenu à l'école, n'avait pas pu nous accompagner.

Je fis un signe au barman qui se ramena instantanément avec une limonade pour Chloé, une autre pour moi, et un lait de soja pour Clarisse. Pas exactement des boissons de retrouvailles, mais j'avais eu ma dose d'alcool ces derniers temps.

— Tu veux colorier ? proposa Clarisse.

La fillette hocha la tête. Sa tante fouilla dans son cartable, en sortit un cahier et des feutres. Sans perdre un instant, Chloé s'empara du bleu et se mit à tracer des formes très inspirées sur un coin de page.

Clarisse me confia qu'elle n'aurait pas pu tenir un jour de plus chez elle. Que la passivité l'aurait rendue folle. Que le fait de reprendre son activité d'enseignante le plus tôt possible, sur les conseils de son psy, allait lui faire le plus grand bien. Sur ce point, j'étais entièrement d'accord.

Elle couvait sa nièce du regard, le menton dans la paume de sa main.

— La famille, c'est ce qu'il y a de plus important. Elle représente les bornes de notre vie. Sans elle, on est perdu.

Ses yeux se coulèrent vers moi, et je saisis.

— J'ai compris où tu veux en venir.

— Tout ce que je dis, c'est que si tu tiens à quelqu'un, tu dois tout faire pour le garder. Quand tu prends Lucie dans tes bras, par exemple, c'est de l'amour, bien sûr, ou de l'affection, peu importe, mais tu dois te dire que ce sont aussi des sortes de barreaux qui la retiennent. Et tu es le geôlier.

Je plissai les yeux, essayant de la sonder.

— Attention, la psy revient en force…

Clarisse ne sourit pas.

— Ne la laisse pas t'échapper, Renaud. Ou bien tu le regretteras le restant de ta vie. Si j'avais pu… Avec Lorenzo… Si j'avais su…

Elle s'interrompit, inspirant un grand coup.

Chloé reboucha son feutre et, les lèvres pincées, souleva le cahier qu'elle montra à sa tante. Ses petits doigts étaient souillés de bleu.

— T'as vu ?

Chassant une mèche de cheveux, elle se laissa des marques sur le front.

— C'est magnifique, ma puce. C'est ta maison ?

La petite acquiesça.

— C'est la maison de moi et mon papa.

Lorgnant sur le dessin, je devais reconnaitre qu'il faisait effectivement penser à la maison de Théodore : un simple carré surmonté d'un triangle, encadré par deux énormes rectangles verticaux qui devaient être les immeubles voisins. Et dire que c'était là que j'avais échoué depuis plusieurs jours…

J'avalai une gorgée acerbe de ma limonade.

— J'ai essayé, dis-je. J'ai essayé de l'appeler. Elle ne répond pas. J'ai laissé des dizaines de messages sur le répondeur. Je suis sûr qu'elle n'a même pas pris la peine de les écouter.

— Tu te trompes.

— Qu'est-ce que tu en sais ?

— Je lui ai parlé.

— Quand ça ?

— Eh bien, chaque jour, en fait. Depuis que tu as quitté l'appartement.

J'avalai de travers. Je toussai. Un peu plus et la limonade me jaillissait par les narines.

— Je n'ai pas « quitté » l'appartement, c'est elle qui m'a foutu dehors.

Mon amie m'envoya un de ces regards, un peu par en dessous, signifiant *tu en es sûr ?*

— Bon, et alors, qu'est-ce qu'elle t'a dit ?

— Tu lui manques.

— C'est pas l'impression que j'aie.

Cette fois, Clarisse leva les yeux au ciel, d'une façon dont j'avais horreur.

— Toi, tu n'as toujours rien compris aux femmes, on dirait. Si elle t'a jeté dehors, c'est qu'elle voulait que tu t'imposes pour rester. Si elle ne répond pas à tes appels, c'est qu'elle veut que tu ailles lui parler de vive voix.

— Tu crois ?

— Évidemment, puisqu'elle me l'a dit.

Je m'adossai à la banquette qui craqua doucement. Clarisse avait su trouver les mots pour m'apaiser. Je n'en attendais pas moins de sa part. Ma limonade avait tout à coup meilleur goût.

Au bout d'un moment, elle tapa sur mon bras.

— Pourquoi tu souris, gros bêta ?

— Pour rien. C'est juste que… Vous ne simplifiez jamais les choses, vous les femmes.

Ma pique, destinée à Clarisse, ne fit pas réagir l'intéressée. C'est Chloé qui intervint avec énergie.

— C'est pas vrai ! Les garçons, ils sont plus compliqués que les filles !

Un peu surpris, nous éclatâmes de rire. La fillette persista pour signer :

— Les filles, elles sont gentilles. Et elles disent pas de bêtises. Les garçons, eux, ce sont des menteurs.

— On est bien d'accord, dit sa tante en lui ébouriffant les cheveux. La vérité toute nue sort de la bouche des enfants.

— Vous faites une belle équipe, toutes les deux.

Et puis, comme si le fait de vider mon verre jusqu'à la dernière goutte était la condition indispensable à ce qu'une idée puisse germer dans mon esprit aride, je m'adressai directement à Chloé, sur un ton volontairement désintéressé.

— Dis-moi, tu connais Valentin ?

— Mmh mmh, fit-elle en sirotant sa limonade, absorbée par son dessin.

— Tu le connais bien ? j'insistai, ignorant le regard électrique de Clarisse.

— Moui, enfin, un peu.

— Tu le connais bien, ou juste un peu ?

Le visage toujours collé à la page du cahier, elle haussa les épaules.

— On se croise dans la cour, des fois. Mais il est avec les grands. Moi, je vais pas avec les grands.

— Et pourquoi ?

Elle me regarda, l'air surpris, comme si la réponse coulait de source.

— Parce que les grands, ils sont vilains, des fois. Ils nous font mal. Ça les fait rire.

— D'accord. Et Valentin, tu en penses quoi, de Valentin ?

— Arrête, Renaud, intervint Clarisse. Ne l'implique pas là-dedans.

Chloé regarda sa tante sans comprendre, puis elle revint sur moi. Le bout de sa paille roulait d'un coin à l'autre de sa bouche.

— Valentin, il est gentil.

— Ah oui ?

— Oui, il fait pas de mal aux petits, lui. Et puis il est rigolo, des fois.

— Qu'est-ce que tu veux dire ?

Nouveau haussement d'épaules.

— Il raconte des histoires rigolotes.

— Quel genre d'histoires ? je demandai, avec l'impression de me rapprocher d'un horizon que je n'avais fait qu'entrevoir jusqu'à présent.

Là, Chloé me sourit de toutes ses dents, bien qu'il en

manquât quelques-unes.

— *Plein* d'histoires. Je sais pas où il les trouve. Je pense qu'il les invente, et puis il nous les raconte.

Je croisai le regard de Clarisse, qui avait fini par abandonner son air désapprobateur. Qui semblait même s'intéresser à ce que disait Chloé.

Je continuai :

— D'accord, il invente des histoires, alors. Tu en aurais une, en tête ?

— Me souviens pas.

— Ce n'est pas grave, je dis, un peu déçu. Tu sais, je crois que moi, j'en connais une. Il me semble que ça parle d'un loup.

Le visage de Chloé s'éclaira. Elle releva la tête de son cahier.

— Ah, oui ! Je la connais, celle-là. Il nous l'a racontée. Mais elle fait peur ! Elle est pas du tout rigolote, cette histoire.

20

— Pardon ? s'étonna Lucie dans l'embrasure de la porte de notre appartement. Tu n'as rien trouvé de plus original que « pardon » ?

Il m'avait fallu une demi-heure de lamentations et d'excuses dignes des plus ferventes autoflagellations pour que Lucie daigne enfin m'ouvrir. Pourtant, mon éloquence ne semblait pas l'avoir touchée au point de me laisser passer la porte.

— Sérieusement, Renaud, tu t'attendais à quoi ?

Elle mit les mains sur les hanches, ce qui n'augurait rien de bon.

— Je suis désolé, je répétai en y mettant toute la passion dont j'étais capable. J'ai déconné, je sais. J'ai été…

— Stupide ?

— Exactement. Pas très malin, je le reconnais.

— Le dernier des abrutis, tu veux dire.

— Eh bien, oui, voilà.

Malgré ce qui s'était passé et l'erreur que j'avais commise, un fragment d'amour, seulement, s'était détaché de la structure que nous avions bâtie pendant toutes ces années. Un fragment insignifiant, que je pourrais recoller facilement. À condition que j'évite de me comporter comme un con. Et c'était loin d'être gagné.

— Tu laisserais entrer ton petit prof des campagnes ?

Lucie soupira, parut réfléchir un moment et finit par se dégager. Elle enfila sa veste en vitesse.

— Tu as deux minutes. Après, je dois filer au travail.

Je fis alors ce que j'avais imaginé si je parvenais à percer sa première ligne défensive : je me ruai sur elle et la serrai dans mes bras. D'abord crispée, elle finit par se détendre, me rendant l'accolade. L'un contre l'autre pendant une minute, peut-être plus. Dieu qu'il était bon de sentir sa femme contre soi. Je repensais à ce que m'avait dit Clarisse : « Quand tu la prends dans tes bras, c'est de l'amour, mais tu dois te dire que ce sont aussi des barreaux qui la retiennent. Et tu es le geôlier. » Je comprenais maintenant ce qu'elle voulait dire. Les chaînes invisibles étaient faites d'un métal que l'on devait s'efforcer d'entretenir.

Lucie s'écarta et alla près de la baie vitrée. Je la rejoignis. En contrebas, garées en épis sur le parking de la résidence, les voitures reflétaient les dernières lueurs du jour, sur un sol de goudron qui se fondait doucement dans la nuit.

— Tu es bizarre, ces derniers temps, avança-t-elle à demi-mots. C'est à cause de ton élève, c'est ça ?

J'acquiesçai.

— Oui... J'ai du mal à le cerner. Quelque chose m'échappe dans cette histoire.

— De quoi tu parles ?

— Du texte qu'il a écrit. Celui que je t'ai fait lire.

Elle leva les yeux au ciel, visiblement agacée.

— Ce n'est qu'un devoir, Renaud. Tu lui as demandé d'écrire quelque chose, c'est ce qu'il a fait. Arrête de chercher des mystères où il n'y en a pas.

— Oui, mais la consigne…

— Bon sang, tu es incroyable ! Tu te bourres le mou à cause d'un simple devoir. Est-ce que tu réalises à quel point c'est ridicule ?

Je ne répondis pas. Je n'avais pas entièrement saisi ce qu'elle venait de dire, mon attention ayant glissé vers le parking.

Je m'approchai de la vitre, si près qu'une fleur de buée s'étala devant ma bouche. Je restai un moment statique.

Une voiture bleu foncé était garée près d'un réverbère. Un modèle de berline américaine aux vitres teintées, le bas de caisse argenté avec une rayure sur le flanc gauche.

De mon poste d'observation, je ne distinguais qu'une partie de la plage de bord, mais rien du conducteur. J'aurais même eu du mal à affirmer à cent pour cent que quelqu'un se trouvait à l'intérieur.

— C'est la même que l'autre jour, je murmurai.

Lucie me regarda avec des yeux ronds.

— Quoi ?

— La voiture, là-bas. Je l'ai déjà vue.

— J'hallucine. Tu as écouté ce que j'ai dit ?

Je me forçai à revenir vers elle.

— Oui… Oui, bien sûr.

— Renaud, je t'en prie, reste sur terre. Tu me fais peur… Tu ressembles à ton père.

Je ne relevai pas. L'attraction était trop forte. Mes yeux s'aimantaient sur le véhicule.

Un tel modèle… Je ne pouvais pas l'oublier.

Un éclat scintillait derrière une vitre, comme un éclair furtif. Comme un objet doté de verres. Comme…

Une paire de jumelles.

— Attends, soufflai-je en filant vers la porte.

— Où tu vas ?

— Vérifier quelque chose.

Lucie me retint par l'épaule, me força à me retourner.

— Je veux que tu me dises où tu vas.

— La voiture, en bas…

Elle jeta un œil à l'extérieur, puis sur moi, l'air affligé.

— C'est simple, dit-elle, si tu quittes l'appartement, tu n'auras plus aucune chance de te faire pardonner.

Ce qu'elle lut dans mon regard finit de l'attrister.

— Renaud, je t'en prie. Ne fais pas ça.

— Je reviens. Je te promets que je reviens.

— Non, ce n'est pas la peine.

— Si, si, je reviens.

Je me jetai dans le couloir, dévalai la volée de marches menant au rez-de-chaussée et déboulai en trombe dans le parking.

Passé l'angle de la résidence, j'aperçus l'aile gauche du véhicule. Une main, aussi, peut-être. Le début d'un bras... Difficile à dire au pas de course, avec les vitres fumées et le réverbère qui n'offrait qu'une clarté toute relative.

Et puis le moteur se mit en route.

Je me trouvais à dix mètres quand la voiture américaine quitta sa place, glissant sur le bitume avec une discrétion surprenante.

Je lui criai naïvement de s'arrêter mais elle fit tout le contraire, franchissant l'enceinte en direction de la route nationale. Ses feux arrière se réduisirent à deux points rouges, gros comme le pouce.

Pas le temps de réfléchir. Je trottinai vers ma Clio. Cherchant les clés dans ma poche, mes doigts effleurèrent mon téléphone portable en train de vibrer.

C'était un message de Lucie, qui avait l'avantage d'être clair :

Tu reviens maintenant ou tu m'oublies.

Je le relus deux fois. Trois fois. Je préférais éviter de regarder en direction de l'appartement, car je savais que Lucie m'observait depuis le balcon. Je crois qu'un seul regard de sa part aurait suffi à me retenir.

Je me glissai au volant et me lançai à la poursuite de l'américaine.

21

Pied au plancher, je puisais dans les tripes de la Clio.

En onze ans de loyaux services, la petite citadine ne m'avait encore jamais donné l'impression de forcer à ce point. À la limite de la rupture. Tour à tour, le moteur vrombissait avec peine quand je la poussais à plus de 130 km/h, puis émettait un soupir pathétique lors des phases de ralentissement, livré à un trafic capricieux.

Loin au-devant, les feux arrière de la berline américaine s'étaient réduits à deux têtes d'épingles flottant audessus de la route nationale 113. Et rétrécissaient encore.

Je sentais que je la perdais. Mais à quoi pouvais-je m'attendre ? Moi et mes petits chevaux, face à la puissance d'une berline modèle pur-sang.

Je me retrouvai rapidement englué dans le parechoc arrière d'une énorme caravane immatriculée *Norvège*. Énervé, j'adoptai aussitôt le comportement du conducteur que j'avais toujours détesté : je décrivais des écarts latéraux par intermittence, klaxonnais, devenais généreux en appels de phares. Je maudissais ses origines scandinaves et insultais le roi Harald V.

La circulation dans la voie opposée s'interrompit un court instant, me permettant de doubler l'attelage, récoltant au passage un doigt d'honneur du conducteur, de sa femme et de leurs trois enfants à l'arrière.

J'écrasai la pédale d'accélérateur, retrouvant peu à peu une vitesse de croisière efficace, avec le sentiment de payer cher ce contretemps : les feux arrière de l'américaine avaient disparu à l'horizon.

— C'est pas vrai !

Mon téléphone sonna, c'était Lucie. En voulant décrocher, mes yeux quittèrent une seconde la route et je faillis manquer un virage. J'envoyai le téléphone sur le siège passager. Je ne tenais pas à mourir ce soir.

J'avalais gloutonnement les lignes blanches en pointillées. La lune, pleine, fichée dans le ciel comme un énorme projecteur, favorisait la visibilité. J'avais dû emprunter cette route plus d'une centaine de fois et je reconnaissais les environs. Une station-service fila sur ma gauche, un hôtel sur ma droite, avec son enseigne *Premier Prix* en lettres lumineuses. Puis, comme je m'y étais attendu, je croisai le panneau avertissant d'une jonction imminente.

Il n'a pas pu me mettre plus d'un kilomètre dans la vue. Il doit être arrêté au croisement.

Je m'insérai, plein d'espoir, dans une file de voitures arrêtées au feu rouge, juste à l'angle d'un McDonald's. J'allongeai le cou et reconnus le véhicule de tête.

Ma cible.

— Bingo.

Ma joie fut de courte durée. Car au-delà de ce carrefour, la route n'était qu'une succession de lignes droites interminables sur plus de trente kilomètres. Avec sa puissance sous capot, je n'aurais aucune chance de la rattraper.

C'était l'occasion à saisir. Maintenant ou jamais. Le feu allait rester rouge encore quelques secondes. Un coup d'œil dans le rétroviseur m'indiqua qu'il n'y avait aucun véhicule derrière moi.

Sans couper le moteur, je défis ma ceinture et ouvris la portière. Mes pas résonnaient dans la nuit, dans ma tête, au même rythme que les battements de mon cœur. Les gens me regardaient passer et remontaient leur vitre, s'attendant à ce que je nettoie leur parebrise contre une pièce de monnaie.

Je me rapprochais de l'américaine, les yeux rivés sur son rétroviseur extérieur dans lequel je ne discernais rien. Pas même la forme d'un visage. Ni même la lueur de ses yeux.

Quinze mètres. Dix. Cinq… Le cœur battant, je m'apprêtai à frapper à la vitre… La berline démarra au quart de tour, poussant un rugissement sauvage, s'éloignant en une fraction de seconde. Brûlant le feu rouge et me plantant au milieu de la chaussée comme un panneau indicateur.

— C'est interdit, ça…

Elle disparut la seconde suivante.

Je fis quelques pas de long en large, ne sachant dans l'immédiat comment exprimer ma frustration. Me maudissant de ne pas avoir relevé la plaque minéralogique. Le feu passa au vert, les voitures avancèrent. Je rejoignis la mienne en trainant les pieds et m'effondrai sur le siège. Soufflai un coup, me prenant la tête dans les mains.

Je n'avais rien vu à l'intérieur. Trop sombre, les vitres teintées…

Je récupérai mon téléphone, écoutai le message laissé par Lucie dix minutes plus tôt. En deux mots, elle me faisait comprendre qu'il n'était pas nécessaire de songer à la recontacter.

Renaud, tu as tout gagné.

Dans le coin supérieur gauche de l'écran, le symbole d'une petite enveloppe clignotait joyeusement.

Un message de Valentin :

Je suis à la tour.

***

À travers le prisme déformant que conférait une nuit si claire, les ruines prenaient un aspect fantomatique, me faisant penser à une vieille photo sur papier glacé. La clairière, ce terrain accidenté à la végétation tourmentée, était un océan déchainé, la tour la proue de l'épave d'un navire. Assis fièrement sur la pointe, le capitaine m'attendait.

Un vélo au cadre chromé était appuyé contre la paroi.

Je gravis chacune des marches précautionneusement et m'assis à côté du garçon. Je ne le regardais pas, je regardais au loin. J'attendais qu'il parle le premier.

Ce qu'il finit par faire, d'une petite voix :

— Merci d'être venu.

Je haussai les épaules.

— J'espère que ça vaut le coup.

Je distinguai un mouvement dans les buissons, près de l'entrée du sentier, et me crispai aussitôt. Un oiseau s'en échappa, captant l'éclat de la lune. Le chuintement des branches, dans ce silence quasi-parfait, me parut faire un boucan d'enfer.

J'essayai de me détendre.

— Tes parents savent que tu es ici, à une heure pareille ?

Il fit une moue curieuse, comme s'il n'était pas sûr de ce qu'il devait répondre.

— Ils savent que j'suis pas à la maison, en tout cas. C'est mon père, il a pété un câble.

— Comment ça ?

— Pff… Ben, à la maison, y'a un meuble à l'entrée. Avec des trophées dessus. C'est mon père qui les a gagnés, parce qu'il était coureur de fond.

Contrairement à tous les enfants de son âge, Valentin n'appelait pas son père « papa ».

— Il adore ses trophées, mon père. Il les adore vraiment.

J'sais pas pourquoi, d'ailleurs, ils sont laids et ils servent à rien. C'est juste des gros machins qui lui rappellent qu'un jour, il arrivait encore à courir. Je pense que c'est juste… sentinellement.

— Pardon ?

— Vous savez, quand on garde quelque chose, même si c'est inutile, parce qu'on s'y est attaché et que sinon, on serait trop triste…

— Sentimental ?

— Oui, voilà. Bref, je jouais avec Merlin dans le couloir…

— Et c'est qui, Merlin ?

— Ben, mon chien. Je m'amusais à lui lancer la balle et cette grosse andouille a bousculé le meuble et y'a un trophée qu'est tombé. *Paf*, il s'est cassé en mille morceaux ! Du coup, mon père s'est mis en mode furax, mais genre complètement taré. En plus, il avait bu, alors…

Le garçon me regarda, je fis signe que je comprenais.

— … Alors il m'a accusé, il m'a crié dessus comme un fou. C'est la faute à Merlin, mais…

— La faute *de* Merlin, je corrigeai.

— Hein ?

— Rien. Continue.

Valentin me dévisagea de travers, mais il poursuivit son histoire malgré tout.

— J'ai pas voulu dire que Merlin avait cassé le trophée, sinon mon père lui aurait fait mal. Très mal.

— Et donc, tu as pris ton vélo et tu as fait tout ce chemin

pour me raconter ça ?

Il fit un geste de la main, comme pour dire que ce n'était pas grand-chose.

— J'habite à Dourgne, vous savez, il me faut moins de quinze minutes pour arriver jusqu'ici.

— D'accord. Bon. Est-ce que ça fait partie de tes nombreuses histoires ? Celles que tu tires de sous ton chapeau quand ça te plait ?

Le garçon tressauta comme sous le coup d'une décharge électrique.

— Non, c'est vrai ! J'vous jure.

— Après tout, celle-là me parait plus plausible que l'autre… Et c'est tout ce que tu as à me dire ?

Le petit secoua la tête par la négative : il y avait autre chose.

— Ben, j'ai réfléchi, dit-il. D'abord, je voulais laisser un mot dans le coffret. Puis je me suis dit que ce serait plus simple si je vous en parlais directement.

— Me parler de quoi ?

Le visage du garçon se figea, prit dans un marbre d'effroi latent. Il me voyait mais ne me regardait pas.

— Valentin, me parler de quoi ?

Il tressaillit, discrètement. Je le sentis vibrer comme une feuille morte.

— Je peux pas… Je suis désolé…

— C'est toi qui m'as fait venir ici, tu te souviens ?

— Je sais, mais… Je peux pas…

Il se leva, s'apprêtait déjà à partir.

— Attends. Si tu ne me parles pas, tu continueras d'avoir peur toute ta vie.

Le garçon descendit l'escalier et agrippa son vélo, ne me laissant qu'une fraction de seconde pour lâcher précipitamment ce que j'avais en tête.

— Tu ne l'aimes pas beaucoup, Bruno. Je me trompe ?

Il se retourna.

— Non, et alors ?

— Alors, je peux être plus sévère avec lui. Te protéger, en quelque sorte.

Les yeux de Valentin pétillèrent. Il avait compris le deal : ses informations contre ma protection, ce qui ressemblait beaucoup à des conditions de type carcéral. Mais cela ne lui suffisait pas. Il fit un arc de cercle sur son vélo pour me faire face.

— Il colle des chewing-gums sous sa table, signala-t-il. Vous l'obligez à les manger tous et je vous dirai ce que je sais.

Je souriais.

— Non, sérieusement…

— C'est ça ou rien.

— Je ne crois pas pouvoir faire ça, Valentin. Je pourrais avoir de sérieux problèmes. Par contre, lui donner une punition plus sévère, la prochaine fois qu'il…

— Faites-lui bouffer les chewing-gums jusqu'au dernier.

— Valentin, je ne peux pas faire ça. Tu sais bien que c'est impossible.

Il haussa les épaules, donna une impulsion et s'éloigna.

22

En mettant les pieds dans la classe ce matin, j'étais farouchement opposé à la volonté de Valentin. Ç'aurait bien été la première fois que j'obéissais à un élève pour nuire à un autre.

J'écrivis la date du jour au tableau et demandai à chacun de lire un texte de Pennac dans sa tête.

— Je vous laisse dix minutes. En silence. Je veux entendre les mouches voler.

Alors que chacun plongeait son visage dans son livre, je croisai le regard de Valentin.

Il arborait un air malicieux, pénétrant, me lançant un défi implicite. Attendant de voir comment j'allais procéder. Se délectant par avance du spectacle.

Je me détournai, excédé par son trop-plein de confiance. Ce gamin croyait pouvoir me manipuler… Il allait être déçu, car je ne ferais rien.

Un bourdonnement s'éleva depuis le fond de la salle, dérangeant les esprits studieux. C'était Bruno, qui imitait le bruit d'une mouche en train de voler.

— Arrête ça tout de suite.

— Mais, m'sieur, vous avez dit que vous vouliez entendre les mouches voler !

Il m'adressa un sourire éclatant. Les autres se mirent à rire, ce qui l'encouragea à recommencer, suivant des yeux ses mouches imaginaires.

— Vous êtes content, m'sieur ? On les entend voler drôlement bien !

J'échangeai un autre regard avec Valentin. Le sien était victorieux. Il souriait, les bras croisés.

D'accord, il avait gagné. J'allais donc devoir improviser.

— On relève la tête. Merci. J'ai décidé qu'il était temps de faire un peu de ménage.

Je levai une corbeille à papier et la montrai à l'assemblée redevenue silencieuse.

— Je vais passer dans les rangs. Je veux voir des tables parfaitement propres. Si je trouve un seul chewing-gum collé dessous, j'appliquerai une sévère sanction et je convoquerai vos parents.

C'est sans surprise que je vis Bruno se liquéfier sur place. Il avait déjà oublié les mouches et devait avoir en tête la voie lactée édulcorée qui constellait le dessous de son bureau.

— Pour quel motif ? lança-t-il, un peu fébrile.

— Dégradation de matériel. Il est évident que je vous demanderai de rembourser les frais.

— Vous pouvez pas faire ça !

— Au contraire, je fais ce que je veux.

Je commençai par le premier rang en vérifiant chaque table. L'exercice prouvait au moins que mes élèves avaient à cœur de conserver un pupitre propre. Je ne trouvais rien.

Je passai devant Valentin. Il ne me regarda même pas, absorbé par l'agitation d'un seul et unique élève en fond de classe. Son air frisait l'extase. Il se mordait la lèvre inférieure, assistant à la scène avec une profonde et étrange satisfaction.

Du coin de l'œil, je devinais Bruno en train de décoller ses chewing-gums l'un après l'autre, cherchant un endroit où les fourrer, devant se résoudre à les gober.

J'évoluais lentement pour lui laisser le temps de terminer sa collation, y trouvant un certain plaisir. Finalement, quand j'arrivai à son niveau, il ne fit aucun commentaire.

— Tu n'as pas l'air bien.

— Ça va…

Il hoqueta et mit une main devant sa bouche.

Ce fut la première fois que Valentin décida, de sa propre initiative, de rester après la classe. Quand tous ses camarades eurent quitté la salle, je m'installai face à lui.

— Tu es fier de toi ?

— C'était trop drôle, m'sieur. Vous avez vu sa tête ? Je pensais pas que vous le feriez. Là, franchement, vous m'épatez !

— Ravi de t'avoir diverti. C'est la dernière fois que je fais un truc de ce genre. Bon, à ton tour. Prouve-moi que tu tiens parole.

Valentin perdit un peu ses moyens. Ses yeux pivotèrent vers sa trousse. Il se réfugia en vitesse dans son bastion défensif.

— Tu voulais me dire quelque chose. C'est le moment.

Je le laissai cogiter. Ses yeux roulaient maintenant comme des billes devenues folles. Se sachant vaincu, il finit par avouer :

— Il a pas disparu.

Je haussai les sourcils.

— Quoi ? De quoi est-ce que tu parles ?

Il lança un regard circulaire autour de lui en se dandinant. Sa nervosité était palpable.

— Rien, dit-il. C'est rien.

Il se leva, fit mine de partir. Je l'attrapai par le t-shirt.

— Attends, tu vas où ?

— Je dois y aller. Sinon mon père il va me tuer.

Il se mit à tirer mais je résistai. Mes doigts étaient scellés et ne s'ouvriraient pas. Pas avant d'avoir glané davantage d'explications.

— Tu vas rentrer chez toi. Mais pas tout de suite.

Il se débattait avec l'énergie d'un animal, mais se fatiguait d'autant. Je n'avais pas l'intention de céder. Alors, à bout de force, il retomba sur sa chaise.

— Vous devez me laisser partir…

— On avait un marché. J'ai fait ce que tu voulais. Et, crois-moi, je n'en suis pas fier. Tu me dis ce que tu as à me dire et je te laisserai partir.

— Mais vous me croirez pas.

— Tu te trompes.

Valentin se tortillait comme si une envie pressante l'avait saisi.

— Il a pas disparu, répéta-t-il.

— Qui ?

Il déglutit, se fit violence pour continuer.

— Le copain de madame Millot.

Sous l'effet du choc, je relâchai ma prise. Valentin aurait pu en profiter pour déguerpir, d'ailleurs je l'imaginais déjà piquer un sprint en direction du portail, mais il ne le fit pas. Il resta là, prostré sur sa chaise, en attente de ma réaction.

— Tu parles bien de Lorenzo ? je demandai avec prudence. Le fiancé de Clarisse ?

Il hocha la tête, essuyant ses mains moites sur son pantalon.

— Je dois rentrer. J'espère que l'alcool a assommé mon père et qu'il est en train de roupiller. Sinon ça va barder.

Il se leva, commença à marcher vers la porte, me filait déjà entre les doigts.

— Attends un peu. Qu'est-ce que tu veux dire ?

— Je veux dire qu'il a pas disparu. C'est tout.

Je le rattrapai, le tenant par les épaules.

— C'est grave, tu sais. Tu es en train d'insinuer qu'un homme, que tout le monde croit mort, est en fait toujours en vie. Tu te rends compte de ce que tu dis ?

Il se dégagea d'un coup franc et fila dans le couloir. Je me mis à trottiner derrière lui.

— Si tu sais quelque chose, tu dois aller voir les policiers ! Tu entends, mon garçon ? On peut y aller ensemble...

— Non. Le loup me tuerait. Il vous tuerait, vous aussi.

— Ce n'est pas un jeu. Parle-moi.

— Je peux pas ! répéta-t-il avec hargne.

Nous dévalions les escaliers jusqu'au hall. Le garçon, plus rapide, creusait l'écart.

— On parle d'un homme, Valentin. D'un homme qui a disparu et qui est probablement mort. Je le connaissais, nous le connaissions tous. Il partageait la vie de Clarisse. Est-ce que tu te rends compte à quel point c'est difficile pour elle ? Est-ce que tu réalises, au moins, ce qu'elle est en train de vivre ?

— Je vous avais dit que vous me croiriez pas. Personne ne peut me croire.

Dès qu'il fut à l'extérieur, il se mit à sprinter, m'échappant pour de bon. Il passa le portail, fonça dans la rue et disparut. Je le revis passer, trente secondes plus tard, pédalant dans l'autre sens avec fougue.

***

Je réintégrai ma tanière avec une impression étrange. Celle de piétiner sur un sol meuble, à l'endroit où avait été enterré un trésor – le genre de coffre-fort massif des contes exotiques, renfermant assez d'or et de pierres précieuses pour acheter le monde. Mon trésor se trouvait à la verticale exacte de ma position, sous plusieurs couches de terre. Je n'avais besoin que d'une seule chose : trouver les outils pour creuser. Mais sur ces outils je n'arrivais pas à mettre la main. Et ça me faisait enrager.

La maison de Théodore demeurait comme je l'avais laissée ce matin : moite et morne. Le seul éclat de vie provenait des aboiements de Phil, bondissant sur ses pattes arrière, tout heureux de m'accueillir. Je remplis sa gamelle et me nichai sur le canapé. Puis je composai machinalement le numéro de mon meilleur ami.

Bizarrement, sa boite vocale s'enclencha immédiatement. Très occupé, le bougre. Je l'imaginai en compagnie galante et ne pus m'empêcher de sourire. Sacré Théodore.

Je sélectionnai ensuite le numéro de Lucie. Les bips successifs me conduisirent au répondeur. Décidément…

Je jetai mon téléphone plus loin. Me penchai en avant, les mains liées entre les genoux, attendant de cette position monacale qu'elle envoie à mon cerveau l'afflux sanguin nécessaire pour réfléchir.

Ça ne fonctionnait pas.

— T'es paumé, mon vieux.

Le teckel rebondit sur ma remarque en me lançant un gémissement sévère. *Ne t'apitoie pas sur ton sort*, semblait-il vouloir dire, un filet de salive reliant sa gueule à sa gamelle. *Lève-toi et marche, bordel.*

— Tu crois que c'est facile ?

Et puis, comme s'il se désintéressait subitement de mon cas, il trottina jusqu'à la porte d'entrée et lâcha trois jappements réguliers.

— Phil, tais-toi.

Le teckel s'écrasa sur le lino, la croupe relevée, la queue battant à la vitesse des pales d'un hélicoptère, labourant le sol de ses pattes avant.

— Phil ! Est-ce que tu veux bien…

Je m'interrompis. La notoriété publique voulait que l'instinct du chien fût aussi efficace que le radar d'un sous-marin : je décidai de lui accorder le bénéfice du doute. J'allai à la porte et soulevai l'animal, le pressant contre moi. Il continuait de gémir.

— Alors, quoi ?

Mon regard fut attiré vers mes pieds. Plus exactement, vers cet espace entre la porte et le sol. Dans lequel avait été glissé un bout de papier.

Je reposai le chien, l'envoyant galoper ailleurs, et me saisis à deux doigts d'un coin de la feuille, plus petite qu'une carte postale.

Un message y était inscrit en lettres bleues appliquées :

Tu n'es pas seul. Je suis là.

23

Je grimpai ce matin-là jusqu'au bureau du directeur et ouvris la porte à la volée.

— Je peux te parler ?

Désarçonné, Vicar referma à la hâte un tiroir.

— Renaud, tu m'as fait peur. On ne t'a jamais appris à frapper avant d'entrer ?

J'ignorai la remarque et m'installai face à lui.

— J'ai besoin de tes lumières.

— Bien sûr. Ignorons les politesses d'usage, comme « bonjour », par exemple.

— Écoute, c'est vraiment bizarre. Comment dire… (Je m'éclaircis la gorge.) J'ai l'impression d'être suivi.

J'avais lâché ça à voix basse, en me penchant en avant, l'air de craindre la présence de micros planqués dans la pièce. Au point où j'en étais, ressembler à un illuminé était le cadet de mes soucis. Et vu l'air que prenait Vicar, c'était bien ce à quoi je ressemblais.

Il m'étudia un moment, peu convaincu, fit semblant de tousser dans son poing.

— Tu as l'impression… ?

— D'être suivi, oui. Enfin, plus ou moins.

— Qu'est-ce que tu veux dire ?

J'hésitai, me jetai finalement à l'eau.

— Regarde, dis-je en lui tendant le message, je l'ai trouvé hier soir.

Vicar parcourut la petite feuille des yeux.

— Quelqu'un l'a mis dans ta boite aux lettres ?

— Non, c'était glissé sous la porte de… De la maison de Théodore.

Vicar eut l'air perdu, je ne pouvais pas lui en vouloir. Je lui expliquai en deux mots mes péripéties, la dispute avec Lucie et ma colocation impromptue avec un teckel chez le frère de Clarisse. Il parut réellement choqué.

— Je n'en savais rien. Depuis quand est-ce que ça dure ?

— Quelques jours. Depuis la soirée, en fait.

Le directeur s'enfonça dans son siège, prenant les traits de l'inspecteur Columbo.

— Attends voir, dit-il, pourquoi un message glissé sous la porte de ton ami ne serait-il pas *précisément* destiné à ton ami ?

— J'y ai pensé. Mais il y a autre chose.

Avant de poursuivre, différentes formules se succédèrent dans mon esprit. Je tentai de sélectionner la plus adéquate, celle qui ne renforcerait pas l'impression de passer pour un paranoïaque aux yeux du directeur.

— J'ai remarqué la présence d'une berline, plusieurs

fois, à proximité. Je veux dire, près de moi. Un gros modèle, du genre américain… Je crois bien que c'est américain. Elle m'a suivi jusqu'à chez moi.

— Vraiment ?

— Ses vitres sont teintées, je n'ai pas réussi à voir le conducteur. Je sais que ça parait dingue, moi-même j'ai du mal à y croire, mais j'ai l'impression qu'il m'observe.

Vicar lâcha un grognement sceptique, étudiant minutieusement le bout de papier.

— Si je te suis bien, l'auteur de ce message serait la même personne que le conducteur de cette berline ?

— Probablement.

— Et… Pourquoi tu viens me raconter tout ça, à moi ?

Je lui lançai un regard noir.

— Désolé, dit-il. Bon. Hum, voyons… Qui voudrait te laisser ce genre de déclaration, d'après toi ?

Je levai les mains en signe d'ignorance. Nous observâmes un moment de silence. Vicar jeta un œil sur la pendule murale.

— Je ne sais vraiment pas quoi te dire. À part te conseiller d'aller voir la police. (Il me rendit le bout de papier.) C'est l'heure de faire rentrer nos veaux à l'étable.

— Une dernière chose, dis-je. J'ai discuté un peu avec Valentin. Tu sais ce qu'il m'a dit ?

Vicar, qui commençait à s'impatienter, fit signe que non.

— Il m'a dit que Lorenzo n'avait pas disparu.

Une consternation toute authentique s'épanouit sur le visage du directeur. Il fronça ses épais sourcils et gonfla la poitrine.

— Ce petit dépasse les bornes ! J'ose espérer que tu lui as conseillé de mieux tenir sa langue.

— Évidemment.

— Imagine un peu, si ce genre de connerie parvenait aux oreilles de Clarisse… Ce serait terrible.

— Tout à fait d'accord.

— À la bonne heure. En parlant d'heure…

Vicar se souleva péniblement, je l'imitai. Et avant même de sortir du bureau, il passa un bras autour de mes épaules.

Son ton était devenu celui d'un ami de longue date.

— Dis-moi, il s'est passé quoi, au juste, l'autre soir ?

Je cachai ma surprise et répondis du tac au tac :

— Rien.

— Oh, pas de ça avec moi. Je l'ai vue t'emmener à l'étage. Et tu n'étais pas dans ton état normal. Je ne dis pas que j'étais frais, moi non plus, mais quand même…

— Il ne s'est rien passé.

— Vraiment ?

Il accentua la pression autour de mes épaules. Je le toisai de travers.

— À quoi tu joues ?

— Je ne tiens pas à ce que tu fasses une bêtise, c'est tout. Tu as une femme, rappelle-toi.

— Sympa, mais je crois que c'est pas tes oignons.

— Ne le prends pas comme ça.

Je me dégageai et passai la porte, prenant la direction de ma classe sans me retourner.

***

Ce soir encore, un bout de papier plié en quatre m'attendait sous la porte.

Encore un de ces messages mystérieux…

La journée avait été harassante. Malgré tous mes efforts pour me concentrer, je n'avais pas su dispenser une leçon convaincante sur les rois de France et leur dynastie. J'avais dû intervenir dans une violente dispute entre Valentin et Bruno. Avec ce besoin permanent – insoupçonné quelques semaines auparavant – de leur coller une bonne raclée à chacun. Sans ignorer cette envie, terrible et insidieuse, de les étrangler à mains nues.

À ma décharge, je ne connaissais pas un confrère qui n'eût jamais éprouvé ce doux fantasme une fois dans sa carrière. Sachant que, selon l'expression « ce qui ne tue pas rend plus fort », tenter de tuer un élève aurait été une erreur. Car il renaitrait de ses cendres, plus seulement avec le sourire du Diable, mais aussi avec ses cornes.

Je me tenais sur le pas de la porte, donc, les yeux rivés sur le bout de papier par terre. Je ne le ramassai pas de suite. J'observai d'abord à droite, à gauche, sans constater le moindre élément suspect. Aucune berline américaine garée le long du trottoir. Aucune silhouette menaçante tapie dans l'ombre.

Je ramassai le message du bout des doigts (avec le souci de ne pas brouiller les empreintes) et le dépliai.

Je serai avec toi jusqu'à la mort.

Durant une fraction de seconde, j'eus l'espoir ridicule que ce message pût venir de Lucie. À défaut de me parler directement, elle me faisait comprendre, à travers ces petits mots, que rien n'était fini entre nous.

Ridicule, vraiment.

Je levai le bras, bien haut, et broyai la feuille, oubliant les possibles empreintes, espérant que l'auteur de ce *haïku* m'observait depuis le coin d'une ruelle. Je balançai ensuite la boule de papier au loin et réintégrai la moiteur du domicile.

Je m'enfermai à double tour.

Il a pas disparu.

Quatre mots qui me bousculaient sans me laisser la moindre chance de me relever.

Je retrouvai le texte écrit par Valentin, *Le loup et le papillon*. Ce qui avait été l'élément déclencheur, l'origine de tout ce merdier. J'aplatis la feuille sur la table basse, faisant tampon du plat des mains.

D'accord. Le loup. Le papillon…

J'avais beau me creuser la tête, je ne trouvais pas l'ombre

d'une piste. Mais une piste vers quoi ? Dans quel but ? Les seules idées qui voulaient bien investir mon esprit étaient confuses. J'avais l'impression de m'atteler à l'assemblage d'un puzzle sans en connaitre l'image finale.

Je me traînai jusqu'au réfrigérateur dans l'intention de quérir une bière quand Phil sursauta, me passant entre les jambes, atteignant d'un bond le rebord de la fenêtre. Il envoya une salve d'aboiements puissants, avec toute la partie postérieure de son corps qui remuait façon essuie-glace. Je m'approchai de la vitre en sachant déjà ce que j'allais y voir : l'américaine au bas de caisse argenté trônait massivement à une cinquantaine de mètres.

— Impossible…

Difficile de croire que la berline était là, pourtant absente moins d'une minute avant, comme si elle avait bénéficié d'un largage aérien personnalisé.

Je courus dans la cuisine, trouvai un couteau et le glissai à l'arrière de mon pantalon. J'ouvris la porte avec un vague sentiment d'excitation. Un picotement inédit qui électrisait mes muscles, galvanisait mon esprit. Je traversai le jardinet sous les aboiements hystériques de Phil derrière la vitre. Je franchis le portillon et gagnai le trottoir d'en face.

Je martelais le sol de pas rapides que je m'efforçais de rendre silencieux. Le parechoc arrière était en vue, le rétroviseur extérieur m'offrait le reflet vacillant des réverbères. Je réduisis l'écart. Plus que vingt mètres, je pouvais le faire.

Le moteur rugit. La berline se déporta doucement sur la voie et commença à s'éloigner.

Pas le moment de flancher, j'accélérai. Mon souffle me quittait déjà. J'évitai un couple et son enfant, manquai de perdre l'équilibre, repartis de plus belle.

— Eh ! Stop !

L'américaine fuyait mes cris, mais je parvins à sa hauteur.

Les vitres sombres ne me laissaient rien entrevoir de ce qui se trouvait dans l'habitacle. Ou plutôt de *qui* s'y trouvait. Une main, oui. C'est tout ce que je pouvais voir. Toujours la même forme imprécise de cette main autour du volant.

— Vous voulez quoi ?! je hurlai. C'est quoi ces messages ?!

Les gens s'écartaient sur mon passage, me regardaient comme si j'étais fou. Je tapai à la vitre sans cesser de courir. Le véhicule mit un moment avant d'accélérer davantage, comme pour me narguer, et quand enfin il prit de la vitesse, ce fut radical.

Disparu. Je l'avais perdu, encore une fois, aussi sûrement que j'avais perdu mon souffle.

— Merde !

Je vacillai. Ma vision se troublait. Un vieux monsieur s'approcha pour me demander si j'allais bien, je fis signe que oui. Et ce n'était pas entièrement faux. Cette course, même brève, m'avait grisé comme un rosé bien frais en plein été. Sans compter que cette fois j'avais pu relever l'immatriculation.

24

Je quittai l'école le lendemain pour me rendre au commissariat de la ville la plus proche, avec le sentiment d'apporter tout à coup une dimension plus dramatique aux récents évènements.

Je pénétrai dans l'établissement avec des pièces à conviction dans les poches, dont cette liste de chiffres et de lettres relevée sur un post-it la veille au soir. Bien que le modèle de la voiture *mystère* fût authentiquement américain, la plaque minéralogique était indéniablement française.

En guise de préambule administratif, l'agent qui m'accueillit engloutit une demi-bouteille d'eau gazeuse avec une avidité impressionnante, le doigt levé pour me signifier de patienter. Son physique grassouillet suggérait de nombreuses années passées à ce poste de réception. Très loin, sans doute, de la section des interventions à haut risque. Il fit disparaitre la bouteille sous le comptoir devant lui, prit le temps de méditer, sa grosse main essuyant son double-menton, ses yeux porcins se fixant sur moi avec difficulté.

— Monsieur ? marmonna-t-il, et je compris qu'il m'invitait à me présenter.

Je m'exécutai, exposant dans la foulée les faits qui m'amenaient : l'impression d'être suivi, le mot glissé sous ma porte, le relevé d'immatriculation. Ce dernier, non sans une pointe de fierté.

L'agent consentit à prendre des notes. Son air simiesque ne me rassurait pas. Des perles de sueur glissaient latéralement sur son front, chassées par un mini-ventilateur perché à proximité.

Ses yeux me retrouvèrent après une mise au point approximative.

— Avez-vous été victime d'une agression physique, monsieur... Lovalski ?

— Non.

— Pas d'agression, de quelque nature que ce soit ?

— Eh bien, si je suis venu jusqu'ici, c'est précisément pour éviter que ça n'arrive.

L'agent fit une moue circonspecte. Il grogna, secouant la tête de gauche à droite.

— Vous n'avez pas un nom ? Une idée de celui qui pourrait s'intéresser à vous ?

— Non... Aucune idée. Mais j'ai relevé la plaque d'immatriculation, souvenez-vous.

Je fis glisser le post-it de son côté, mais il ne parut pas s'intéresser à la pièce à conviction dont j'étais si fier.

— Les éléments sont maigres, trancha-t-il. Ce n'est pas

suffisant pour ouvrir des investigations.

— Écoutez, je ne vous demande pas de lancer des recherches approfondies. Tout ce que je veux, c'est que vous jetiez un œil sur ces numéros. Je suis sûr que vous avez les moyens de retrouver le propriétaire du véhicule.

Le policier pesa le pour et le contre, tangua sur les côtés, donnant l'impression d'être à deux doigts de basculer.

— Vous devez déposer une plainte. Le problème, c'est que vous ne savez pas contre qui la déposer, pas vrai ?

Il se tut, regardant à travers moi. Je commençais à sérieusement l'apprécier.

— Bon, et alors ?

— Alors, vous pouvez toujours déposer une main courante, si vous le souhaitez.

— En quoi ça va m'aider ? je demandai, sans pouvoir cacher davantage mon agacement.

— Si dans l'avenir nous enregistrons des déclarations du même genre, expliqua-t-il, correspondant au même signalement, alors on pourra ouvrir des investigations.

Je me passai une main dans les cheveux. Surtout, ne pas s'énerver. Et tentai d'enfoncer mes paroles dans son crâne.

— Ces mots, glissés sous ma porte, c'est légal, ça ? Quelqu'un s'est introduit dans ma propriété en mon absence. Ça constitue une violation du droit privé, ou quelque chose comme ça, non ? Faites un effort, je vous en prie.

L'agent se pencha sur ses notes, son menton ballota.

— Monsieur, vous avez déclaré qu'il ne s'agissait pas de votre propriété, mais de celle de votre ami. Que rien n'a été dégradé, ni brisé, ni dérobé. Si vous souhaitez déposer une main courante, les formulaires se trouvent sur la table, là-bas, près de la machine à café.

Je suivis des yeux la direction qu'il indiquait de la pointe de son stylo. Je sentais des mots poindre au bord de mes lèvres, des mots que je n'avais pas le droit de proférer à l'encontre d'un agent assermenté par l'État. Alors je m'éloignai du comptoir. J'allai détailler les avis de recherche qui maculaient les murs et en profitai pour souffler.

Inspirer, expirer.

Mon regard accrocha le visage de Lorenzo, perdu dans la foule des disparus. Un visage souriant, pétillant, charmeur. Perdu à jamais dans la forêt des âmes oubliées. C'était un portrait récent, datant probablement du début d'année, que Clarisse avait fourni aux policiers venus l'interroger. D'ailleurs, c'est sa main à elle qu'on pouvait voir sur l'épaule de Lorenzo.

Mon cœur se serra douloureusement. Et puis je repensai à ce que Valentin m'avait dit.

Il a pas disparu.

De là, je repartis vers la réception, prêt à en découdre, où mon gros policier était visiblement occupé avec un autre agent. Plus haut gradé, ce dernier récupéra un dossier qu'il cala sous son bras musclé.

Il leva la tête vers moi.

— Monsieur Lovalski ? Vous voulez bien me suivre ?

Enveloppés dans la lumière tamisée et réconfortante d'un bureau bénéficiant de l'air conditionné, les présentations s'écoulèrent naturellement.

L'homme était commissaire.

— Lavroche, compléta-t-il. Commissaire Vincent Lavroche. Excusez l'accueil, Jean-Louis a quelques ennuis dans son couple et il le fait savoir à sa manière. Sans compter qu'il s'imagine déjà à la retraite. Entre nous, il commence sérieusement à m'emmerder.

Le commissaire Lavroche affichait un sourire efficace, du genre communicateur. Ses épaules, larges, contenaient tout juste dans son uniforme. Il avait le crâne entièrement rasé dans le but de contourner une calvitie probablement précoce. Le regard vif, attentif sur tout ce qui l'entourait. Le genre de personne qu'on préférait avoir dans son camp.

Dans son dos, un article de journal attira mon attention. Encadré et mis sous un verre quotidiennement briqué, il montrait en noir et blanc le portrait d'un criminel. Quelqu'un de beaucoup plus jeune le tenait menotté. L'article s'intitulait « Coup fumant – Le jeune policier gagne du galon. »

Le débit de parole du commissaire était rapide, militaire.

— J'ai jeté un œil sur votre dossier. Plutôt singulier, je dois dire. J'ai cinq minutes à vous accorder, après je dois m'en aller.

— C'est gentil.

Il sourit à nouveau, comme s'il le faisait sur commande.

— Montrez-moi les numéros, dit-il en prenant le post-it.

Il l'étudia un instant sans ciller, puis pianota sur son ordinateur.

— Vous pensez pouvoir retrouver le propriétaire du véhicule ? je demandai, mon niveau d'espoir étant remonté de quelques degrés.

— Possible. C'est vous qui les avez relevés, ces numéros ?

— Oui.

— Quand ?

— Hier soir, pendant que la voiture s'éloignait.

Tout en écrivant, il questionnait (donnant l'impression agréable – et rare – de s'intéresser réellement) :

— Quelle heure était-il ?

— Aux alentours de 19 heures, je crois. Je n'ai pas vérifié.

— Vous êtes sûr de vos notes ? Vous les avez relevées immédiatement ?

Je réfléchis un instant.

— Tout dépend de ce que vous entendez par « immédiatement ». J'ai été obligé de revenir chez moi pour trouver de quoi écrire, donc… Ça n'a pas dû me prendre plus de deux minutes. Mais… c'est important ?

Il me regarda par en-dessous.

— C'est dans les détails qu'on boucle la boucle. Couleur et modèle du véhicule.

— Bleu foncé, très sombre. Une berline américaine.

— Comment savez-vous qu'elle est américaine ?

— Déjà, elle n'est pas française. Sûr. C'est le genre de voiture qu'on trouve souvent dans les films.

Il me regarda, l'air surpris.

J'intervins rapidement :

— Je sais que ça peut paraitre absurde, mais c'est la vérité.

— Dans ce cas, je prends note. Modèle « film américain », alors.

— Avec les vitres teintées. Vous voyez le genre.

— Mais vous n'avez pas la marque.

— Hélas, non.

Le commissaire Lavroche hocha la tête.

— Combien de fois avez-vous pu l'apercevoir ? Je veux dire, combien de fois vous avez eu l'impression d'être suivi ?

Je fis brièvement le calcul.

— Trois fois. Et ce n'est pas qu'une simple impression. Quelqu'un m'observe et s'enfuit dès que je m'approche trop près.

— Vous êtes-vous senti menacé ?

— Qu'un individu décide tout à coup de s'incruster dans ma vie, de s'intéresser à ce que je fais, sans raison particulière, ce n'est pas assez menaçant ?

— Ce que je voudrais savoir, monsieur Lovalski, c'est si cet individu a tenté de vous nuire. Est-ce qu'il vous a agressé ? Avez-vous vu une arme, ou n'importe quel élément qui aurait pu s'y apparenter ?

Les images de la berline crépitèrent dans ma tête comme une série de photographies aux angles de vue différents. Je revis clairement le scintillement d'un objet à travers la vitre, ce que j'avais pris pour une paire de jumelles.

— Non, j'admis. Rien de ce genre. Ils se contentent de m'observer, sans rien faire d'autre.

Le commissaire Lavroche reprit son ballet dactylographié, avec cette manie de remuer les lèvres à chaque mot. Il consulta sa montre et demanda :

— Autre chose à déclarer ?

Je le quittai des yeux un instant, hésitai et finis par dire :

— Je ne sais pas exactement comment formuler ça. Je m'interroge sur une disparition récente... Lorenzo Dimateo... Vous voyez de quoi je parle ?

Le visage du commissaire s'assombrit.

— Je vois très bien. J'étais en charge de l'affaire Dimateo. Une bien triste affaire, d'ailleurs, qui a remué toute la région.

Il regarda sa montre à nouveau, il ne me restait que très peu de temps. Alors, je me lançai :

— Est-ce que... Est-ce qu'il y aurait une chance que Lorenzo ne soit pas mort ?

Le commissaire ne put cacher son étonnement. Ses yeux, d'une extrême clarté, se rivèrent sur moi, difficiles à soutenir.

— Qu'est-ce que vous voulez dire ?

— Que sa mort n'a jamais été prouvée.

— Nous avons retrouvé son véhicule complètement calciné au pied d'une falaise, articula-t-il. Des traces sur la route indiquent un freinage intempestif. Le reste est détaillé dans le dossier. La conclusion est sans appel : la victime s'est consumée en très peu de temps, après que le réservoir, perforé, a pris feu et provoqué une explosion.

— Mais le corps n'a pas été retrouvé.

— Je vous l'ai dit : il est parti en fumée. On s'estime chanceux d'avoir pu retrouver des morceaux de la voiture. Maintenant, si vous voulez bien m'excuser…

Sur le point de se lever, le commissaire Lavroche remarqua mon regard qui s'égarait un moment sur l'extrait de journal. Il se rassit doucement et retrouva son sourire fantastique.

— Ce gars-là s'appelle Alistair Dova. Il a cambriolé plus d'une trentaine de petits commerces avant que je mette la main dessus. Un sacré coup. Le premier de ma carrière, en fait. Vous remarquerez que j'avais des cheveux, à l'époque. L'arrestation a quelque peu… dégénéré, ce fou furieux a blessé par balle un homme sur les lieux du délit. Il a pris vingt ans. Je ne suis pas peu fier.

— C'est compréhensible.

— Croyez-le ou non, ce sont nos efforts d'investigation combinés à l'expérience des hommes sur le terrain qui ont permis de l'arrêter. Parce que nous connaissons notre travail, monsieur Lovalski.

— Bien sûr. Je ne voulais pas…

— Concernant cette voiture issue des films américains, dit-il en me confiant sa carte avec son numéro, n'hésitez pas à me signaler tout élément suspect. Mais souvenez-vous : ne jouez pas les héros.

— Entendu.

— Pour l'immatriculation, je vais voir ce que je peux faire. Je ne vous promets rien, à part vous contacter dès que j'ai du nouveau.

La fraicheur soudaine de cette soirée nous cueillit dès les premiers pas à l'extérieur. Le commissaire posa une main puissante sur mon épaule.

— Pour le reste, je vous conseille de tourner la page. Les blessures deviennent plus douloureuses quand on les laisse à vif.

25

Un autre weekend.

Les semaines défilaient à une allure folle. Se tourner vers le passé revenait à se prendre un train, lancé à toutes vapeurs, en pleine face.

Mon père disait que la continuité de la vie n'était qu'une notion relative. Qu'il n'y avait que deux points distincts dans notre existence : la naissance et la mort, reliés par un pet de mouche.

Tel était le plan de construction de la vie : un enchainement rapide de faits qui, si on osait jeter un œil en arrière, ressemblait à une bouillie indigeste, conduisant inexorablement au point de rupture.

Je voguais depuis plusieurs minutes dans un état de semi-conscience peuplé de mauvais rêves. Plus étranges les uns que les autres, composés de couleurs psychédéliques et de situations embarrassantes.

C'est un bruit étrange qui m'arracha à ma trance sirupeuse. Sorte de froissement insistant.

Je m'étirai et trouvai l'interrupteur à tâtons. J'avais encore besoin d'une grosse dizaine de secondes pour me rappeler où j'étais, même après une semaine passée ici.

Phil s'était précipité à l'entrée, envoyant des salves d'aboiements qui me vrillaient les tympans. Il grattait, reniflait, se tournait vers moi, l'air de me reprocher ma fainéantise.

— Ça va, j'arrive.

Je me redressai sur le canapé où j'avais passé la plus mauvaise nuit de mon existence et allai jusqu'à la porte. Ma colonne vertébrale craqua quand je me baissai pour ramasser le mot enfoncé sous le battant.

Je veille sur toi.

Je me frottai les paupières, réajustai mon caleçon. J'ouvris la porte et passai la tête à l'extérieur. La lumière matinale me picotait les yeux. Rien de suspect ne titilla mon attention. Aucune berline américaine dans la rue, d'un côté ou de l'autre.

Je pulvérisai le bout de papier dans mon poing et le balançai dans le jardinet. Je dressai ensuite un doigt d'honneur à celui qui se sentirait concerné, puis me tournai vers le teckel.

— Allons explorer le quartier.

Phil tirait sur la laisse comme un forcené.

Me balader demandait un effort que je n'avais pas à produire auparavant. « Être à l'extérieur » était devenu synonyme de surexposition. J'avais le sentiment qu'on m'observait depuis tous les angles de rue, tous les balcons. Les détails de mon environnement – cet homme sur un banc qui lisait le journal en diagonale ; ce type qui attendait de traverser alors que l'indicateur était vert depuis une éternité ; ou encore l'autre gars qui me suivait en faisant semblant de téléphoner – étaient autant d'éléments déclencheurs d'une sacrée parano.

Je traversai les étals d'un marché et tombai sur un café niché à l'ombre des platanes. Je m'assis en terrasse, attachai Phil au pied de la chaise et commandai un demi.

Et puis j'observai.

Trois tables étaient prises, sans compter la mienne. Il y avait deux couples et une bande de collégiens bruyants. Devant moi s'étendait une placette bordée de platanes, où les anciens se disputaient le cochonnet à coups de boules bien placées. Six bancs étaient disposés autour, inoccupés, sauf un : une vieille dame semait des miettes de pain sur une foule de pigeons. Des têtes de poireaux dépassaient de son cabas à côté.

Une vielle dame et ses poireaux. Pas de quoi virer parano. Évidemment. Pourtant, la voiture d'Al Capone elle-même ne m'effraierait pas autant que cette saloperie de berline.

— Y'a quelque chose qui cloche, sûr.

— Pardon ? fit le serveur, les sourcils en accent circonflexe. Tenez, votre verre.

— Merci.

Je composai le numéro de Lucie et tombai pour la millième fois sur le son monocorde de ma propre voix, m'invitant à laisser un message. Ce que je ne fis pas. À la place, je sélectionnai Théodore dans mon répertoire. Toute une série de *bip* retentirent, j'étais sur le point d'abandonner quand, à ma grande surprise, mon ami décrocha.

— Renaud… C'est toi ?

Son timbre de voix était inhabituel, prudent, proche de la méfiance.

D'abord déconcerté, je finis par demander :

— Tu as l'intention de rentrer un jour, ou bien on doit se faire à l'idée de ne plus jamais se revoir ?

Cette question anodine, que je jugeai sur l'instant proche de l'humour, devrait plus tard se révéler terriblement ironique.

Théodore ne semblait pas avoir entendu. Il parlait lentement, comme s'il choisissait chaque mot avec prudence.

— Comment tu vas, Renaud ?

Je décidai de mentir :

— Parfaitement bien.

— Tant mieux, souffla-t-il. Tant mieux.

Un grésillement s'empara de la ligne, comme si mon ami se trouvait à des milliers de kilomètres.

— Théo ?

— Oui.

— Est-ce que tout va bien ?

J'aurais pu mettre le silence qui suivit sur le compte d'une mauvaise réception, mais je savais tout simplement que Théodore ne parlait pas. Il réfléchissait à ce qu'il allait dire.

— Je vais bien. Écoute, je dois te laisser.

— Quoi, déjà ?

— Je suis désolé. Je dois… Je dois y aller.

Durant une fraction de seconde, je me demandai si c'était bien mon meilleur ami à l'autre bout du fil, si je ne m'étais pas trompé de numéro… Ou de dimension.

— Tu rentres quand ? je demandai.

— Je sais pas.

— Tu as pris un congé sans solde ?

Le grésillement fut accompagné de son souffle.

— Fais attention à toi, dit-il.

— D'accord, mais…

— Écoute, Renaud, écoute. Tu m'écoutes ?

— Oui.

— Fais attention à toi. Vraiment. Reste sur tes gardes et ne fais confiance à personne.

Une fois raccroché, je gardai le téléphone un moment contre mon oreille. Dans l'autre main, la bière était devenue tiède.

***

Je déballai fièrement mon dernier achat, effectué cinq minutes plus tôt dans la boutique *Mille et Une Lumières* du centre commercial à côté : un projecteur à détecteur de mouvements.

Je le déposai sur la table de la cuisine. Le gérant de la boutique, un homme sinistre qui devait avoir passé l'âge de la retraite depuis un siècle, avait dit que c'était ce qu'on trouvait de mieux en matière d'éclairage extérieur. Il avait pris le temps d'insister sur les recommandations de nature préventive : ne jamais pointer l'appareil directement en direction des gens, mais préférer une inclinaison verticale ; j'allais donc diriger le faisceau à hauteur des yeux. Éviter de régler l'appareil sur la puissance maximale ; j'allais donc pousser la machine à donner tout ce qu'elle avait dans le ventre.

Une grosse demi-heure plus tard, le temps de mettre la main sur des outils et d'établir les connexions appropriées, le projecteur fut fixé. Je reculai de quelques pas dans le jardinet pour admirer ma création. Accroché sous la gouttière, le projecteur ressemblait à ces écrans de télévision que l'on trouvait dans certaines salles d'attente d'hôpitaux. Sobre, discret. Mais lancé à plein régime, j'espérais qu'il serait aussi époustouflant que l'œil de Sauron.

— Parfait.

Le soir venu, je décidai de tester mon nouveau jouet. Je me positionnai au niveau du portillon d'entrée. Grâce à la télécommande fournie avec le reste, j'ajustai la puissance et le degré de sensibilité au maximum.

Je me dirigeai vers la maison en portant des lunettes de

soleil. Au bout de deux pas, la lumière explosa autour de moi en émettant un *flash* bruyant, m'obligeant à me protéger malgré mes verres sombres. Je pouvais facilement imaginer le choc subi par quelqu'un qui ne s'y attendrait pas.

— Surprise, surprise.

La lumière du projecteur déclina ensuite jusqu'à s'éteindre, me laissant une empreinte persistante sur la rétine. Je désactivai le système et me rendis dans la cuisine. Je trouvai un sachet de café entamé et me préparai un thermos plein, récupérai une couverture, une chaise et un coussin, me séparai finalement du coussin – le but étant de rester éveiller cette nuit, tout confort était à proscrire. J'installai mon bivouac derrière les buissons, le long du flanc gauche de la maison.

Je vérifiai ensuite que ma zone d'observation n'était pas visible depuis le portillon. Satisfait, j'allai me préparer un sandwich en vitesse et pris position. Une fois certain de ne plus avoir besoin de bouger, j'enclenchai le système avec la télécommande.

Posté sur ma chaise au grand air, la couverture sur les genoux, on aurait pu me prendre pour un de ces fans du Tour de France qui sacrifiaient volontiers une semaine entière pour vivre quelques minutes d'une euphorie éphémère. Contrairement à moi, qui ne savais même pas à quoi m'attendre… Plus j'essayais de mettre un visage sur celui qui prenait la peine de pénétrer ici pour déposer un message et plus ce visage se fondait dans une brume de mystère. J'avais espoir de dissiper cette brume tôt ou tard. Avec un peu de chance, ce serait ce soir.

Les conditions étaient presque idéales pour une planque de ce genre : une météo clémente, la lune réduite à un croissant très fin, me permettant de bénéficier d'une obscurité entamée seulement par les lumières de la rue. En fait, l'unique désagrément venait des moustiques. Ça, et l'attente. Le temps, qui s'étirait comme du chewing-gum. Qui me forçait à cogiter pour ne pas somnoler malgré les tasses de café.

D'après ma montre, je n'avais pas bougé de ma chaise depuis plus de deux heures. J'avais un sérieux doute là-dessus : il me semblait avoir déjà passé le double.

Mes pensées s'entrecroisaient sans respecter la moindre notion rationnelle. C'étaient des voix perdues, lasses, qui désespéraient de se faire entendre.

Il a pas disparu, annonçait Valentin avec aplomb. *Le loup…*

Fais attention à toi, intervint Théodore d'une voix qui ne lui appartenait pas. *Fais attention. Vraiment.*

Tourner la page. Vous devriez tourner la page. Les blessures…

Valentin il raconte des histoires rigolotes.

Le papillon.

Mes paupières se décollèrent au moment précis où le projecteur s'enclencha. Je réalisai que j'avais été sur le point de sombrer, mais la luminosité soudaine fut plus efficace que tous les radios-réveils du monde.

Dans le jardinet, on y voyait comme en plein jour. Je rejetai la couverture et m'arrachai de la chaise, prêt à me jeter sur l'intrus. D'abord, je ne vis personne. Puis une silhouette traversa toute la largeur de la propriété comme une flèche, véloce, poussa sur ses pattes arrière et disparut derrière la palissade en miaulant de confusion.

Je regagnai mon poste d'observation, un peu déçu. La lumière déclina, la nuit m'enveloppa.

Je rejetai la tête en arrière et me plongeai volontiers dans les ténèbres infinies du ciel, là où fourmillaient des millions d'étoiles visibles seulement en dehors des agglomérations. Alors je me pris au jeu de les imaginer, ces minuscules points scintillants. Sur une planète lointaine, dans une autre galaxie, un autre moi subsistait. Un autre Renaud. Largué par sa femme, il décida de s'asseoir sur une chaise au beau milieu de la nuit, espérant donner un coup de projecteur sur les zones d'ombre de sa vie.

Le temps s'écoulait. Je tenais bon. L'envie d'uriner semait des fourmillements dans mon bas-ventre, mais je tenais bon. Ma patience s'effritait plus vite que la calotte glacière, mais je tenais bon. En fait, le besoin de dormir m'avait déserté. Mes yeux s'étaient habitués à l'obscurité, si bien que des formes nouvelles étaient apparues.

Je pouvais distinguer la palissade, l'allure carrée de la boite aux lettres et, sur un de ses côtés, une excroissance qui venait de pousser comme une verrue. Énorme, elle s'élargissait encore, lentement… jusqu'à se séparer complètement de la boite aux lettres.

Je me frottai les yeux.

Cette fois, j'en étais sûr : c'était une silhouette humaine.

Elle se déplaçait sans un bruit, tel un spectre flottant au-dessus du sol. Elle franchit le portillon et glissa en direction de la maison. Moins de vingt mètres la séparaient de moi. Mon cœur accéléra. Je restai immobile le plus possible, respirant silencieusement. Les mains moites.

Je jetai un œil agacé sur le projecteur.

Qu'est-ce que tu attends pour t'allumer ?

Phil dut sentir qu'une présence étrangère foulait son territoire, car il se posta à la fenêtre et se mit à aboyer furieusement.

La silhouette se figea, encore tout près du portillon. Elle stagna sur place une bonne minute, peut-être plus. Puis elle parut ressusciter. Je pouvais tout juste entendre le froissement de ses vêtements. Je pouvais presque sentir son odeur.

La lumière explosa en crevant la nuit, accompagnée du *flash* sonore. Le projecteur m'offrait sa faveur pour une minute, pas plus. J'avais tout intérêt à être réactif. Je m'expulsai de la chaise et fonçai droit sur l'intrus.

Piégé dans la bulle de clarté, il s'était recroquevillé sur lui-même quelques secondes. Il vacilla un peu et prit la fuite. Mais ses mouvements étaient devenus maladroits. Il manqua de trébucher et dut se retenir à la palissade.

Poussé par l'extraordinaire ferveur de Phil derrière moi, je m'élançai à travers le jardinet.

— Eh ! Toi !

Il portait un sweat-shirt large à capuche et un foulard qui lui cachait la figure du menton jusqu'au ras des yeux.

Il déboula sur le trottoir, tanguant comme une barque à flots, visiblement sonné, avant de réussir à courir. Je me lançai à sa poursuite, bien décidé à ne pas le laisser filer.

Mon sprint était exemplaire. J'avalais les mètres qui me séparaient de lui avec une facilité étonnante. Nos pas résonnaient dans la nuit. Nous étions deux ombres galopantes sur le trottoir. Je n'étais qu'à une longueur de bras mais le fuyard se déporta subitement sur la chaussée, fondant vers le trottoir opposé.

Il fut pris dans les phares d'une voiture qui arrivait par la droite, qui faillit le percuter, envoyant des coups de klaxon rageurs. L'individu ne parut même pas réaliser qu'il avait frôlé la mort. Il repartit en direction des berges du canal. Je contournai le véhicule et fonçai dans sa direction.

Il s'engagea sur un pont qui enjambait le cours d'eau. Poussé par une énergie soudaine, et parce qu'il fatiguait déjà, je réussis à le rattraper avant d'atteindre l'autre berge.

Je me jetai sur lui.

Nous roulâmes tous les deux contre le garde-fou. Je l'entendis gémir avec une drôle de voix.

Il se retrouva coincé sous mon poids. Je lui plaquai les mains de chaque côté de son visage masqué, repris une inspiration, avant d'articuler :

— Bordel… T'es qui ?

26

J'avais fini par comprendre. Même avant de découvrir son visage. J'avais reconnu son parfum, coriace, qui en abattrait plus d'un. Son regard, d'une intensité vertigineuse, qui avait dû en faire couler un nombre effrayant au fond d'un gouffre de décrépitude.

Je lui ôtai son foulard, fis tomber sa capuche.

— Marie-Line…

La jeune femme eut un mouvement fier de la tête, élégant, même à terre. Elle me regarda de côté, souriant avec malice.

— Je préfère quand je suis dessus, dit-elle, sa poitrine se soulevant rapidement.

Je la libérai et m'époussetai. Un couple d'amoureux s'éloignait de nous prudemment, gagnant l'extrémité du pont.

— Tu joues à quoi ? je demandai brutalement. Tu as perdu la tête ?

— Comme si ça t'embêtait, rétorqua la jeune femme en s'appuyant sur la rambarde. Je sais ce qui s'est passé avec ta femme. Je sais que tu t'es fait jeter. Tu es seul, abandonné.

— Épargne-moi ton numéro. Je n'ai pas besoin de ta pitié.

— Mon pauvre chéri, roucoula-t-elle sur un ton *réellement* compatissant. Tu me fais tellement de peine. Je voudrais te prendre dans mes bras, tu sais. Je voudrais…

— Tu n'as pas trouvé plus original que tes mots doux de collégienne à la sauce fleur bleue ? Mais qu'est-ce qui t'a pris ?

Elle se releva, s'approcha lentement.

— Je trouve ça… Poétique. Énigmatique. À l'image de ce qu'on vit, tous les deux.

— J'hallucine.

Elle se hissa sur la pointe des pieds, passa ses bras autour de mon cou. Son visage était tout près du mien. Les pupilles de ses yeux dilatées.

— Il y a tellement d'oisillons qui tombent du nid et personne pour s'en occuper, récita-t-elle. Je pourrais m'occuper de toi, Renaud. Je pourrais te rendre heureux. Je suis bonne, tu sais, dans tous les domaines.

Son clin d'œil fut superflu. Je la repoussai, gardant le bras tendu devant moi pour la tenir à l'écart. Elle s'agitait, l'air meurtri. Une vraie droguée en manque.

— Tu n'as pas idée, gémit-elle, de ce que je ressens pour toi.

— Écoute, c'est vraiment pas le moment. J'ai pas mal de souci… Mais ça, tu le sais déjà.

— Je pourrais être le remède…

— Tu plaisantes ? C'est en partie à cause de toi que je me retrouve à devoir vivre loin de ma femme depuis une semaine. Un remède ? Tu parles ! Un poison, plutôt.

— Tu es sévère.

— Et toi, tu devrais te faire soigner.

Marie-Line encaissa, une main sur le cœur.

— Ça, c'était méchant.

Je la regardai sans y croire. Elle ressemblait à une gamine qu'on aurait houspillée. Ça ne m'encourageait qu'à être plus dur encore.

— Je pourrais aller voir les flics pour te dénoncer. J'ai déjà entrepris des démarches, le reste ne serait qu'une formalité.

— Tu pourrais me passer les menottes…

— La ferme. Je te préviens : si tu t'approches de moi à moins de cent mètres, si je vois encore ta voiture dans le quartier, ou si je perçois ne serait-ce qu'une molécule infime de ton parfum écœurant, je te traine jusqu'au poste le plus proche.

— Sévère… et autoritaire, souligna-t-elle en sautillant.

— Oublie-moi.

Je me retournai et redescendis vers la berge. Marie-Line m'interpella :

— Qu'est-ce que tu veux dire ?

Je me retournai, la fusillai du regard, attendant qu'elle poursuive. Elle s'approcha en gardant ses distances.

— Tu as dit « si je vois *encore* ta voiture dans le quartier ».

Je ne comprends pas…

— Ta voiture. Le gros modèle américain. Je t'en prie, ne fais pas semblant…

La jeune femme secoua la tête.

— Non, vraiment, je ne comprends pas. Ma voiture n'a rien à voir avec un gros modèle, c'est une petite citadine. En plus, elle est au garage depuis plusieurs jours, je suis obligée de me déplacer en bus.

Je l'observai attentivement, essayant de déceler une part de mensonge.

— Vraiment ?

— Je t'assure. Pourquoi est-ce que tu…

Je fis volte-face et pris la direction de la maison d'un pas rapide.

Je désactivai le projecteur et me trainai à l'intérieur, accueilli par les assauts de Phil. La course dans laquelle je venais de me lancer, même brève, m'avait remué les tripes méchamment. La montée subite d'adrénaline, couplée à la quantité de café ingurgité juste avant, me poussèrent jusqu'aux toilettes dans un état nauséeux. Une main au creux du ventre, je me penchai au-dessus de la cuvette. Au diable la chasse d'eau défectueuse !

J'attendis une minute, l'estomac au bord des lèvres. Phil me tournait autour, inquiet. Une autre minute et rien ne vint. Il s'en était fallu de peu. Je me redressai, la tête me tournait, l'envie de vomir n'était pas loin. J'inspirai profondément, fermai les yeux.

Si ce n'est pas elle qui me suit, alors c'est qui ?

Je me pris le visage dans les mains. J'avais tant besoin de ma femme. Qu'elle me prenne dans ses bras, qu'elle me susurre à l'oreille que, tant qu'on était ensemble, rien n'avait d'importance.

Je tâtai ma poitrine à la recherche de mon cœur. Toujours là. Aucun élan de mutinerie, même après ce surmenage.

Trois coups puissants résonnèrent dans ma tête. Trois coups réguliers.

On frappait à la porte.

— C'est pas vrai !

Cette garce n'avait donc pas compris, elle contre-attaquait. Mon sang venait d'atteindre son point d'ébullition. Je traversai le petit salon, les poings serrés, les ongles enfoncés dans la chair. Poussé par les encouragements bruyants de Phil, j'atteignis la porte dans une colère sourde.

Trois coups retentirent à nouveau, plus opiniâtres.

J'ouvris violemment.

— Qu'est-ce que t'as pas compris…

Je me figeai, incapable de terminer ma semonce. La surprise me colla au sol, me coupant un instant le souffle. L'ascenseur émotionnel s'était déplacé sur une amplitude déconcertante.

Franck Denouraud se tenait sur le seuil. J'avais le souvenir d'un homme petit et trapu, pourtant il paraissait immense dans la lueur déformante venant de l'intérieur de la maison. Massif. Le père de Valentin avait une mine affreuse, une mine qui ressemblait à celle des plus mauvais jours, mais qui était peut-être celle de ses meilleurs. Difficile à dire quand on avait affaire à un alcoolique notoire.

— Salut, prof, dit-il d'une voix trainante.

— Que faites-vous ici à une heure pareille ?

Franck pencha la tête de côté. Puis c'est tout son corps qui s'inclina lentement, dangereusement. Attiré par le sol, il ne devait même pas se rendre compte qu'il tombait – ou seulement se dire que le monde prenait subitement une tangente inhabituelle. Je le retins par le bras. L'animal pesait son quintal imbibé, mais je parvins à le redresser.

— Fous-moi la paix, grogna-t-il en me repoussant. Tu te prends pour qui, avec… avec tes manières… de prof.

— Comment êtes-vous arrivé jusqu'ici, monsieur Denouraud ?

Il me scruta longuement par-dessus ses paupières rosâtres. Je décryptai, autant dans son regard morne que dans les plis de son front, un effort immense pour comprendre ma question, la traiter, y associer une réponse, pour finalement me servir un simple grognement, le pouce levé au-dessus de son épaule.

Derrière lui dans la rue, sa vieille voiture attendait, une roue sur le trottoir, le parechoc embrassant un lampadaire. Le moteur tournait au ralenti et la portière côté conducteur était restée ouverte.

— Qu'est-ce que vous voulez ?

— Je veux… que tu laisses mon fils tranquille.

Il avait pointé un doigt vers le mur, mais je devinai qu'il m'était destiné. À travers une brume alcoolisée, mon double devait apparaitre plus clairement à ses yeux que moi.

— Je sais que tu lui parles…

— Valentin est mon élève. Évidemment, oui, je lui parle.

— Ouais.

Franck hocha la tête, convaincu.

— Ouais, répéta-t-il, mais je veux que tu restes à l'écart.

— Je ne comprends pas.

— Putain, je tolère que tu sois son prof, mais pas que tu sois son père ! Il a déjà un père.

Cette fois, c'est moi qui vacillai. Ce qu'il venait de me servir en bouillie me toucha au plus profond de mes entrailles. Sans doute parce qu'il avait fallu que ça sorte de la bouche d'un ivrogne pour que je réalise. Que j'ouvre les yeux. Que je me rende compte que j'étais passé illégalement dans ce territoire réservé aux parents. Territoire où j'étais un clandestin.

Phil, prudent, s'était réfugié sur le canapé, observant de loin.

— Il vous a dit quelque chose ? je demandai.

— Non, il a pas eu besoin.

— Écoutez, je suis désolé si vous vous êtes senti blessé, monsieur Denouraud. Vraiment, ce n'était pas mon intention. Je veux seulement l'aider. Rien de plus.

— Mon fils a pas besoin qu'on l'aide.

— Eh bien, justement, je crois que…

— Si jamais il veut de l'aide, ses parents sont là. *On* est là.

Bien sûr, je pensai, *sûrement ivre-mort la moitié du temps, mais bien présent pour lui flanquer une dérouillée quand ça démange.*

— Monsieur, je continue à croire que Valentin a besoin de parler à quelqu'un.

— Et moi je crois que si tu la fermes pas un peu, tu risques d'avoir des ennuis.

Sa main se serrait, ses phalanges craquaient. Son autre main restait enfouie dans sa poche. J'avais la nette impression qu'il tenait quelque chose.

— Quels genres d'ennuis ? j'osai.

— Du genre costaud. Brutal. Du genre à pisser le sang par le nez.

Je me retranchai un peu en arrière et poussai d'un cran le battant de la porte.

— Partez, ou j'appelle la police.

Franck lâcha un autre grognement à titre de rire.

— Si t'appelles les flics, c'est toi qui risques d'être embêté.

Je le regardai sans comprendre. L'instant suivant, il plaqua sa main contre la porte pour m'empêcher de fermer et sortit l'autre de sa poche. Un objet scintillait entre ses doigts, pointé sur moi. J'avais vu juste.

J'eus un hoquet de stupéfaction, je partis en arrière, manquai de me prendre les pieds dans le tapis. Phil envoyait des salves d'aboiements féroces depuis le salon.

Franck se faufila dans la maison. Il n'avait plus l'air ivre du tout. Au lieu de quoi, c'est moi qui chancelais. Qui tentais de me rattraper à n'importe quoi.

— Arrêtez…

Je tombai sur les fesses.

Franck se planta devant moi, plus impressionnant que jamais, la mine empourprée.

— Tu vas foutre la paix à mon fils, gronda-t-il, puis il leva le bras et je reconnus enfin ce qu'il tenait.

Il lança l'objet à travers la maison, qui alla exploser contre un mur.

Un téléphone portable. *Le* téléphone portable. Celui que j'avais confié à Valentin.

Pulvérisé.

— Ils diraient quoi, les flics, en sachant que tu harcèles un gamin ?! La prochaine fois, c'est toi que je balance contre le mur.

Il s'attarda quelques secondes pour s'assurer que je comprenais bien, puis s'échappa en claquant la porte. J'entendis sa voiture s'éloigner en réveillant tout le quartier. Ce qui était sûr, c'est que Franck Denouraud n'était pas le mystérieux propriétaire de la berline américaine.

Je me pris le front à une main. Avais-je réellement cru qu'il pointait un pistolet sur moi ?

— Bon Dieu…

Je me surpris à sourire. Les nerfs, sûrement, qui cassaient comme un élastique tendu à l'extrême.

Les pièces de plastique et d'aluminium du portable couvraient un large rayon, témoin de la violence de l'impact. Je songeai au traitement que Franck avait dû infliger à son fils en découvrant qu'il avait un téléphone. Et l'interrogatoire tout aussi sévère pour savoir auprès de qui il se l'était procuré.

Alors mon sourire s'envola.

Excuse-moi, Valentin…

Une nouvelle vague de nausée m'envahit. Cette fois, l'envie de vomir me submergea. Je fonçai aux toilettes, juste à temps. Je vomis la rage que j'avais contre moi-même. Ça faisait mal, et beaucoup de bien à la fois. Je m'essuyai du revers de la main et, par réflexe, j'appuyai sur la chasse d'eau.

Comme rien ne se passait, je décidai qu'il était grand temps de jeter un œil à l'intérieur. J'enlevai le couvercle du réservoir et me penchai sur le mécanisme. Les restes de mon sandwich de la veille, flottant dans la cuvette, devaient bien se marrer en me regardant batailler pour les en chasser.

C'est alors qu'un élément attira mon attention, là, au milieu du mécanisme. Un objet sombre, anguleux, coincé sous le flotteur.

— C'est pas vrai…

J'étais loin, très loin d'être un spécialiste en la matière, mais je savais en reconnaitre un quand j'en voyais.

— Un flingue…

27

Je fis un rêve pour le moins surprenant. Et dépourvu de loup, Dieu merci.

Je quittais le canapé du salon pour aller voir par la fenêtre. Il fallait que je sache. Si je ne le faisais pas, je n'aurais plus aucune chance de revoir la berline américaine. Mais la berline était là, de l'autre côté de la rue. Je ressentais alors une sorte de soulagement mystique. Le genre de sentiment qui nous fait dire qu'on est encore en vie. Qu'on est toujours dans la course.

Je passais la porte avec le pistolet dans une main. En fait, je n'avais pas réalisé que je tenais l'arme, jusqu'à ce que j'arrive dans le jardinet. Le contact glacé du métal dans ma paume était très satisfaisant. Subtil, concret. Je n'avais jamais compris comment les choses pouvaient sembler plus réelles dans les rêves.

Je m'arrêtais au portillon. La berline enclenchait son clignotant et se mettait à rouler au pas, glissant sur la chaussée comme un fantôme. Je me voyais lever le bras. Il n'y avait personne aux alentours. Seulement la berline, l'arme et moi. Un trio devenu intime.

La voiture continuait d'avancer et je la pointais avec le canon, mon bras pivotant lentement sur le côté comme le faisceau d'un phare. Mon doigt au contact de la gâchette. Mais je ne tirais pas. Pas exactement. Je mimais seulement le geste.

À la manière d'un enfant brandissant son jouet en plastique, je cabrais l'arme trois fois. Pan. Pan. Pan. J'imaginais une balle transperçant une roue, une autre brisant la vitre du conducteur et la dernière la lunette arrière.

La voiture accélérait, faisant crisser ses pneus et disparaissait au croisement. Satisfait, je regagnais ma tanière et me recouchais.

Le lendemain matin, je trouvai le pistolet sous mon oreiller.

***

Vicar ferma la porte de son bureau et se laissa tomber dans son fauteuil, l'air soucieux.

— Assieds-toi, Renaud.

— Je préfère rester debout.

Le directeur n'imaginait pas à quel point je pesais mes mots. Je n'avais pas seulement envie de rester debout, j'en avais profondément besoin. Si je venais à m'asseoir, je savais que j'allais exploser. Curieusement, rester debout me permettait de ne pas craquer, un peu comme une bombe à retardement que je parvenais à dompter.

— Comme tu voudras, dit-il. Est-ce que tu as vu Lucie, ces temps-ci ?

— Non.

— Alors… tu vis toujours chez ton ami… Tu arrives à gérer ?

Je pris appui sur le dossier de la chaise, essayant de cacher le tremblement dans mes bras.

— Je vais bien, si c'est ce que tu veux savoir.

Le regard du directeur dériva un instant et revint sur moi.

— Ce n'est pas l'impression que j'aie. Tu n'es pas dans ton état normal. Tu manques de concentration. Des parents se sont plaints, tu sais.

— À quel sujet ?

— Au sujet du dernier devoir que tu as donné à tes élèves.

Ne pouvant cacher mon étonnement, je me redressai et croisai les bras.

— Ils ont un problème avec Napoléon ?

— Je ne crois pas, dit-il. Je crois plutôt qu'ils se demandent si tu ne l'aimes pas un peu trop, ton Napoléon.

— Quoi ?

— Renaud, tu as donné deux fois le même devoir en l'espace d'une semaine. Exactement le même. Et pas le plus simple, en plus : écrire un résumé de la vie de l'empereur. Ce qui demande, tu l'admettras, beaucoup de temps de recherche et d'implication. Habituellement, sur ce genre de devoir, les parents aident les enfants, c'est bien connu. Alors imagine un peu leur réaction quand ils ont vu qu'un devoir similaire était à nouveau demandé.

— Oh... Je... J'ai fait ça ?

Le directeur soupira.

— Je sais ce qui ne va pas. Tu es loin de Lucie, alors tu débloques.

— J'apprécie ton tact, mais ça n'a rien à voir.

— Alors c'est cette histoire de voiture, cette impression d'être observé ? Je parie que tu n'as même pas suivi mon conseil d'aller voir la police.

— Figure-toi que si.

— Et alors ?

— Pas assez d'éléments. Mais j'ai résolu moi-même le mystère des bouts de papier sous ma porte. C'était Marie-Line.

À l'évocation de ce nom, Vicar se tortilla comme s'il était assis sur un oursin.

— Oh. Tu l'as revue ? Tu as revu Marie-Line ?

— Brièvement.

Vicar quitta son siège et vint s'asseoir sur le bureau, près de moi. Je pouvais sentir une chaleur nourrie émaner de sa personne.

— Comment... Comment va-t-elle ? De quoi elle a l'air ? Elle t'a parlé de moi ?

— Du calme, Don Juan, je rétorquai en souriant. Je te la laisse volontiers, cette folle.

— Ne parle pas comme ça, dit-il d'un ton sévère.

Je pris du recul. J'avais décelé quelque chose de fragile dans son noyau dur, vulnérable, qui ne lui ressemblait pas. Un silence gênant s'installa, avec en sourdine les éclats de voix des enfants dans la cour.

— Elle a vingt ans de moins que toi…

— Je ne me souviens pas d'avoir demandé ton avis, assena Vicar. Parce qu'en matière d'affaires de cœur, tu es plutôt à la masse, en ce moment.

— OK. Je ferais mieux de partir.

— Tu n'as pas idée du mal que je me suis donné pour qu'elle intègre l'école !

J'ouvris la porte, Vicar me retint par le coude. Son étreinte était puissante… et presque désespérée.

— Attends. Écoute, je suis désolé. Vraiment. Tu n'as pas idée de ce que c'est… Vivre tout seul en te répétant chaque jour que le divorce était la plus grosse erreur de ta vie… Bouffer du surgelé devant la télé, sans personne pour t'entendre parler. Personne avec qui s'engueuler. Personne pour t'attendre, le soir, à la maison.

Sur le coup, je me fis la réflexion que c'était le résumé de ce que je vivais ces derniers temps. Une régression subite vers une vie de célibataire dépressif. Je m'abstins de tout commentaire.

— J'ai trop besoin de quelqu'un, continua-t-il sans me lâcher. Tu comprends ? Il faut que tu m'aides, mon vieux.

— Que je t'aide ? Comment ?

— Son numéro. Je sais que tu as son numéro de téléphone. Donne-le moi !

— Attends un peu, si je me souviens bien, tu étais là quand elle nous l'a passé...

Le directeur cherchait ses mots, visiblement embarrassé.

— Elle ne répond pas, dit-il. J'ai voulu l'appeler, plusieurs fois, mais ça sonne dans le vide. C'est étrange, non ? Alors, ben, j'en ai conclu que, peut-être, ce n'est pas le bon numéro.

Je voulus rajouter qu'il y avait de fortes chances pour qu'elle ne veuille tout simplement pas répondre à son brâme insistant, mais l'air qu'il arborait me découragea de faire le moindre commentaire.

— Tu crois que je devrais aller directement chez elle ? Lui dire ce que je ressens ?

Je le dévisageai. Il commençait à m'inquiéter.

— Je ne crois pas que ce soit une bonne idée...

— Tu te crois meilleur que moi ?

Je me dégageai et passai la porte, évitant que Vicar ne m'attrape une nouvelle fois.

— Je croyais qu'on était amis ! lança-t-il dans mon dos.

***

Ayant quitté l'école, je m'arrêtai près de ma voiture. Je m'accordai un instant pour la contempler. Quelque chose clochait.

Clochait vraiment.

Ma Clio paraissait *plus basse* que d'ordinaire, donnant presque l'impression qu'elle s'enfonçait dans le sol. La compréhension me gagna. Lâchant une flopée de noms d'oiseaux en direction du ciel, j'allai jusqu'à ma voiture comme un père vers sa fille malade. J'appuyai sur une roue : crevée. Ma chaussure s'enfonçait dans le pneu comme dans un vieux matelas dégonflé. Je réitérai le geste sur les autres roues, ce qui confirma ma première impression.

Quelqu'un avait percé les pneus de ma voiture.

— Espèce d'enfoiré, je sifflai entre mes dents, tout en regardant autour de moi.

Aucune berline américaine en vue. Mais ce que je trouvai sur le parebrise me fit le même effet qu'une aiguille dans le bas du dos. Un autre de ces petits mots, dont j'avais l'impression d'être coutumier, rédigé cette fois dans une écriture foncièrement différente.

Arrête de fouiner

Je ravalai la boule nerveuse dans ma gorge et passai au crible l'ensemble de ma voiture, avec l'espoir de dénicher un indice, une trace, n'importe quoi d'inhabituel. Finalement, je posai mes fesses sur le capot brûlant pour faire le point. Et surtout parce que je ne savais pas quoi faire d'autre.

La voix de Clarisse me fit sursauter :

— Alors, on lézarde au soleil ?

***

Sur les grands axes encombrés, Clarisse faisait preuve d'une dextérité admirable pour louvoyer entre les véhicules, doubler quand il le fallait, s'insérer dans la file la plus fluide.

Excepté les questions légitimes posées par ma collègue à propos de l'état de ma Clio, le trajet depuis l'école se déroula dans un silence religieux. Chloé, assise à l'arrière, faisait preuve d'un mutisme exemplaire.

— J'ai eu ta femme au téléphone, hier, finit par dire Clarisse.

— Comment elle va ? je demandai sans me détacher de la vitre.

— Tu tiens vraiment à le savoir ?

— Évidemment.

Clarisse fit la grimace.

— Pas très bien.

Mon cœur se serra. La douleur était vive. J'ignorais qu'on pouvait saigner autant de l'intérieur.

— Tu comptes aller la voir bientôt ? s'enquit Clarisse. Parce qu'elle en aurait bien besoin, tu sais.

— Je te rappelle que c'est elle qui m'a lourdé, pas l'inverse. Et puis, en ce moment…

— Tu as des choses plus importantes à faire, c'est ça ?

Je jetai un œil dans le rétroviseur. Chloé était plongée dans son univers d'insouciance, occupée à mettre en garde sa poupée contre le monde des *grands*, tout en la coiffant à l'aide d'une mini-brosse. Avant d'entonner une chanson apprise en classe.

Je parlai à voix basse :

— Tu as eu des nouvelles de ton frère ?

Clarisse parut surprise.

— Oui, la semaine dernière… Pourquoi ?

Parce que j'ai trouvé un flingue planqué dans ses chiottes.

— Est-ce qu'il t'a dit où il allait ? je demandai.

— Euh, oui, il fait de la randonnée en montagne, répondit-elle avec un geste évasif de la main. Je croyais qu'il t'en avait parlé. Il prend un grand bol d'air frais, ce genre de chose. Il se change les idées, tu sais bien.

Elle me regarda avec une intensité bien dosée et ajouta :

— C'est la période de l'année où il en a le plus besoin. Cette période où il ne peut plus me traiter comme sa sœur. Où il a même du mal à me regarder dans les yeux. Parce qu'il me voit comme « la fiancée de ».

— Alors ça le travaille encore…

— Oh oui, chaque année davantage, crois-moi.

Nous replongeâmes dans le silence. Nos pensées dirigées vers Théo et son pèlerinage annuel. Facile, alors, de laisser le passé revenir à la charge, frappant un grand coup à la porte de nos consciences.

— C'était il y a cinq ans, déjà, murmura Clarisse.

— Oui, je sais.

Comment aurais-je pu oublier, de toute façon ? Ce genre de drame marquait à jamais les âmes, plus efficace que de l'encre de Chine. Permanent. Douloureux comme un coup de poignard.

C'était il y a cinq ans, presque jour pour jour. La femme de Théodore n'était pas au volant. Simplement passagère. C'est ce détail qui lui coûta la vie.

Passagère.

Le 4x4 avait surgi de la droite, la percutant avec une violence inouïe, froissant le flanc du véhicule comme du papier journal. Un pare buffle ne pardonne pas. Le chauffard avait pris la fuite sans s'attarder. L'ambulance était arrivée sur les lieux quinze minutes plus tard pour emmener la victime à l'hôpital le plus proche, où elle décédait finalement d'un arrêt cardiaque, les organes remplis de sang.

Entre le choc de l'accident et le moment où elle avait rendu son dernier souffle, trente-huit minutes s'étaient écoulées. Trente-huit minutes exactement, durant lesquelles elle avait vogué entre la vie et la mort. Trente-huit minutes sans lâcher la main de celui qui l'accompagnait. Celui qui avait proposé de la ramener chez elle après une soirée arrosée. Celui qui était au volant et qui s'en était tiré, indemne. Celui dont on déplorait la disparition cinq ans plus tard.

28

La dépanneuse largua ma Clio devant chez moi au moment où je recevais un texto d'un numéro inconnu : *Je trouve pas le poisson géant.*

Je réglai en espèce et sautai dans ma voiture, direction les ruines.

***

Une fois mon paquet de cigarettes récupéré, je descendis jusqu'à l'étang. En arrivant sur la grève, j'aperçus une silhouette au bord de l'eau, avec ma canne à pêche vissée dans les mains. Un vélo était appuyé contre l'abri.

Je m'allongeai sur la chaise longue.

— Tu as réussi à te procurer un nouveau téléphone ?

Valentin avait les fesses sur le tronc couché, son menton au creux d'une main. Tendue devant lui, la canne à pêche effleurait de temps en temps la surface de l'eau en dispersant les libellules.

— Bien obligé, dit-il. Mon père a trouvé celui que vous

m'aviez donné… Alors j'ai piqué celui de ma mère.

— Oh…

Je passai sous silence l'épisode du téléphone pulvérisé contre le mur et demandai :

— Tu es là depuis longtemps ?

— Je suis venu ici juste après l'école. J'essaie d'attraper le poisson géant.

Pendant une seconde, je me demandai de quoi il parlait, puis ça me revint. Le poisson géant, oui, c'est vrai. J'avais dû évoquer ça le jour où je l'avais emmené ici pour la première fois. Le même genre de bobard que j'avais servi à Lucie pour la faire rire. Ce jour qui me semblait si lointain.

— Et alors ? je demandai.

— Alors, il doit se cacher rudement bien. Comme tous les autres poissons, d'ailleurs. Parce que, tout ce que j'ai pu attraper, c'est… C'est…

Son visage rayonna tout à coup, les commissures de ses lèvres lui remontèrent presque jusqu'aux yeux. Il éclata de rire, pointant du doigt une chose spongieuse à ses pieds que je n'arrivais pas à identifier. Je me redressai pour essayer de voir de quoi il s'agissait. *Une méduse* fut la première idée qui me vint.

Son hilarité s'amplifia. Il ne fit pas attention au bout de la canne qui avait percé la surface de l'eau, faisant sûrement fuir le peu de poissons. Je le laissai faire. C'était la première fois, depuis une éternité, que je le voyais dans cet état.

Au bout d'un moment, il retrouva son souffle et finit par dire :

— C'est un soupèse-nénés.

— Un quoi ?

Son sourire revint à la charge, menaçant de se transformer en fou rire, mais il parvint à se maitriser.

— J'ai attrapé un soutien-gorge, articula-t-il.

— Vraiment ?

— Ouais. Je sais pas depuis combien de temps il est là-dedans, mais il a dû manquer à la dame, parce que c'est une taille XXL !

— Alors c'est carrément plus gros qu'une méduse, j'ajoutai, et notre rire fut contagieux.

L'enfant rigolait en se prenant le ventre. Puis il parut se rappeler qu'il était en présence de son professeur et il redevint aussitôt très sérieux. Ses yeux retrouvèrent le flotteur qui tanguait à la surface.

J'allumai ma cigarette et pris quelques bouffées. Je fermai les yeux, savourant cet instant bref de sérénité. Quand je les rouvris, Valentin me regardait.

— Je comprends pas pourquoi vous faites ça.

— C'est une faiblesse idiote, je sais.

— Non, je veux dire, pourquoi vous continuez à vous cacher, alors que votre femme n'est plus sur votre dos ?

Je le dévisageai à travers un panache de fumée, me demandant comment il avait appris pour mon couple. Facile : dans un petit village tel que Dourgne, les nouvelles circulaient à la vitesse de l'éclair. À l'école aussi, c'était le genre d'information contagieuse qui se propageait entre les enfants plus vite qu'une grippe.

— Un point pour toi. Eh bien, une question d'habitude, je pense. Et parce que fumer ne serait pas si plaisant ailleurs.

J'écrasai le mégot, un peu coupable. Et tentai de me rattraper :

— Ne fume pas. C'est mal. Ne te drogue pas non plus. Évite de boire trop d'alcool. Compris ?

Valentin continuait à me regarder avec gravité.

— Je suis désolé, pour mon père, lâcha-t-il avant de baisser les yeux. Je sais qu'il est venu vous voir, l'autre soir.

Je quittai la chaise longue et m'approchai de lui, les mains dans les poches.

— Tu n'as pas à t'excuser pour ce que font les adultes. Ne t'excuse jamais pour ça. C'est plutôt à moi de te présenter des excuses. Je n'aurais jamais dû te donner ce téléphone, c'était stupide de ma part. J'espère qu'il ne t'a pas…

Le garçon secoua la tête.

— J'me suis tiré avant que ça tourne au vinaigre. Je parie qu'il était bourré quand il est venu chez vous ?

— Eh bien…

— Il vous a pas fait de mal, hein ?

Ma vue se brouilla.

— Ne t'inquiète pas pour moi.

Il haussa les épaules.

— Je connais pas beaucoup de gens qui sont gentils avec moi. Vous, vous l'êtes. Je voudrais pas qu'il vous arrive quelque chose. C'est tout.

Réalisant ce qu'il venait de me confier, son visage s'empourpra. Il me tourna le dos, faisant mine de se concentrer sur le flotteur.

— Qu'est-ce qui pourrait m'arriver ? j'interrogeai.

— Le loup pourrait vous trouver et vous dévorer. Exactement comme il a fait avec l'amoureux de madame Millot.

L'enfant remarqua mon air réprobateur, ses petites mains se contractèrent autour de la canne à pêche.

— Je devais vous le dire, même si ça vous déplait.

— Me déplaire ? Tu racontes tellement d'histoires que tu finis par faire des nœuds avec. La dernière fois, tu as dit que Lorenzo n'était pas mort. Maintenant, il s'est fait dévorer par un loup. Ce sera quoi, la prochaine fois ? L'enlèvement par des petits hommes verts ?

L'extrémité de la canne se mit à vibrer, produisant des cercles concentriques sur l'eau.

— J'ai jamais dit qu'il était pas mort.

— Ne me prends pas pour un idiot.

— J'ai dit qu'il avait pas disparu. C'est pas pareil.

À ce moment-là, la tentation d'une deuxième cigarette était féroce. Je me pinçai l'arête du nez.

— Je suis perdu, Valentin.

— C'est le loup qui l'a tué. C'est le loup. Il a pas disparu, il a été tué. Par le loup.

— Le loup…

— Mais oui ! Je l'ai vu ! J'ai vu le loup lui sauter dessus et le mordre ! Vous comprenez pas ?!

Sa voix se brisa. Les mains tremblantes, le garçon laissa échapper la canne à pêche qui retomba sur la berge.

Il plongea son visage dans ses mains et se mit à gémir doucement. Je mis un temps insensé avant de réaliser qu'il pleurait.

Je le pris dans mes bras avec la crainte qu'il ne s'enfuie. Il se pressa au contraire contre moi, reniflant, gémissant. Ses poings se relâchèrent. Tous ses muscles se détendirent. Il évacuait une pression trop longtemps contenue.

Au bout d'un moment, Valentin s'écarta, passa le dos de sa main sous son nez, puis reprit la canne à pêche comme si de rien n'était. Le visage serein, tourné vers l'étang où les ombres des arbres s'allongeaient.

— Vous devez me croire.

Je m'assis à côté de lui sur le tronc, les mains jointes entre les genoux.

— Je te crois.

— Juré ?

— Croix de bois, croix de fer, si je mens je vais en enfer.

Le garçon sourit et ça me suffit.

Puis il ajouta :

— Le papillon était là.

— C'est vrai, le papillon. Est-ce qu'il a tué Lorenzo, lui aussi ? Ou peut-être qu'il a aidé le loup à le tuer ?

— Non. Rien. Le papillon a observé, seulement. Il a regardé le loup en train de dévorer le monsieur.

— Sans même intervenir ?

— Le papillon voulait que le monsieur soit tué. Il était là pour… Comment dire… Pour être sûr.

— Pour s'assurer que le loup dévore le monsieur… Je veux dire, Lorenzo.

— Oui, c'est ça.

Sur le visage du garçon s'épanouissait une plénitude inédite, parce qu'enfin une oreille lui était attentive.

Je le laissai continuer :

— Le papillon aurait pu empêcher que ça n'arrive, mais il a laissé faire. Il a laissé faire le loup. Il aurait pu dire quelque chose pour tout arrêter. Le loup aurait obéi au papillon, j'en suis sûr. Mais il l'a laissé faire.

Une minute de silence s'écoula, durant laquelle, bercés par le chant des cigales, nous admirions le jeu d'ombre et de lumière qui dansait sur la surface de l'eau.

— Tu sais que les insectes ne parlent pas, n'est-ce pas ?

— Ce papillon, lui, il parle comme vous et moi.

Je soupirai. Mon incrédulité revenait à la charge.

— Écoute, tu admettras que, tout ça, quand même, c'est très difficile à croire.

— Mais vous avez juré…

— Je ne demande que ça. Mais il faut que tu m'aides. Que tu m'aides à te croire. Si tu as vu quelque chose, tu dois m'en dire plus.

— Je peux pas, sinon…

— Sinon le loup te dévore, je sais. Alors parle-moi de ce papillon. Seulement le papillon. Tu peux faire ça ?

Valentin hocha la tête.

— Il vient me parler.

— Le papillon vient te parler ?

Il acquiesça encore. Son regard se perdit dans le vague.

— Oui. Presque tous les jours. Quand je suis seul, dans le noir.

***

Une heure, déjà, que j'étais assis sur le canapé du salon, ressassant les paroles de Valentin à la lueur d'une lampe de chevet. Le loup, le papillon…

Le papillon.

Un élément de son histoire auquel je n'avais accordé aucune importance. À tort. Car c'est à priori sur ce point que je devais me pencher. Admettons – admettons seulement – que Valentin ait dit la vérité depuis le début. Si le loup et le papillon existaient réellement…

S'il avait écrit cette histoire avec les souvenirs confus que pouvait avoir un garçon de son âge, livré à la vision traumatisante d'un meurtre…

— Un meurtre, je répétai en essayant de faire ressortir toutes les implications effrayantes de ce mot.

Parce qu'il s'agissait bien de ça. Parce qu'à dix ans, comme à quarante, être témoin d'une scène de crime vous changeait à jamais. Sûr. Et si, en plus, les conditions particulières au moment de l'acte avaient joué sur son jeune esprit de manière à déformer la réalité, à lui montrer ce qu'il voulait voir, ce qu'il avait *besoin* de voir, alors des êtres humains – aussi monstrueux soient-ils – pourraient facilement prendre une toute autre apparence. Un loup pour l'un. Un papillon pour l'autre. La victime restant ce qu'elle est.

Je me creusais la cervelle avec l'impression de curer un pot de miel déjà vide. « Se prendre la tête » revêtait tout son sens.

Je me levai et déambulai dans la maison tout en réfléchissant. Le mouvement aidait parfois à éclaircir l'esprit. Phil me suivait comme mon ombre, intéressé par mes déductions, probablement impatient de connaitre ma conclusion.

— Désolé, mon petit pote, j'ai rien à te dire pour le moment.

Je finis par retomber lourdement sur le canapé. Phil sauta à côté de moi.

Faisant tourner la carte du commissaire Lavroche devant mes yeux, je décidai finalement de lui passer un coup de fil. Sa boite vocale s'enclencha. Je laissai mon nom et retranscrivis dans les moindres détails ce que Valentin m'avait dévoilé, laissant supposer que le garçon pourrait bien être le témoin majeur d'un crime. Et qu'il serait judicieux de creuser dans ce sens. Je l'informai de l'avertissement trouvé sur le parebrise de ma voiture, le remerciai et raccrochai.

— *Qu'est-ce qu'il te dit, ce papillon ?* j'avais demandé, les yeux plongés dans l'eau calme de l'étang.

Valentin m'avait regardé avec effroi.

— *Il me dit que je ne dois jamais oublié le loup. Que le loup surveille, partout, tout le temps. Et surtout que le loup dévore les petits garçons.*

29

Je déboulai dans le bureau de Vicar sans prévenir. Le directeur sursauta dans son fauteuil, referma un dossier qu'il jeta dans un tiroir, avant de me décalquer par la force du regard.

— Merde, Renaud, je t'ai déjà dit de frapper avant…

— Je sais. Faut que je te dise quelque chose.

Le directeur me scruta un moment. Parut se détendre, même si je sentais que je n'étais plus le bienvenu. Il s'épongea le front avec un mouchoir et désigna la chaise devant lui.

— Je t'écoute.

J'allai à la porte et verrouillai à double tour. La mine dubitative de Vicar aurait pu me faire rire en d'autres circonstances.

— Ça va te paraitre dingue, j'annonçai en m'appuyant sur la chaise. Ça va te paraitre insensé. Ou complètement fou.

— C'est déjà le cas, pour être honnête.

— J'ai passé tout ça en boucle dans ma tête pour trouver le meilleur moyen de te le dire.

— Me dire quoi, bon sang ?

— Je veux que tu m'écoutes jusqu'au bout, sans m'interrompre. Je ne te demande pas de me croire, j'ai moi-même du mal à y croire. Je te demande juste d'y réfléchir. Tu veux bien faire ça pour moi ?

Vicar lâcha un profond soupir en guise d'assentiment. Son doigt fit des moulinets pour m'inciter à développer. Je calai finalement mes fesses sur la chaise.

— Bon. Tu te souviens de ce que Valentin m'a dit à propos de Lorenzo, comme quoi il n'a pas disparu ?

Le directeur acquiesça, respectant mon souhait de ne pas décrocher un mot.

— Eh bien, accroche-toi : hier, il m'a soutenu qu'il a été assassiné.

Les yeux de Vicar s'arrondirent. Il montrait déjà des signes d'énervement, résistant difficilement à ses élans de bavard invétéré.

— Valentin a été témoin du meurtre de Lorenzo. Je sais que ça parait délirant, mais plus j'y pense et plus j'ai tendance à y croire. Il a toujours été bon élève, studieux, discret. Tu le sais aussi bien que moi. Pourquoi il inventerait aujourd'hui une histoire pareille ? Pourquoi il irait s'attirer des ennuis pour rien ? Et puis, tu dois admettre qu'il n'est plus le même. Son comportement a changé. Je suis prêt à parier qu'il est comme ça depuis qu'il a vu… ce qu'il a vu. Quelque chose d'assez terrifiant pour le transformer, d'assez choquant pour l'empêcher de parler. Depuis le début, il fait mention d'un loup qui aurait dévoré Lorenzo. Je suis sûr qu'il ne s'agit pas réellement d'un loup. Mais de quelque chose s'y approchant. Peut-être une chose qu'il a *prise* pour un loup. Une chose assez sauvage pour y ressembler. Assez cruelle pour que, dans sa tête d'enfant, ça prenne la forme d'un loup. J'ai essayé d'en savoir plus, mais il refuse de parler davantage. Pourquoi ? Qui a fait ça ? Si c'est un meurtre, où se trouve le corps ? Comment Valentin a-t-il pu en être témoin ? Dans quelles circonstances ?

Le silence qui suivit fut aussi imposant que la salve de mots que je venais de mitrailler. Vicar, toujours muet, continuait de me regarder avec des yeux comme des soucoupes.

Je le libérai de son sort :

— Qu'est-ce que tu en penses ?

Il leva les mains devant lui comme s'il voulait englober une sphère invisible.

— C'est énorme, ce que tu me dis. J'espère que tu t'en rends compte. C'est très grave et ça peut prendre des dimensions qui sont difficiles à mesurer.

— Je sais.

— Ce que tu viens de partager avec moi, dans ce petit bureau, pourrait bien avoir de sérieuses conséquences si jamais ça venait à en sortir. Des conséquences pour Valentin, pour Clarisse, pour l'école. Mais aussi pour toi et moi. Tu le sais, pas vrai ?

— Bien entendu. J'espérais que tu pourrais m'aider.

Me dire ce que je dois faire.

— Ce que tu dois…

Le directeur s'épongea le front une nouvelle fois, d'un geste mal assuré.

— Merde, lâcha-t-il. Bon Dieu de bon Dieu. Je crois que le petit devrait aller directement témoigner au commissariat. Voilà la seule chose à faire.

— Il a dix ans. Et les seules personnes qui pourraient l'y obliger sont ses parents.

Vicar inspira comme s'il étouffait, se caressant le menton machinalement.

— De quoi il a peur ? finit-il par demander.

— Des représailles, évidemment. Et quand les représailles prennent la forme d'un loup, plus réaliste que dans tes pires cauchemars, crois-moi, tu peux être sûr qu'elles sont mille fois prises au sérieux.

— Peut-être, admit Vicar, le regard dans le vague. Peut-être.

Ne tenant plus en place, j'allai à la fenêtre et regardai dehors. De l'autre côté de la cour, derrière le portail et au-delà, dans la rue, la berline américaine attendait, massive. Menaçante. Le véhicule, en lui-même inoffensif, était devenu l'objet d'une vision terrifiante. Car je savais qu'il était là pour moi. Rien que pour moi.

J'allai le faire remarquer à Vicar quand quelqu'un frappa à la porte. Vicar se leva, m'envoyant un message silencieux – *pas un mot au sujet de Lorenzo* – et invita Clarisse à entrer.

Elle avait l'air affolé.

— Encore une bagarre dans la cour, dit-elle. Je n'arrive pas à les séparer, tu peux venir ?

Le directeur se tourna brièvement vers moi :

— On en reparlera plus tard, d'accord ?

— Pas de problème.

Il laissa la porte entrouverte. Je les entendis se précipiter dans le couloir puis dévaler les escaliers jusqu'au hall.

Je passai la tête par l'ouverture. Mes collègues n'étaient plus en vue. Je refermai doucement. Me retournai. Le bureau du directeur était à moi pendant une minute. Peut-être moins. Disons moins. Un chronomètre s'enclencha automatiquement dans ma tête. *Tic-tac, tic-tac...*

Je contournai le mobilier, écartai le fauteuil muni de roulettes qui alla mourir dans un coin, puis j'étudiai la demi-douzaine de tiroirs qui s'offraient à moi.

Inutile de faire jouer le hasard, je savais exactement lequel m'intéressait : le dernier, en bas à droite. Celui que Vicar refermait en urgence à chacune de mes intrusions, faisant disparaitre un dossier trop fin pour être honnête.

Je jetai un dernier coup d'œil par la fenêtre. La berline américaine avait disparu. Vicar, lui, était très occupé à essayer de calmer les deux élèves agités.

Je m'accroupis et ouvris le tiroir. Le dossier, jaune citron, portait une simple mention, écrite sur une étiquette dans le coin supérieur droit : Marie-Line Roard.

— Voyons un peu ce que tu caches...

Sept ou huit feuillets s'organisaient par couleurs. Le premier reprenait des informations classiques. Nom, prénom, date de naissance, ainsi qu'une photo de la jeune femme, maquillée avec une précision calculée, le regard espiègle, la bouche mise en valeur par un rouge carmin choisi et appliqué avec maestria. De quoi bousculer le cœur de notre très cher directeur célibataire. De quoi instiller dans son esprit quelque idée inappropriée. Et faire de la jeune femme la candidate idéale.

— Ô Vicar, vieux coquin.

Mes yeux se posèrent sur la page suivante… avec beaucoup de mal à assimiler ce qu'ils voyaient. Mon cœur cessa de fonctionner pour repartir de plus belle, comme un cheval qui dérape avant de reprendre au galop.

Des photos.

Mais le genre de photos qui n'avait pas sa place ici. Elles couvraient toute la surface de la feuille et des feuilles suivantes. L'une d'entre elles, en particulier, me choqua plus que les autres. Elle montrait…

Un bruit, provenant du couloir. Des pas s'approchèrent, ralentirent. Je me crispai, me repliai derrière le bureau. Une quinte de toux, juste là, de l'autre côté de la porte : Clarisse. Je priai pour qu'elle passe son chemin. Il me serait difficile d'expliquer ma situation, planqué dans la pénombre, les mains dans de la paperasse qui ne me concernait pas.

Clarisse s'éloignait déjà. Fausse alerte. Je repris mon

souffle, relâchai la tension.

Impossible de me détacher des photos qui s'étalaient sur les pages comme des tâches douteuses sur un drap blanc. Elles représentaient Marie-Line, paraissaient avoir été collectées sur internet à partir d'un quelconque réseau social, puis collées là avec application. Chaque photo la dévoilait sous un angle de vue, une position, une situation différente. Des images ne comportant à l'origine aucune connotation sexuelle mais qui, découpées, recadrées et arrangées de la sorte, recentrées pour la plupart sur des parties intimes de son corps, devenaient les objets de l'obsession d'un pervers.

La jeune femme apparaissait sous toutes les coutures, exposée, mise à nu. Une photo centrale la montrait en entier, entourée d'un trait au feutre rouge épais. D'autres photos se dispersaient autour, plus petites, sur lesquelles on pouvait découvrir différentes parties de son anatomie. La plupart entourées du même trait rouge fiévreux.

D'autres associées à une note explicite, digne des dérives d'un adolescent en manque.

— Dites-moi que je rêve…

Dehors, le directeur annonça d'une voix puissante la fin de la récréation.

Fin du temps qui m'était imparti. *Tic-tac, stop.*

Je refermai le dossier et le remis dans le tiroir. J'écartai la porte d'un centimètre, jetai un œil dans le couloir et regagnai ma classe sur la pointe des pieds.

***

Je passai tout le trajet en voiture à essayer de chasser ces photos de ma tête. À tenter de trouver une explication au fait que le directeur de l'école primaire d'un petit village de campagne possédât un dossier dans lequel s'entassaient des images compromettantes. J'avais beau me creuser la tête, les quelques excuses que je lui trouvais ne tenaient pas la route.

Bon sang, Vicar, on dirait que tu as un sérieux problème.

Mon désir immédiat était de me carapater dans ma tanière pour vider autant mon esprit qu'une paire de bouteilles de bière. J'imaginais déjà Phil aboyant derrière la fenêtre, ivre de joie, puis me sautant dessus en faisant tout pour claquer sa langue sur ma figure.

J'abandonnai ma voiture devant le portillon et fonçai tête baissée vers la maison. M'attendant à ce que le teckel m'aborde dès l'entrée, comme il avait pris l'habitude de faire, je me préparai à le réceptionner à la manière d'un pilier d'une équipe de rugby. Pour ensuite le repousser gentiment.

Mais il ne vint pas. Ne montra pas même le bout de sa truffe.

— Phil ?

Je me déchaussai, laissai ma sacoche à l'entrée et m'avançai dans le vestibule. Une odeur anormale agressa mes narines. Une puanteur qui ressemblait à celle de l'intérieur d'un placard qu'on n'aurait pas ouvert depuis des lustres.

— Phil ?

J'avançais avec précaution, guidé par cette odeur infâme. Je trouvai enfin le petit teckel, dans la cuisine.

Plutôt ce qu'il en restait.

Quelque chose dans ma gorge bloqua l'accès à mes poumons. Impossible de respirer. Encore moins de prononcer un mot. Je parvins tout juste à pousser un gémissement rauque.

Je titubai vers la table, sur laquelle s'étalait le corps ensanglanté de l'animal. Une plaie, profonde, s'ouvrait à la base de sa gueule, prise dans un agglomérat de sang séché mêlé à ses poils. Ses yeux révulsés étaient tournés avec un angle improbable, l'air de me reprocher de l'avoir abandonné. Une vision que je graverais entre mes tempes jusqu'à la mort.

Je glissai mes doigts dans sa fourrure. Toute chaleur s'en était allée, sa peau était froide comme un vent d'hiver.

— Mon petit pote…

Un bout de papier était coincé entre ses crocs. Je m'en saisis, tremblant, le dépliai, sans même avoir conscience de mes propres gestes. Je reconnus l'écriture, similaire au message trouvé sur le parebrise de ma Clio.

Dernier avertissement. Fouine encore et c'est ta femme que tu trouveras avec un trou dans la gorge. Idem si tu préviens la police.

Ce dernier mot, « police », était souligné de plusieurs traits.

Je tressaillis. Bizarre comme la peur pouvait instiller une sensation de froid intense.

Des images de la scène m'envahirent. Ce qui avait dû se jouer ici, même pas une heure auparavant. Un film d'horreur qui défilait devant mes yeux. Impossible de contre-attaquer.

Ça commençait par la façon dont ils s'y étaient pris, profitant de la docilité de l'animal. De sa gentillesse, de sa naïveté naturelle. Sans doute s'était-il rué sur les individus pour quémander des caresses. Sans avoir la moindre idée qu'une telle cruauté pût exister. Ils n'avaient eu aucun mal à l'attraper. Encore moins pour le saigner. Si simple en fait, qu'ils avaient dû se marrer. J'imaginai ensuite comment ils avaient glissé le bout de papier entre deux crocs quand, enfin, le teckel avait cessé de respirer.

Je soulevai l'animal à bout de bras. Je devais le sortir de là. De cette maison qui avait été son tombeau. Le sang imprégnait ma chemise mais je ne m'en rendais pas compte, mon esprit avait glissé doucement dans une autre sphère de conscience. Je le transportai jusqu'au vestibule, je passai la porte, sa tête se balançant dans le vide comme une poupée de chiffon. Un pas à l'extérieur, sans aller plus loin que le perron. De toute façon, je n'avais pas la force de continuer.

De l'autre côté de la rue, la berline américaine démarra et

se déporta dans la circulation en accrochant un des derniers rayons de soleil. Elle s'éloignait doucement. Silencieusement.

La vitre arrière descendit, pas complètement, mais suffisamment pour laisser passer une main. Dont les doigts étaient repliés, sauf le pouce et l'index, en L, formant un pistolet imaginaire.

Dirigé sur moi, il mima un coup de feu.

Pan. En plein cœur.

30

À la nuit tombée, je m'étais rendu à la vieille tour pour enterrer Phil. J'espérais m'être débrouillé avec la marque de respect qu'il méritait. Je l'avais enroulé dans une couverture et l'avais déposé au fond d'un trou dans la clairière, à l'endroit où naissaient des jeunes pousses de lavande. Une fois rebouché, j'avais disposé des pierres dessus pour former une sorte de stèle. J'espérais que cela empêcherait les nuisibles d'atteindre le corps, au moins pour quelque temps. N'étant ni croyant ni pratiquant, je n'avais récité aucune prière. Seulement prononcé quelques mots, à propos des moments forts de notre brève cohabitation. Sans oublier sa passion pour les voitures bleues.

J'avais fumé une cigarette avant de rentrer me coucher. Les vêtements souillés de sang, j'avais dormi comme un sac.

Ce matin, j'eus l'impression d'avoir rêvé tout ça. Mais le silence pesant et la gamelle pleine de croquettes de Phil étaient là pour crier la vérité. Je pris un petit déjeuner à contrecœur, une douche froide, enfilai des vêtements propres et composai le numéro de Vicar.

Quand il décrocha, je ne parlai pas immédiatement. J'avais envie de lui balancer tout ce que je pensais à son sujet. Et plus encore. Pervers. Manipulateur. D'autres qualités me venaient à l'esprit mais je les supprimais une à une.

J'empruntai alors une voix grippée, étonnamment convaincante.

— Je voulais juste te prévenir… (*Que j'ai vu ce que tu caches. J'ai vu les photos.*) Je ne pourrai pas venir bosser aujourd'hui.

— Des ennuis ?

— Je ne me sens pas bien. Je dois avoir attrapé une saleté parce que j'ai vomi toute la nuit.

Le directeur soupira, contrarié. Mais je ne crus pas à son cinéma.

— Mince, dit-il, c'est embêtant. Écoute, soigne-toi, mon vieux. Accorde-toi une semaine, si tu veux.

— Vraiment ?

— Oui, oui. Autant prendre des précautions.

— C'est gentil… J'espère que tu pourras trouver rapidement un remplaçant, j'ajoutai en m'efforçant de ne laisser paraitre aucune insinuation.

— Ne t'inquiète pas pour ça, conclut-il sur un ton faussement paternel.

Je raccrochai, dégouté. Et l'imaginai déjà en train de rappeler Marie-Line pour la supplier de revenir.

Je trouvai ensuite le numéro du commissaire Lavroche.

Vincent Lavroche, le regard aussi vif que l'esprit. Efficace et sans fioriture.

Cependant, ayant en mémoire le dernier message de menace, mon doigt resta suspendu au-dessus de l'écran. J'hésitai, finis par me raviser.

Pris au piège.

J'allai étudier ma porte d'entrée. Ces enfoirés étaient entrés par effraction, mais aucune trace n'était visible au niveau de la serrure. Rien non plus le long du cadre, ni même au niveau des gonds. Je refermai avec le sentiment d'avoir affaire à des professionnels. Pas de trace dans la maison, ni d'objet déplacé. Pas de fenêtre forcée, pas de vitre brisée.

Comme si personne n'était entré.

Je trouvai l'endroit menaçant, tout à coup. Il fallait que je m'en éloigne au plus vite. J'enfilai une veste et sautai au volant de la Clio.

***

Je gravis les trois étages jusqu'à l'appartement et tambourinai à la porte. Collant mon oreille dessus, j'essayai de discerner quelque chose, le moindre mouvement. Je voulais savoir si Lucie ferait croire à son absence. Mais ce n'était pas son genre.

— Qui est là ?

— C'est moi.

Je devinai qu'elle collait son œil contre le judas.

— Tu n'es pas censé faire la classe, à cette heure-ci ? lança-t-elle.

— Et toi, tu n'es pas censée dormir ?

— Je t'ai dit que je ne voulais pas que tu reviennes. Pas tout de suite. J'ai été claire, pourtant.

— Eh ben, j'ai cru qu'on pourrait agir comme des adultes. Ouvre-moi, Lucie.

— Non, je ne suis pas prête. J'ai besoin de temps. Tes excuses ne suffisent pas à me faire oublier l'humiliation que tu m'as fait subir.

Je ne me rappelais pas avoir présenté des excuses, néanmoins je poursuivis :

— Il faut que je te parle de quelque chose. C'est important.

— C'est encore à propos du garçon ?

— Je… Je ne peux pas l'affirmer à cent pour cent, mais il y a des chances que Valentin soit mêlé à une histoire… plutôt glauque.

Je perçus aisément l'exaspération de mon épouse, j'arrivais même à l'imaginer, à travers les quatre centimètres de métal, en train de secouer la tête.

— J'étais prête à te laisser entrer, si tu trouvais les bons mots, dit-elle. Parce que, moi aussi, j'ai quelque chose à te dire, en fait. Mais je vois que rien n'a changé, finalement. Tu me parles encore de je ne sais quelle histoire rocambolesque…

— Attends, laisse-moi t'expliquer.

— J'en ai marre, Renaud. Je voudrais que tu grandisses, que tu agisses comme un adulte et pas comme un ado attardé.

Un ado attardé... J'expulsai de l'air pour étouffer ma colère.

— Je crois que Valentin a été le témoin d'un meurtre.

— On croirait entendre ton père.

— Le meurtre de Lorenzo, j'ajoutai, faisant un effort considérable pour garder mon sang-froid.

— Mais enfin, Renaud, tu t'entends parler ?

Je me mis alors à gesticuler, m'adressant à la porte comme s'il s'agissait de Lucie.

— Je sais que ça a l'air délirant, mais il faut que tu me croies.

Ayant prononcé cette supplique, j'eus soudain l'impression de me fondre dans la peau de Valentin. Cherchant désespérément à être entendu, écouté. Une sensation désagréable, vraiment.

— En quoi ça me concerne ? demanda subitement Lucie. Pourquoi tu viens me raconter tout ça ?

— Je suis impliqué dans quelque chose qui me dépasse. Une chose qui pourrait t'atteindre, toi aussi, d'une façon ou d'une autre.

Un silence, qui parut s'éterniser. J'hésitai à poursuivre, mais n'en eus pas l'occasion.

— Lorenzo a disparu, trancha Lucie d'une voix forte. C'est ce que l'enquête a conclu. Tout le monde le sait, même toi.

Je plaquai mes mains sur le panneau glacé. J'aurais tout donné pour le traverser comme un fantôme et me retrouver auprès d'elle.

J'étais presque tenté de la supplier.

— Imagine, juste une seconde, que des gens aient tout fait pour amener la police à cette conclusion.

— Des gens ? Qu'est-ce que tu racontes ? Un meurtre déguisé, c'est ce que tu es en train de dire ? Tu réalises ?

Réaliser ? Pas complètement. Pourtant je me donnais du mal.

Lucie se tut pour réfléchir. Cela dura un moment. Puis la sentence tomba, cinglante :

— Je veux que tu partes, maintenant.

— Ils me suivent, j'articulai dans un souffle. Ils ont crevé les pneus de ma voiture. Ils me menacent.

— Tu me fais peur… Va-t'en, s'il te plait.

— Ils savent où j'habite. Ils ont tué Phil.

Un silence, encore plus long.

— Quoi ?

— Ils l'ont égorgé. J'ai trouvé un mot d'avertissement sur le cadavre. Je suis allé l'enterrer hier soir, près de la vieille tour.

Je pus entendre Lucie défaillir. J'avais ouvert une trappe sous ses pieds, la happant toute entière dans un gouffre de confusion chaotique.

— Lucie, tu es là ?

La clé tourna dans la serrure. Un bruit métallique, familier, rassurant. Qui me manquait, aussi, bizarrement.

Le battant s'écarta alors de quelques centimètres pour laisser un œil apparaitre. Battant des cils. Me reluquant des pieds à la tête. Se rivant finalement sur moi avec une puissance inquisitricc.

— Qu'est-ce que tu as dit ?

— Ils ont tué Phil.

L'ouverture s'agrandit et je pus voir son visage déformé par le choc et l'incrédulité.

— Non…

— Je suis désolé.

— Mais… Pourquoi ?

— Un avertissement, dis-je en poussant prudemment la porte. Pour me faire comprendre que si je continue à m'intéresser à cette affaire, ils s'en prendront plus sérieusement à moi. Ou à toi.

Lucie rassembla ses mains devant sa bouche et recula dans le salon, me laissant l'occasion d'entrer. L'occasion, aussi, de la regarder. Depuis le temps… Elle portait un jean délavé et un t-shirt à manches longues. Des poches sombres s'étaient creusées sous ses yeux. Je la reconnaissais à peine.

Elle s'effondra sur le canapé.

— Qui a pu faire… une chose pareille ? murmura-t-elle.

Je m'avançai avec l'intention bourrée d'espoir de la prendre dans mes bras, quand une silhouette apparut à l'extrémité de mon champ de vision.

Un homme, la cinquantaine, sortit de la chambre – *notre* chambre – longea le couloir avec des petits pas rapides et vint se planter près de ma femme.

— Un problème ? s'enquit-il avant de me détailler par-dessus des lunettes rondes. Vous êtes ?

— Celui qui habite ici. Et vous ?

Lucie intervint, bafouillant :

— C'est le docteur Villebarne. Tu sais, je t'ai parlé de lui. C'est lui qui…

— Je sais. Je me souviens.

Le docteur était petit et trapu. La respiration sifflante, comme s'il avait dû fournir, très récemment, un effort de longue haleine. Le même genre de respiration, curieusement, dont ma femme était sujette pile à cet instant. D'ailleurs, je ne remarquai que maintenant la fine pellicule de sueur sur leurs fronts, la profonde satisfaction – discrète mais bien réelle – qui flottait dans leurs yeux, le manteau du docteur jeté à la hâte sur le dossier du canapé et, pour finir en beauté, les fonds d'alcool brunâtre stagnant dans deux verres sur la table basse.

— Mais qu'est-ce qui se passe, ici ?

Et alors que le docteur confiait à ma femme un clin d'œil complice, m'excluant d'une confidence évidente, j'entrevis brièvement mon poing droit fendre l'air pour aller s'écraser sur sa mâchoire. Vision irréelle pour l'instant, sublimée par mon imagination.

Lucie finit sans le vouloir de me convaincre de concrétiser mon fantasme :

— Ce n'est pas… Ce n'est pas comme ça que tu devais l'apprendre…

La seconde suivante, donc, ma vision revêtit un caractère brutalement réaliste. Mes phalanges percutèrent le visage du petit homme, lequel perdit ses lunettes avant de s'écrouler sur la table basse, renversant les verres et le peu d'alcool restant sur le tapis.

Lucie lâcha un cri de surprise, avant de se ruer sur le bon docteur pour l'aider à se relever.

— Bonté divine, gémit-il, mon nez… Il m'a brisé le nez !

Un ruisselet rouge se déversait par ses narines. Me regardant à travers de grosses larmes de rage, il prit appui sur Lucie pour se relever.

Lucie… Lucie, qui me gratifiait d'un air méprisant, me poussant à prendre la porte fissa.

Les cris furieux du docteur Villebarne résonnaient encore dans ma tête, alors que je disparaissais lâchement dans l'escalier de service en frottant mon poing douloureux.

31

Je m'arrêtai au bord de la route pour reprendre haleine. Ce qui s'était passé ces dernières semaines était plus éprouvant que tout ce que j'avais pu vivre dans ma petite vie. Et les dernières minutes, eh bien… Elles avaient révélé une partie de moi que je ne connaissais pas. Ou que j'avais enfouie quelque part dans les méandres complexes de mon subconscient.

Je scrutais mon reflet dans le rétroviseur, essayant de me convaincre que ce type à l'air patibulaire n'était pas moi. Et pourtant…

Mon téléphone sonna : Lucie tentait de me joindre. Comme je ne répondis pas, elle laissa un message dont j'imaginais aisément le contenu. Le genre de déclaration de rupture formulée avec des larmes mais mûrement réfléchi. Aiguisée, incisive. Un vrai coup de poignard dans le cœur.

Je tapai sur le volant avec rage, une, deux fois. J'aurais aimé que mes doigts cassent, histoire de faire passer la douleur physique – supportable – par-dessus celle qui me rongeait de l'intérieur.

Je pris une profonde inspiration, mis le contact et fonçai en direction de la ville.

***

Quand je pénétrai dans la chambre 126, une infirmière était en train de donner la becquée à mon père. De la compote lui barbouillait les joues et le menton. Il avait l'air ravi.

Plusieurs petits pots vides s'étalaient sur la table.

— Il vous arrive de le nourrir avec autre chose que de la compote ? je demandai à la jeune femme en blouse blanche.

— Bien sûr, dit-elle sans relever ma pointe de sarcasme. Mais c'est l'un des seuls aliments qu'il accepte encore d'avaler. Il ne trouve plus aucun goût dans les aliments salés.

Elle appliqua une lingette parfumée sur le visage du pensionnaire, referma un peu les rideaux et quitta poliment la pièce.

— Éteins la lumière, ordonna aussitôt mon père.

J'obéis et allai m'accroupir près de lui, face à la fenêtre. Il arborait toujours cet air dément qu'il réservait au monde extérieur. Les yeux immenses, les sourcils froncés, les lèvres mobiles. Les signaux discrets d'un chaos intérieur.

— Papa…

— Chut, regarde, elle est là-bas, cachée derrière les buissons.

Son doigt se leva lentement, se colla à la vitre.

— Papa, je... Je ne vais pas très bien, en ce moment... J'ai l'impression que tout va de travers. Je ne sais pas quoi faire... Je suis perdu.

Mon père continuait de fixer un point précis au loin.

— J'ai perdu Lucie, finis-je par avouer. J'ai joué au con et je l'ai perdue.

Il se mit à sourire, son doigt s'écrasa plus fermement contre la vitre.

— Elle est là, murmura-t-il avec insistance, c'est là qu'elle se cache.

Je poussai un rire bref. Je me sentais ridicule. Je ne savais même pas ce que j'avais espéré, en venant ici me confier à mon père.

— Elle est là-bas, répéta-t-il plus fort. Regarde, tu la vois ? Juste là !

— Oui, papa. Calme-toi. Alors, ce n'est pas un espion nazi, aujourd'hui ? C'est une femme qui te fait des misères, c'est ça ?

Il me dévisagea d'une drôle de façon.

— Non, non... La voiture.

Je tressaillis. M'approchai de la vitre. Et aperçus la berline américaine stationnée un peu plus loin.

— Elle t'a suivi jusqu'ici, chuchota mon père à mon oreille.

Je le regardai, son sourire s'élargit.

Le téléphone sonna, me faisant sursauter. Je décrochai,

tout à coup très nerveux.

— Monsieur Lovalski ? Commissaire Lavroche. Je ne vous dérange pas, au moins ? Vous travaillez, peut-être…

— Pas du tout. Non, je… Je me suis accordé quelques jours de congés, pour tout vous dire.

Je ponctuai d'un rire bref, trahissant mon anxiété.

— Est-ce que tout va bien ? s'enquit le commissaire. Vous êtes en état de conduire ?

— Oui… Bien sûr.

— Dans ce cas, je vous prie de venir au commissariat dans les plus brefs délais.

— Je… Je ne peux pas.

— Pourquoi ? Vous venez de me dire que vous étiez libre.

— C'est que… Ce n'est pas possible.

— Permettez-moi d'insister, monsieur Lovalski. Prenez cela comme une convocation sans possibilité de refus. Et puis, vous ne tenez pas à ce que je me déplace, croyez-moi. Suis-je assez clair ?

— C'est au sujet de la berline ? Vous avez retrouvé son propriétaire ?

— Pas encore, non. Ça concerne votre ami, Théodore Millot.

J'allai m'asseoir sur le bord du lit.

— Théodore… ?

— J'ai bien peur d'avoir une mauvaise nouvelle. Et deux ou trois questions à vous poser.

— Des questions ? Je vous écoute.

— À tout de suite, monsieur Lovalski.

Une fois raccroché, je repartis vers la fenêtre. La berline avait disparu.

***

La première fois, le bureau du commissaire m'avait fait l'effet d'un cocon, douillet et rassurant, doté de son air conditionné et de sa large baie vitrée lumineuse. Me retrouver ici aujourd'hui me donnait des sueurs froides.

— Je ne devrais pas être là.

— Pourquoi donc ? questionna le commissaire avec un étrange sourire.

Comme je jetais des coups d'œil nerveux autour de moi, Vincent Lavroche devint faussement conciliant :

— Oh, ne m'en dites pas plus, j'ai compris. (Il se pencha vers moi et baissa d'un ton.) C'est cette voiture américaine qui en a après vous. Elle vous veut du mal.

— Vous ne me prenez pas au sérieux.

— Bien sûr que si, monsieur Lovalski.

Sa façon de laisser trainer mon nom dans sa bouche ressemblait fort à une insinuation douteuse.

— Attendez, commissaire, vous ne comprenez pas. Il y a un vrai danger. On m'a menacé, on a menacé ma femme, on m'a même défendu de venir ici !

— Mais qui est ce « on » ?

Je fis un geste ample avec mes bras.

— Ceux qui sont, vous savez, derrière tout ça. (Ce fut à mon tour de me pencher au-dessus du bureau.) Ceux qui sont derrière le meurtre de Lorenzo. Ils me surveillent, pour la bonne raison que je sais des choses qui dérangent. Des choses qu'ils ne voudraient pas ébruiter.

— Bien sûr.

— Je vous assure. Oh, il y a encore des zones d'ombre, mais j'en sais assez, apparemment, pour représenter une menace à leurs yeux.

Le commissaire me scrutait avec insistance, donnant toujours cette impression de pouvoir lire en moi. Et puis il demanda, avec l'air de parler de la météo :

— Pourquoi vous vivez chez votre ami, déjà ?

Je me reculai, mal à l'aise.

— Ma femme m'a… comme qui dirait, chassé. Je n'ai pas d'autre endroit où aller.

— Vous souvenez-vous de la date à laquelle vous avez aménagé chez votre ami ?

— Heu, c'était un samedi, il y a deux semaines. Mais pourquoi…

— Le samedi 14 septembre, c'est exact ?

— Sans doute…

Le commissaire prit un air contrit. Il ouvrit un dossier qu'il fit mine d'éplucher.

— C'est précisément le jour, dit-il, où votre ami n'a plus donné signe de vie. Nous sommes toujours d'accord ?

— Oui… Où voulez-vous en venir ?

— Le jour où il semble s'être évaporé dans la nature, jusqu'à ce qu'on retrouve son corps criblé de balles, hier après-midi, dans sa chambre d'hôtel à Toronto.

Un silence.

— Que… Quoi ? Qu'est-ce que vous dites ?

— Le corps sans vie de Théodore Millot a été retrouvé hier à 15h07 – heure locale – dans la chambre 126 de l'hôtel Prestige, dans la banlieue de Toronto. Il a été criblé de quatre balles, trois dans la partie thoracique et une dans la tête, avant d'être abandonné dans sa baignoire. C'est une femme de ménage qui a fini par donner l'alerte au bout de trois jours.

C'était ce qui s'appelait un uppercut dévastateur, avec les effets violents qui allaient avec.

Sonné. J'étais sonné, déboussolé.

— Ce n'est pas… possible.

— J'ai bien peur que si. Je suis désolé.

— Vous n'en avez pas l'air.

Je quittai ma chaise si promptement que Lavroche fut surpris. Je me dirigeai vers la porte sur des jambes en coton.

— Monsieur Lovalski, m'interpela le commissaire, où allez-vous comme ça ?

— Je peux pas rester ici…

Je me heurtai au battant, qui resta en place.

— Vous pourrez partir seulement quand je le déciderai. J'ai d'autres questions à vous poser.

— Je n’aurais pas dû venir ici…

— Une quantité importante de drogue a été retrouvée dans la chambre de Théodore Millot. Que pouvez-vous me dire à ce sujet ?

Une violente crampe d’estomac me força à me plier en deux. J’avais la nausée. Cramponné à la poignée, je parvins à articuler :

— Je ne comprends pas… Théo ne prenait pas de drogue…

— C’est pourtant la raison pour laquelle il a été tué. Règlement de compte pur et simple. Un grand classique, dans la profession.

— Vous devez me laisser partir…

Le commissaire parlait d’une voix posée, terriblement mécanique.

— Nous avons pu extraire le relevé téléphonique de la victime. Un appel a été reçu une heure seulement avant sa mort. Savez-vous de quel numéro il provient ?

— J’en sais rien, je soufflai.

— Du vôtre, monsieur Lovalski. De votre numéro. La conversation entre vous et la victime a duré un peu plus de quarante secondes. Quel était son contenu ?

— Le contenu… Je ne comprends rien… Théo est parti faire de la randonnée en montagne. Ça ne peut pas être lui. Vous devez vous tromper.

— Il semblerait que votre ami ne vous ait pas dit toute la vérité.

Résigné, je retrouvai finalement ma chaise, abattu.

— De quoi vous m'accusez ? je demandai.

— Je ne vous accuse de rien. Je constate simplement que vous êtes la dernière personne à l'avoir vu. À lui avoir parlé. Sans oublier que vous vous êtes installé chez lui au moment où il disparaissait. Ça fait beaucoup de coïncidences, vous ne trouvez pas ?

Un cauchemar. C'était bien ce qu'on se disait, dans ces moments-là : c'était un cauchemar et j'allais me réveiller.

— Il savait quelque chose, je murmurai. C'est pour ça qu'il est parti. Il savait qu'il était en danger et il voulait me prévenir.

— Vous prévenir de quoi ?

Mon regard se perdit dans le vague. Tout allait beaucoup trop vite. L'impression de dévaler des montagnes russes sans harnais ni barre de sécurité.

— Vous prévenir de quoi ? répéta le commissaire.

— Il avait trouvé. Il connaissait l'identité du loup. Il devait être suivi, épié. Il n'a pas eu d'autre solution que de fuir. Et maintenant, c'est mon tour.

Théo s'était procuré une arme, je songeai avec effroi. *C'est dire à quel point il devait se sentir menacé. Impossible de franchir les portiques de sécurité d'un aéroport avec, il a été contraint de la laisser chez lui, planquée dans ses toilettes. Ensuite, il a dû prendre le premier vol, vers n'importe quelle destination, en espérant mettre le plus de kilomètres entre lui et eux.*

— Monsieur Lovalski ?

— Il avait une fille, je murmurai. Chloé… Qui a déjà perdu sa mère…

J'eus soudain un atroce pressentiment. Mon regard pivota vers la baie vitrée, vers la rue où s'alignaient des véhicules de police.

Plus loin, dans l'ombre, la berline américaine était là. Elle démarra, glissa silencieusement sur la chaussée avant de disparaitre à l'angle de l'établissement.

Je me raidis.

— Lucie…

32

Je restai scotché à la baie vitrée. Gelé sur place. Déroulant dans mon esprit le scénario funeste possible des prochaines minutes : la berline qui se gare sur le parking de la résidence ; l'un des truands reste au volant, laisse le moteur tourner au ralenti, tandis que deux autres gravissent l'escalier de service. Discrets comme des ombres, ils déboulent dans l'appartement en défonçant la porte, collent une balle dans la tête du docteur Villebarne, puis traînent Lucie dans la salle de bains et lui passent la lame d'un couteau effilé sous le menton.

Je me retournai vers le commissaire.

— Vous devez me laisser partir.

— Pourquoi je ferais ça ?

Fouillant dans mes poches, j'extirpai le dernier message reçu – souillé de sang séché – qui avait été coincé dans la gueule de feu mon teckel. Je le plaquai sous le nez du commissaire. Il n'y toucha pas, le parcourut rapidement des yeux et m'adressa un air interrogateur.

— Je l'ai trouvé sur le cadavre de mon chien. Le genre d'avertissement dont je vous parlais. C'est pour ça que je ne voulais pas venir ici. Que je ne *pouvais* pas. Mais maintenant… Putain… Ils m'ont vu. Ils étaient là, dehors, dans leur putain de voiture de gangsters !

J'avais hurlé en pointant le doigt vers la rue. Vincent Lavroche suivit la direction, l'air troublé, puis se replongea un instant dans le contenu du message, avant de revenir sur moi.

— Vous voulez dire… qu'elle était juste là, votre voiture des films américains ?

Je me plantai devant lui, soutenant son regard de faucon, m'efforçant de ne pas hurler à nouveau.

— Je dois rejoindre ma femme. Tout de suite. Elle est en danger. Je vous en prie.

Le commissaire relut la note encore une fois.

— Appelez-la, proposa-t-il.

J'étais sur le point de protester, quand je réalisai que c'était une excellente idée. La seule chose à faire, en fait. J'attrapai mon portable, trouvai le numéro de Lucie et pressai la touche de numérotation.

— Enclenchez le haut-parleur et posez l'appareil sur le bureau, ordonna le commissaire.

J'obéis et attendis, écoutant les bips sonores avec une panique grandissante.

Allez, décroche. Laisse un peu souffler le docteur et décroche ce foutu téléphone.

La boite vocale finit par s'enclencher. Avec ma voix, m'invitant à laisser un message. Je haïssais cette voix autant que je me haïssais.

— Merde, je fis en raccrochant. Merde, c'est pas vrai. Elle a pas décroché. Pourquoi elle a pas décroché ? Vous croyez que…

— Recommencez, dit Lavroche de sa voix invariablement calme.

J'appuyai sur la touche de rappel, suant à grosses gouttes, haletant. Priant. Dans ma tête, je me sacrifiais à maintes reprises, de différentes façons pour qu'on me prenne à sa place.

Finalement, une voix se fit entendre. La mienne, encore une fois : « *Vous souhaitez parler à Madame Lovalski ? Manque de bol, elle n'est pas là. Mais rien n'est perdu, car vous pouvez lui laisser un message…* ».

Rien n'était perdu ? J'en doutais.

Je finis par raccrocher et envoyai sur Lavroche un regard suppliant. Quelques secondes s'écoulèrent, durant lesquelles il me scrutait, fouillant au plus profond de moi.

Il finit par se lever, me contourna et ôta le verrou, m'invitant à quitter les lieux.

Je le regardai sans vraiment réaliser.

— Je vous conseille de vous bouger le cul, avant que je ne change d'avis.

— Merci.

Je me retrouvai dehors en trois enjambées, à découvert dans le soleil puissant de midi. Je regagnai ma voiture avec l'impression de nager en plein rêve. Et mis le contact…

Trois coups contre la vitre. Le visage angulaire du commissaire se trouvait à dix centimètres. Encore plus proche, une fois la vitre ouverte.

— J'ai deux choses à vous dire, monsieur Lovalski. Primo, démarrer son véhicule sans avoir bouclé sa ceinture constitue un délit. Deuzio, vous n'irez nulle part sans moi.

Il se glissa sur le siège passager tandis que je corrigeais la première de ses injonctions. Espérant, au plus profond de mon cœur, que rien ne l'amènerait à ouvrir le vide-poche dans lequel j'avais fourré le pistolet de Théodore. Chose qui m'avait alors paru être l'idée la plus brillante du siècle.

Pied au plancher, je fonçai vers la première sortie en direction de la campagne.

— Où allons-nous ? demanda Lavroche.

— Chez moi. Enfin… en temps normal. J'habite un appartement à mi-chemin de Dourgne. La berline doit sûrement s'y rendre.

Par chance, les rues n'étaient pas encombrées. J'arrivais aisément à me faufiler dans la circulation sans accroc.

Je lançai un regard en coin sur le policier.

— Vous n'avez pas l'intention de me quitter d'une semelle, c'est bien ça ?

— Pour rien au monde, en effet. Je ne laisserais pas filer celui qui est pour l'heure le suspect principal dans une affaire de meurtre. Ne m'en veuillez pas, déformation professionnelle, j'imagine.

Devant moi, un feu venait de passer à l'orange. Je n'étais pas encore à sa hauteur qu'il vira au rouge.

— Vous attendez quoi ? Grillez-le, fit le commissaire.

***

J'escaladai les marches quatre à quatre avec Vincent Lavroche sur mes talons. Je sprintai dans le couloir menant à l'appartement comme sur une piste d'athlétisme.

— Attendez ! s'écria le commissaire dans mon dos, ne faites pas de bêtise !

Je m'arrêtai devant la porte, haletant, m'apprêtai à écraser mon poing contre le battant… Quand la poignée pivota toute seule.

Je suspendis mon geste. Lavroche arriva en vitesse, me bouscula adroitement en me plaquant contre le mur opposé. M'exhortant au silence en mettant un doigt sur ses lèvres. Faisant ensuite bouclier de son propre corps, une main sur son arme à la hanche.

Entretemps, la porte s'était ouverte, découvrant un visage familier. Le docteur Villebarne clignait des yeux, surpris à l'extrême. Il me dévisageait avec anxiété, craignant de devoir encaisser une nouvelle rossée. Puis son attention se reporta sur l'agent en uniforme, alors il recula de deux pas.

— Vous le connaissez ? demanda le commissaire, dont les doigts restaient au contact de son arme.

— Oui.

Je me faufilai à l'intérieur. Le docteur creusa un écart sécurisant, de manière à ce que le canapé se trouvât entre lui et moi. Les verres de ses lunettes étaient fêlés, une marque bleue avait éclos sur sa pommette. Il avait fourré de petites pelotes de coton dans ses narines.

Ses yeux roulaient dans la pièce à la recherche d'un objet contondant.

— J'allais partir, plaida-t-il. Je vous jure, j'étais en train de partir !

Le bon docteur m'aurait presque fait pitié. Je levai les mains en évidence et jugeai bon de préciser :

— C'est Lucie que je cherche.

Il ne parut qu'à moitié rassuré.

— Elle n'est pas là. Elle est partie… précipitamment… en me laissant tout seul.

Les chaussures de ma femme avaient disparu, ainsi que sa veste et son sac à main. Le bon docteur disait donc la vérité. Je contournai le canapé, le faisant fuir vers le coin opposé, et jetai un œil en direction du parking. Aucune trace de la voiture de Lucie, ni de celle de la berline.

— Elle a dit… qu'elle voulait vous parler, osa le docteur Villebarne.

— Me parler de quoi ?

Il s'attarda quelques instants sur le policier à l'entrée et son front prit l'aspect d'un parchemin froissé.

— Mais qu'est-ce qui se passe ?

Je claquai des doigts pour capter son attention.

— Lucie. Contentez-vous de me dire où elle est.

Le docteur réajusta ses lunettes.

— Ah, euh, elle pensait vous trouver à l'école…

***

Tandis que je visais Dourgne comme un missile lancé sur sa cible, épuisant le moteur de ma Clio jusqu'à la moelle, le commissaire m'interrogea :

— Il s'est passé quoi, au juste, avec cet homme ? Le pauvre avait une très mauvaise mine et il vous regardait comme si c'était votre faute.

— Nous avons eu… un différend.

Lavroche posa sur moi un regard inquisiteur.

— Vous n'avez pourtant pas l'air d'un type violent, commenta-t-il en détaillant l'habitacle de ma voiture. C'est sans doute ce qui me chagrine le plus, dans cette histoire. En fait, vous ressemblez plutôt au prof des campagnes inoffensif.

Je repensai furtivement à l'arme dans le vide-poche.

— Peut-être parce que c'est exactement ce que je suis…

— Je vais vous dire une chose, poursuivit-il, c'est dans la banalité la plus innocente en apparence, qu'on déniche le pire des psychopathes. Ne cherchez pas de cadavre enterré dans le jardin d'un petit dealer. Jetez plutôt un œil chez son voisin, le comptable, père de famille et propre sur lui. Vous aurez une chance de trouver une tête humaine dans son frigo.

— C'est comme ça que vous résolvez vos affaires ? je rétorquai. En utilisant ce genre de raccourcis ? C'est pourtant de la drogue qui a été retrouvée près du corps de Théodore, pas des sucres d'orge.

Le commissaire hocha la tête.

— Vous avez raison. D'ailleurs, je n'ai pas fini de vous interroger à ce sujet. Il y a d'autres questions que j'aimerais vous poser.

— Je croyais que l'interrogatoire était terminé…

Son sourire éclatant refit surface.

— Il existe des procédures auxquelles je dois me conformer. Je n'ai pas le choix. Le simple instinct et la bonne foi n'ont jamais convaincu les tribunaux, ça se saurait. Des investigations doivent être menées. Ça passe par des interrogatoires, certes, mais aussi par la fouille des lieux clés de l'enquête.

— La maison de Théodore ?

— Eh bien, oui. Certainement. Mais cela ne vous posera aucun problème, puisque vous n'avez rien à cacher, n'est-ce pas, monsieur Lovalski. Tout comme votre voiture. Ça ne vous gênera pas de me voir y jeter un œil plus… approfondi.

Il attendait une réaction de ma part.

— Pas du tout, je lâchai avec un délai évidemment trop long.

Nous croisâmes un panneau indiquant la direction de Dourgne, à deux kilomètres. Mon pied se fit plus lourd sur la pédale d'accélérateur. Je n'avais jamais été aussi impatient de rejoindre mon lieu de travail.

— Qui se trouve dans cette école ? demanda le commissaire de but en blanc.

— À part les enfants, mes collègues : Vicar Bélot, Marie-Line Roard et Clarisse Millot.

— Clarisse… répéta-t-il doucement en se remémorant le dossier en question. La sœur de Théodore.

— Oui. Est-ce qu'elle est au courant pour…

— Non, pas encore. Et je vous ordonne de ne rien lui dire à ce sujet. Elle l'apprendra bien assez tôt.

Je me pris le front dans une main, sidéré par ce qui était en train d'arriver. Dans ma vie, mais surtout dans celle de Clarisse. Abasourdi par l'énormité de ce qu'elle allait devoir affronter, une fois de plus. Encore une épreuve, encore une injustice. Le visage de la mort qui refaisait surface. L'idée, aussi, de voir Chloé devenir subitement orpheline…

— Je crois que nous arrivons, dit Lavroche en désignant l'établissement scolaire.

Je n'avais pas encore coupé le moteur que le commissaire s'était déjà éjecté hors de la Clio, allant jusqu'au portail à petites foulées. Je jetai un regard circulaire autour de moi, ouvris la boite à gants et m'emparai du pistolet, que je glissai à l'arrière de mon pantalon, le recouvrant avec mon t-shirt. Si Lavroche devait procéder à des fouilles, j'espérais qu'il commencerait par des lieux, avant de me fouiller, moi.

Il me suivit des yeux tandis que je le rejoignais en faisant au mieux pour paraitre naturel. Aussi naturel que pouvait l'être un homme dont la femme risquait la mort à chaque seconde. Dont la femme pouvait déjà être morte.

— Vous voyez la voiture de votre épouse ?

Je regardai autour de moi.

— Non. Ni la berline américaine, d'ailleurs.

— Vous avez une idée de l'endroit où elle a pu se rendre ?

Ma grimace en disait long sur mon ignorance. J'avais l'impression d'avoir abattu toute mes cartes. Je fis un geste concis du menton en direction de l'école.

— Mes collègues pourront peut-être me le dire.

Nous traversâmes une cour de récréation vide et silencieuse, le commissaire me devançait d'une bonne longueur. Le hall, ensuite, était tout aussi inoccupé.

Je désignai l'escalier qui se déployait en tournant.

— Les classes se trouvent à l'étage.

— Entendu. Restez derrière moi.

Je fis mine de le suivre. Il avait déjà gravi plusieurs volées de marches quand je fis demi-tour. Je vérifiai qu'il n'avait pas remarqué mon entourloupe, franchis le hall d'un pas rapide et m'engouffrai dans un vestibule menant à une lourde porte sur laquelle était inscrit « cantine ».

À la seconde où j'entrai dans le réfectoire – coïncidant avec le moment où le commissaire, à l'étage, s'était aperçu que je ne lui collais plus aux basques – des dizaines de têtes se tournèrent vers moi. Des filles et des garçons, attablés, la bouche pleine d'un mélange de purée et de cordon bleu, les yeux immenses et curieux. Auxquels s'ajoutaient mes collègues, rassemblés autour d'une autre table, l'air de tomber des nues.

— Renaud… Qu'est-ce que… ?

C'est tout ce que le directeur eut le temps de baragouiner, avant que j'oblige fermement les enfants à quitter les lieux. Je les fis sortir un par un, ils avaient l'air de perdre tout à coup leurs repères. On les obligeait à quitter la cantine avant l'heure, on les forçait à abandonner leurs assiettes… Même Bruno semblait perdu.

Chloé passa devant moi, croisa mon regard un court instant. Quelque chose se fissura à l'intérieur de moi.

Je retins Valentin par les épaules.

— Toi, tu restes.

— Mais qu'est-ce que tu fabriques ?! gronda Vicar, les poings sur la table. Tu as perdu la tête ?

— Possible, je répliquai en refermant à double tour.

33

— Bon sang, Renaud, mais qu'est-ce qui te prend ? Tu nous expliques ?

Vicar se tenait à l'extrémité de la table des adultes, érigé comme un donjon inébranlable, le visage empourpré, les yeux sur le point d'éclater. Clarisse et Marie-Line l'encadraient, parfaites tours de guet.

Je leur faisais face, mes mains agrippaient fermement les épaules de Valentin, l'obligeant à rester tout près de moi.

— Si tu cherches Lucie, elle est passée ici, m'informa Clarisse. Je lui ai dit que tu avais pris des jours de congé, alors elle est repartie.

Ma femme connaissait l'endroit qui m'avait servi de refuge ces dernières semaines. Elle avait dû foncer en direction de la maison de Théodore, entrainant dans son sillage la berline américaine. Quelque chose me disait que j'avais le pouvoir de tout arrêter d'ici. Mais que j'allais devoir jouer franc-jeu.

— Elle avait l'air bizarre, ajouta Clarisse.

— Tu peux être plus précise ?

— Je sais pas trop… Je crois qu'elle devait te parler. Ça avait l'air urgent… J'ai eu l'impression qu'elle était poursuivie par quelque chose. Quelque chose de grave.

Elle se tourna vers ses collègues qui approuvèrent.

La porte derrière moi se mit à vibrer sous les coups répétés de Lavroche. La poignée pivota dans le vide. Les coups retentirent à nouveau.

— Monsieur Lovalski ! gronda le commissaire. Je sais que vous êtes là ! Ne soyez pas idiot. Ne vous enfoncez pas davantage. Ouvrez et j'oublierai le mauvais coup que vous m'avez joué.

Les visages de mes collègues se transformèrent, prenant doucement les traits d'un mélange de confusion et d'ahurissement.

— Monsieur Lovalski ! aboyait le commissaire en s'acharnant sur la porte. Vous faites une grossière erreur !

Non, commissaire, c'est vous qui faites une erreur.

Je m'avançai dans le réfectoire en poussant le garçon devant moi. Je m'accroupis à sa hauteur.

— Valentin, j'ai besoin de toi.

Je sentis le petit se crisper entre mes doigts.

— Tu dois m'aider. Une dernière fois. Ensuite, je te laisserai tranquille. Je ne t'embêterai plus avec mes questions. Plus jamais, je te le promets.

Sa respiration devint anarchique, sa mâchoire se serra. Ses yeux roulaient à la recherche d'un point d'accroche, d'une échappatoire. Il se prit les mains et commença à se les tordre nerveusement.

Nous y étions, encore une fois.

Une dernière fois.

— Tu dois me dire qui est le papillon.

Un sursaut.

— Non, souffla-t-il. Pas ici… Pas maintenant…

Derrière moi, j'entendais vaguement le commissaire en train de s'évertuer à crocheter la serrure. Le mécanisme résistait.

Je susurrai près de l'oreille de Valentin :

— Dis-moi.

Le garçon se mit à trembler comme une feuille. Une feuille morte, sur laquelle je soufflais sans arrêt depuis des semaines.

— Il suffit que tu me dises son nom.

— Je peux pas…

Une sensation étrange m'attrapa subitement le creux du ventre. Je m'accroupis à la hauteur de Valentin en le faisant pivoter vers moi.

— Il est là, c'est ça ?

Le petit fit oui de la tête.

— Le papillon est ici, avec nous, maintenant ?

— Oui, gémit-il.

Je posai mes mains sur ses épaules.

— Montre-le moi.

— Non… Je peux rien dire…

— Tu n'as rien à dire. Juste le désigner.

Vicar écrasa son poing sur la table, faisant rebondir assiettes, couverts et carafe d'eau.

— Nom de Dieu, tu vas arrêter tes conneries !

Je me relevai et le scotchai du regard.

— Toi, tu la fermes, vieux vicelard.

Le directeur eut un mouvement de recul.

— Je t'interdis de me parler sur ce ton, articula-t-il avec moins d'assurance. Tu dépasses les bornes. Je ne voudrais pas être obligé de rédiger un rapport à l'académie, mon ami, mais si tu ne reprends pas très vite tes esprits...

— Fais-le, l'interrompis-je. Te gêne pas. Fais-moi plaisir, glisse ton album photos à l'intérieur de ton rapport. On verra ce que pense l'académie de tes talents de cadreur.

— Mon... album ? De quoi est-ce que tu parles ?

Je lui envoyai un clin d'œil dont le sous-entendu fut immédiatement saisi. Il devint pâle, ouvrit la bouche, la referma aussitôt. Puis il se rassit sagement, tout à coup victime d'un torrent de sueur.

Les autres le regardaient sans comprendre.

— Qu'est-ce qu'il veut dire ?

— Je... J'en sais rien. Il est dingue, c'est tout.

— Renaud, tu commences à nous faire peur, tu sais.

C'est Clarisse qui venait de prendre la parole. Clarisse, qui avait vécu la pire épreuve de sa vie et qui ignorait celle qui l'attendait au prochain virage. La seule victime dans ce monde glissant où l'on risquait de se casser la figure à tout moment. Ce monde d'hypocrites.

Ne fais confiance à personne, fiston. Les voisins, tes copains, le facteur... Et même ce petit bâtard qui tient la mercerie au coin de la rue...

Arrête, papa, tu délires.

— Je m'inquiète pour toi, reprit Clarisse. Pourquoi tu ne nous dis pas ce que tu veux ? Ce que tu cherches.

— J'aimerais que ce soit aussi simple, crois-moi.

— Je ne comprends pas...

Ce fut au tour de Marie-Line d'intervenir, se lançant dans son jeu de séduction favori. Elle passa une mèche de cheveux derrière son oreille, me dévorant du regard, sa langue faisant un aller-retour sur ses lèvres. Puis, piochant dans sa collection d'allures faussement désinvoltes :

— Mon Renaud, tu sais que je suis là pour toi. Tu sais que tu peux tout me dire. Peut-être pas maintenant, peut-être pas ici, mais ailleurs, en privé. En toute intimité. Juste toi. Et moi. Chez toi, si tu veux ?

Faisant mine de réfléchir sérieusement à sa proposition, je rétorquai :

— Non, merci. J'ai déjà assez de problèmes pour devoir, en plus, me coltiner la névrosée du village.

Elle me fixa un moment, la bouche en cœur, et s'écroula sur sa chaise comme un boxeur à la fin d'un round.

— Tu es tellement odieux, murmura-t-elle. Tu finiras seul.

— C'est ça...

— J'ai peur, murmura Valentin.

— Moi aussi.

Le garçon parut surpris.

— C'est vrai ?

— Bien sûr.

— Je veux pas… Je veux pas mourir, dit-il.

— Il ne t'arrivera rien. Je suis venu avec un policier, tu sais. Je te promets qu'il fera tout pour te protéger. Si ce n'est pas lui, un autre le fera à sa place.

Je réalisai soudain que le commissaire Lavroche avait déguerpi. Je l'imaginai en train de piétiner près du portail d'enceinte en appelant des renforts : « Un individu, suspect numéro un dans une sombre affaire de meurtre, visiblement désaxé à tendance paranoïaque, s'est enfermé dans la cantine d'une école primaire en prenant des otages, dont un enfant de dix ans. Qu'un maximum d'unités se rendent sur place. Terminé. »

Je fixai Valentin dans les yeux.

— Lorenzo est mort à cause du papillon, c'est bien ce que tu m'as dit.

— Le loup l'a tué, précisa-t-il à voix basse, mais le papillon l'a laissé faire. Il a laissé faire le loup…

— Tu n'as pas envie que le papillon soit puni pour ce qu'il a fait ?

— Si.

— Alors, montre-le-moi.

— Mais… le loup…

— Écoute-moi. Si on attrape le papillon, on attrape le loup. Alors on pourra le mettre en prison. Et il ne fera plus jamais de mal. À personne. Tu comprends ?

— Oui. Je comprends.

— Tu as le pouvoir de l'arrêter. Il faut juste que tu fasses un geste. Un simple geste.

Le garçon s'écarta doucement. Son visage était rouge comme la brique, ses joues écarlates, striées de sillons de larmes.

— Valentin…

Ses yeux me captèrent à travers un rideau humide. Sa voix était presque imperceptible.

— Est-ce qu'on pourra aller pêcher au bord de l'étang ? Je veux dire… tous les deux ?

— Tout ce que tu voudras.

Il me regardait avec une intensité à peine croyable, ses petits poings réduits à deux boules de nerfs.

— On attrapera le poisson géant ?

— Même si on doit y passer toute notre vie.

— Puis on le remettra à l'eau pour qu'il retrouve sa famille, ajouta le garçon qui avait fini par sourire.

J'hochai la tête, même si tout cela me paraissait irréel.

— Montre-moi le papillon.

— Ah, oui. Le papillon.

— S'il te plait.

— Renaud ! hurla Vicar comme un fou. J'exige que tu foutes le camp d'ici sur-le-champ !

Le garçon ne flancha pas. Il se retourna pour faire face aux adultes.

Alors, lentement, il leva le bras, un doigt pointé dans leur direction. Désignant une personne en particulier.

Désignant le papillon.

Le papillon eut un mouvement de recul, se tourna vers les autres, perplexe, avant de revenir vers le garçon.

— Pourquoi… tu me montres du doigt ? voulut savoir Clarisse.

J'attirai le garçon à l'écart, évitant cette fois de m'accroupir car quelque chose me disait que je pourrais éprouver toutes les difficultés du monde à me relever.

— Qu'est-ce que tu fais ?

— Vous m'avez demandé de vous montrer le papillon…

— Oui, de me montrer la personne qui a participé au meurtre de Lorenzo. Et tu me montres la *fiancée* de Lorenzo. Celle qui a passé des semaines à le pleurer. Alors, je te repose la question : qu'est-ce que tu fais ?

Valentin, désemparé, se mit à chercher désespérément une issue. N'en trouvant pas. N'en trouvant jamais.

— C'est elle…

— Impossible.

— De quoi il parle ? fit une voix derrière moi.

Clarisse s'approchait à pas mesurés, intriguée, les bras repliés autour de sa poitrine.

— Renaud, vas-tu enfin nous expliquer ?

Je devais avoir l'air de celui qui débarque dans la ville après des années passées dans une grotte. Désorienté. Totalement paumé. Ma langue donnait l'impression d'être collée à mon palais.

— Renaud ?

Je pris une profonde inspiration et réussis à m'exprimer, mais avec une anarchie dont je ne me croyais pas capable. Des mots rebelles, hors de contrôle.

— Valentin a écrit une histoire. Un loup qui tue un homme. Je t'en ai parlé.

— Oui, je me souviens…

— Attends. Cet homme, c'est Lorenzo. Mais ce n'est pas une simple histoire, bien sûr, c'est ce qui s'est passé. Réellement passé, je veux dire. Je n'ai plus aucun doute là-dessus. Mais il y a autre chose. Avec le loup, il y a le papillon. Il est complice du meurtre. Le papillon, c'est toi, Clarisse. Tu es complice du meurtre de Lorenzo. Et Valentin a été témoin de ce meurtre. J'ignore encore qui est le loup, mais je finirai par le découvrir.

Clarisse donna l'impression de se prendre une gifle à la puissance dix. La tête rejetée sur le côté, étouffant un cri de stupéfaction. Ici, dans la cantine de la petite école de Dourgne, le silence était tel qu'on aurait pu entendre les battements de cœur de chacun, poussant leur rythme à l'unisson. Même Vicar restait muet.

— Valentin dit la vérité depuis le début. Il a essayé de me faire passer un message, à sa manière. Et je le crois.

— Tu te rends compte de ce que tu viens de dire ? rugit Clarisse. Il raconte des histoires, tu le sais bien ! Il n'a que dix ans, bon sang !

— Mais il t'a désignée.

Clarisse vacilla. Elle trouva une chaise juste à temps pour s'effondrer dessus.

Elle secouait la tête.

— *J'aimais* Lorenzo. Je l'aimais plus que tout. J'aurais donné ma vie contre la sienne. Tu le sais ! Mais tu… Tu dis que… Que je… C'est horrible !

Les remords frappèrent un grand coup sur ma nuque. Je me tournai vers le garçon, lequel s'était recroquevillé dans un coin, la tête plongée dans ses bras. Impossible d'établir le contact. Je revins vers Clarisse avec un flot de doutes si puissants qu'ils manquèrent me renverser.

— Il t'a désignée. Toi, pas un autre.

— Il m'a désignée parce que tu lui as demandé de désigner quelqu'un ! Enfin, Renaud, tu dérailles complètement ! Tu sais très bien comment les gosses fonctionnent.

La jeune enseignante tremblait des pieds à la tête. Les traits de son visage s'étaient déformés sous le coup d'une indignation authentique.

— Pourquoi tu ne regarderais pas juste autour de toi, pour une fois ? Pour voir ce qui se passe dans ton petit monde ? Et constater à quel point tu es doué pour gâcher ta vie. Ta vie et celle de tes proches.

— Tu dis n'importe quoi.

— Vraiment ? Je me demande ce que Lucie aurait à dire, alors que, avouons-le, tu l'as traitée comme une merde !

— Arrête.

Clarisse afficha un sourire amer.

— Ça fait mal, hein ? De voir quelqu'un qu'on aime se faire piétiner… De voir son petit monde s'écrouler en quelques secondes. C'est ce que j'ai vécu, moi.

— Je sais. Arrête, je t'en prie.

— Je parie que tu te sens comme le dernier des imbéciles. Un pauvre idiot qui a l'impression de reprendre le contrôle de sa vie en ruinant celle des autres. Tu sais à qui tu me fais penser ?

— Je ne suis pas comme mon père.

— Oh que si. Et tu te voiles la face si tu crois le contraire.

— Je ne suis pas lui !

Effrayé, Valentin me regardait avec des yeux ronds. Je levai la main dans sa direction.

— Je ne te ferais jamais de mal…

— Ne t'approche pas de lui, ordonna Clarisse au garçon. Tu n'es pas en sécurité… Il pourrait te faire du mal.

Une boule de colère en fusion explosa à l'intérieur de moi. Mon squelette parut se disloquer.

— T'as pas le droit de dire ça…

Clarisse, toujours souriante, pointa un doigt sur moi.

— Tu es exactement comme ton père !

— NON ! TA GUEULE !

La seconde d'après, elle ouvrit de grands yeux, leva les mains devant elle, perdit l'équilibre et tomba à la renverse.

Elle avait gémi.

De terreur.

Tout comme les autres, Vicar, Marie-Line, qui se jetèrent au sol en se protégeant la tête. Dans mon esprit embrouillé, la confusion se dissipait progressivement. Je réalisai que j'avais hurlé plus fort que ce que je souhaitais.

Je me rendis compte aussi que ma main avait attrapé le pistolet dans mon dos. Que je l'avais brandi devant moi. Que je le tenais fermement à bout de bras, prenant Clarisse pour cible. Un doigt sur la gâchette. Le canon scintillant à la lueur de l'après-midi.

Cette délicieuse après-midi.

34

Un silence effroyable s'était abattu sur le réfectoire, s'imprégnant des traces des derniers cris. Ceux de Clarisse rebondissaient à l'intérieur de mon crâne sans s'arrêter. J'en étais l'instigateur, c'était terrible.

— C'est un vrai, répétait Vicar au sujet de l'arme que je détenais. C'est un vrai…

Je ne m'étais réellement jamais posé la question. Mais la consistance de l'objet dans ma main n'avait rien d'un jouet. Et, pour en avoir le cœur net, je manipulai le manche de manière à faire apparaitre les munitions : une belle brochette d'ogives dorées.

Un vrai. Indéniablement.

Comme je remettais le chargeur à sa place, le bruit métallique les fit gémir. Allongés par terre, ils se collèrent les uns aux autres, les mains sur la tête.

— J'ai pas voulu… faire ça, je bafouillai. Je suis désolé. J'ai pas voulu faire ça, d'accord ? Relevez-vous. Je vous ferai rien, je vous le promets.

Évidemment, ils ne remuèrent pas un doigt. Valentin, retranché dans la cuisine, s'était doucement faufilé derrière l'armoire réfrigérante, observant de loin.

— Prends tout ce que tu veux ! s'écria Vicar d'une voix chevrotante.

— Je ne veux rien...

— Le salaire, c'est ça ? Pas assez payé ? Je comprends, on peut y remédier !

— Tu veux pas la fermer un peu ? Je ne vous veux aucun mal. Regarde, voilà.

Alliant le geste à la parole, je remis l'arme à l'arrière de mon pantalon. Au même instant, mon téléphone se mit à vibrer. Je le levai devant mes yeux.

Le symbole d'une enveloppe clignotait, m'informant que j'avais reçu un texto.

De Lucie :

Besoin de t'expliquer. C'est important. Ai laissé un mot aux ruines. Je t'en prie, va le lire.

Mes collègues étaient encore allongés sur le carrelage quand je franchis l'accès de secours pour m'enfuir. J'eus le temps de voir Clarisse dégainer son téléphone, avant de plonger dans la ruelle derrière l'école.

Clarisse... Le papillon...

J'atteignis l'angle de l'établissement et m'appuyai contre le mur. Ma crampe d'estomac ne m'avait pas quitté depuis l'interrogatoire au commissariat.

Je me pinçai la jugulaire à deux doigts : les battements de mon cœur avaient pris un rythme effréné.

Calme-toi. Pense à Lucie.

Je courus vers la rue passante, devant l'école. Puis, progressant avec prudence, je tentai d'apercevoir le commissaire Lavroche. Par chance, il n'était pas dans les parages. Je fonçai vers ma voiture et démarrai en vitesse.

Direction mon sanctuaire.

***

Je restai un moment dans la voiture au pied du grand chêne, étudiant le pistolet dans mes mains. Je décidai de le remiser dans la boite à gants. Je ne tenais pas à reproduire deux fois la même folie.

Exactement comme ton père !

— Non. Tout le contraire.

Je me trainai le long du sentier puis m'engageai dans les herbes hautes de la clairière. Je ne sentais plus mes jambes, comme si elles appartenaient à quelqu'un d'autre. Une chaleur aigue me réchauffait la base du crâne. Pour couronner le tout, j'étais persuadé que mon estomac allait éclater d'un instant à l'autre. En somme, c'était la grande forme.

Je montai les marches de la vieille tour et m'assis sur la huitième ; ce que j'avais dû faire un millier de fois. Je sortis le coffret de sa cavité, nerveux à l'extrême. Le soleil tapait à la verticale de ma position, me comblant d'une atmosphère bouillonnante dont je me serais bien passé.

Mes doigts effleurèrent les initiales gravées sur le couvercle avant d'exercer une pression pour l'ouvrir.

Le dernier message laissé par Lucie, imprégné de son parfum, était écrit sur du papier bleu ciel qui détonnait parmi les autres. Les lettres y étaient tracées avec une extrême application.

C'est avec une ferveur religieuse que je déchiffrai :

Mon petit prof des campagnes,

Ça n'aurait pas dû se passer comme ça. Mais on ne peut pas tout prévoir. Comme je n'ai pas pu prévoir qu'une étincelle pourrait naitre dans une obscurité que je croyais définitivement morte. Une étincelle minuscule pour l'instant, à l'intérieur de moi, mais dont la vigueur me réchauffe comme des flammes bienveillantes.

Je ne pourrai pas attiser ces flammes toute seule.

J'ai besoin de toi.

Un séisme de magnitude 10 m'ébranla, faillit me renverser. Si je n'avais pas été assis à cet instant, j'aurais probablement dévalé les marches jusqu'en bas.

Je lus et relus le message jusqu'à ne plus être capable de discerner les phrases, brouillées par le voile humide devant mes yeux. Autour de moi, pourtant, les couleurs paraissaient plus chatoyantes que jamais. Les sons, des caresses dispensées par la nature elle-même. Les odeurs, des offrandes sucrées diffusées par les bois environnants.

Aucun homme ne pouvait être plus heureux.

Je finis par avaler une énorme boule coincée dans ma

gorge. Je m'essuyai les yeux du dos de la main et attrapai mon téléphone.

Après deux sonneries, Lucie décrocha.

— Allo ?

L'émotion m'empêcha d'émettre le moindre son.

— Renaud, c'est toi ?

J'avalais et recrachais de l'air par intermittence, comme si le fait d'ouvrir mes bronches allait m'aider à retrouver la parole.

— Renaud, tu as trouvé le mot que je t'ai laissé ?

— Oui…

Une minute dut s'écouler, je crois, durant laquelle aucun de nous ne parla. Parce que c'était inutile. Aucun mot n'aurait su dépeindre avec précision ce que nous ressentîmes à cet instant. Ce fut la minute de silence la plus sublime de toute mon existence.

— J'arrive pas à y croire, bredouillai-je.

— J'ai eu beaucoup de mal, moi aussi, dit Lucie à travers un éclat de rire cristallin.

— Mais, comment…

— Le hasard des circonstances. La chance. Une force supérieure, qui sait. Peut-être celui dont je t'ai parlé, celui qui décide de tout ça…

— Est-ce que… c'est sûr ? je demandai avec prudence.

— Certain. Le docteur Villebarne est venu me le confirmer ce matin. Tu te souviens, cet homme à qui tu as cassé le nez.

Je souris sans m'en rendre compte.

— Je suis désolé. J'ai cru… Enfin, j'ai été idiot, comme toujours. Est-ce que tu vas bien ?

— Je ne pourrais être plus heureuse, Renaud. Je suis sur un petit nuage. C'est tellement inespéré ! Le genre de petit miracle qu'on ne voit que dans les romans !

Je laissai échapper un filet d'air en éloignant le téléphone, chassant mon anxiété par bribes silencieuses. Pendant une seconde, j'envisageai un avenir radieux.

— Tu es où ? je demandai.

— Je ne te trouvais pas, ni à l'école, ni aux ruines, alors je suis revenue à l'appartement. Tes collègues m'ont dit que tu avais pris des jours de congés. Ça ne te ressemble pas.

— Je t'expliquerai. Tu es sûre que tout va bien ?

— Oui, oui, je t'assure.

— Tu n'as pas eu… l'impression d'être suivie ? Ou remarqué quoi que ce soit de… bizarre ?

Un silence, puis :

— Ne gâche pas tout, Renaud.

— Non, attends, écoute-moi. Tu veux bien faire quelque chose pour moi ?

Soudain, un bruit me fit lever la tête. Un véhicule approchait, roulant sur la voie chaotique qui menait à l'entrée du sentier. Du haut de mon perchoir, j'aperçus vaguement au travers de la futaie la forme d'une voiture qui brinquebalait jusqu'au grand chêne. Elle s'arrêta derrière la mienne.

— Renaud, tu es toujours là ?

Après le séisme, ce fut au tour d'un tsunami de me traverser, avec une vague de fourmillements.

— Ferme la porte à clé.

— La porte ? Écoute, je ne sais pas ce que…

— Je te demande juste de fermer la porte à clé. S'il te plait.

J'entendis assez vite les cliquetis rassurant de la clé dans la serrure. Je vis une personne sortir de la voiture, puis une autre, par l'autre côté. Elles tournèrent un moment autour de ma Clio comme des vautours, échangèrent quelques mots imperceptibles et se dirigèrent ensuite vers le sentier.

— C'est fait, annonça Lucie.

— Tu es sûre ? Tu as bien fermé ?

— Je te dis que oui.

— D'accord. Reste où tu es. Ne te montre pas. Éloigne-toi des fenêtres. Oh, euh, est-ce que le docteur Villebarne est avec toi ?

— Non.

— Alors, appelle-le. Dis-lui de venir te rejoindre dès que possible. Trouve une excuse, n'importe quoi. Mais qu'il fasse vite.

— Mais enfin, pourquoi ?

— J'ai la frousse de te savoir toute seule.

Deux hommes. Ils avaient disparu dans la végétation quelques secondes, avant de réapparaitre, se rapprochant de la fin évasée du sentier, marchant l'un derrière l'autre. Il ne leur restait qu'une cinquantaine de mètres avant d'accéder à la clairière. Et rejoindre la tour sur laquelle je me trouvais.

— Je dois te laisser, ma chérie. Je vais essayer de faire vite. Je suis désolé, pour tout. Surtout, fais attention à toi.

J'eus subitement l'impression de faire écho aux paroles de Théodore : *Fais attention à toi, vraiment.*

Je lui dis que je l'aimais et raccrochai avec un pincement au cœur. Je composai le numéro du commissaire Lavroche, sans réponse. Remis le portable dans ma poche. Je m'élevai de quelques marches supplémentaires. Le sentier traçait une courbe ocre, visible par intermittence dans la verdure. Au bout, j'apercevais ma Clio. Et la berline américaine. J'allais enfin mettre un visage sur ceux qui me persécutaient.

Bizarrement, c'est avec sérénité que je posai mes fesses sur la marche la plus haute pour les attendre. Dans ce genre de situation, une cigarette aurait été la bienvenue. Valentin m'aurait sans doute reproché ce genre d'idée.

Ils sortirent des bois en évitant les ronces et levèrent la tête, directement dans ma direction. Comme s'ils s'attendaient exactement à me trouver là.

Le premier s'arrêta, faisant signe au second. Ils étaient grands, très grands même, avoisinant les deux mètres. L'un était gros, la soixantaine bien tassée, il paraissait maladroit et arborait une expression hébétée. L'autre était maigre, beaucoup plus jeune, le teint maladif, une cigarette collée à la commissure des lèvres.

J'avais donc droit au gros et au maigre. Je compris que le maigre donnait les consignes. Et que le gros avait intérêt à les suivre.

La clope vissée à la bouche, les mains dans les poches, c'est donc le maigre qui lança les hostilités.

— Monsieur Lovalski ?

— Oui. Qui êtes-vous ?

— On voudrait vous parler. Vous voulez bien descendre ?

Je les considérai l'un après l'autre. Ils ne m'inspiraient décidément aucune confiance.

— Vous ne m'avez toujours pas dit qui vous êtes.

— Des connaissances de connaissances à vous.

Et mon cul, je songeai.

Mon regard dériva vers ma voiture, là-bas, derrière ces bois qui prenaient subitement l'allure d'une haute barrière infranchissable. Ma chère voiture, dans laquelle se trouvait le pistolet. Je me maudissais de ne pas avoir emporté l'arme avec moi.

Puis, me penchant par-dessus le parapet, je renonçai à une solution qui m'avait traversé furtivement l'esprit. Non, décidément, sauter depuis cette hauteur serait du suicide.

Pas le choix, j'allais devoir les affronter.

— Qu'est-ce que vous voulez ?

Loin de perdre patience, le Maigre avait l'air de passer

une journée ordinaire.

— Je vous l'ai dit. On veut juste vous parler.

— C'est pour ça que vous me suivez depuis plusieurs jours ? Pour me parler ?

— Exactement. Juste discuter, vous savez, faire connaissance.

Son comparse, qui donnait clairement l'impression de s'ennuyer ferme, acquiesça vigoureusement.

— Je vous entends très bien d'ici, m'écriai-je. Dites-moi ce que vous avez à me dire.

— Oh, non, monsieur Lovalski. Pas de cette manière, non, impossible. On veut être sûr que vous compreniez bien tout ce qu'on veut vous dire. Alors, si vous ne descendez pas, c'est simple : on vient vous chercher. À vous de voir.

Je glissai discrètement ma main dans ma poche et en retirai le téléphone. Du pouce, je recherchai le numéro du commissaire Lavroche.

— Rangez ce téléphone, ordonna le Maigre.

Comme je n'obtempérais pas, il dégaina son arme. Son geste fut si rapide que sous le coup de la surprise je lâchai mon portable qui tomba à mes pieds. Hors d'usage.

— Quittez votre perchoir ou je vous fais descendre la tête la première.

Je mis les mains en évidence et abandonnai la tour, retrouvant les hautes herbes de la clairière.

Les deux hommes me tombèrent dessus. Le Gros

m'envoya un coup de pied rasant derrière les genoux qui me fit tomber par terre. Le Maigre colla la gueule de son pistolet sur mon front.

— Si tu bouges, je t'éclate la cervelle.

Ce genre d'admonestation était tout à fait inutile puisque, de toute façon, je m'étais pétrifié au contact du canon sur ma peau. Incapable, pour l'instant, de retrouver une position verticale et encore moins de prendre mes jambes à mon cou.

Le Gros passa derrière moi, me redressa sur les genoux, se saisit de mes mains et les ramena brutalement dans mon dos. J'entendis des cliquetis métalliques. Je frissonnai quand des liens se serrèrent autour de mes poignets. Clic. Menotté.

— Vous êtes de la police ? je demandai. Je… Je suis désolé, je n'aurais pas dû m'enfuir…

Les deux hommes échangèrent un regard neutre. Le plus gros vint se placer à côté de son complice, m'obstruant définitivement la vue du sentier. Le Maigre recula, l'arme toujours pointée sur moi.

— Dis-moi ce que tu sais.

— Ce que je sais ? À propos de quoi ?

Le Maigre soupira, visiblement contrarié. Le pistolet pivota. Un coup de feu retentit, j'eus l'impression qu'il était dans ma tête. Une douleur explosa dans mon épaule gauche. Du sang imprégna mon t-shirt. Je hurlai, basculai sur le côté, serrai les dents, les poings. J'eus envie de frapper. Quelqu'un, quelque chose. N'importe quoi. Je gémissais comme un animal blessé. Repensai furtivement à Phil ; sa tombe se trouvait à cinq enjambées de moi. C'étaient eux. Les enfoirés qui l'avaient égorgé, comme s'il n'était rien.

Le Gros m'attrapa par le col, m'obligeant à me redresser.

— Raconte-moi tout ce que tu sais, dit le Maigre sans se départir de son flegme effrayant.

— Mais bordel ! je rétorquai en suffoquant, qu'est-ce que vous me voulez ?

Nouvelle détonation. Nouvelle douleur, atroce, en plein dans mon épaule droite.

35

Flou. Tout était flou.

J'avais dû perdre connaissance… Tout était différent. La lumière, d'abord, avait décliné d'un chouïa.

Ensuite, curieusement, je me retrouvai face à une étendue d'eau scintillante. Ils avaient transporté mon corps depuis la tour jusqu'à l'étang. La réverbération du soleil me piquait la rétine.

Je reprenais pied dans la réalité, doucement, avec l'impression de marcher sur un fil. Et la joue droite en feu parce qu'ils m'avaient donné une gifle.

Le Gros me tenait par le col, me forçant à me tenir à genoux. Le visage buriné du Maigre s'imposa dans mon champ de vision.

— T'es avec nous ?

Sa voix paraissait lointaine, hachurée, entrecoupée des pulsations régulières du sang dans mes oreilles.

Il fit claquer ses doigts à deux centimètres de ma tête.

— Hé, oh, t'es réveillé ?

— On dirait que oui, fit le Gros derrière moi, avant d'ajouter : Il est moins résistant que je le croyais.

Les quelques secondes de confusion passées, la réalité me tomba dessus comme une averse brûlante. La douleur dans mes épaules revint à la charge, irradiant dans mes bras jusqu'au bout de mes doigts, m'arrachant une longue plainte désespérée. Comment le cerveau pouvait-il infliger une telle atrocité au corps ?

— Shht, fit le Maigre, calme-toi. C'est rien, j'te jure. Pas grand-chose comparé à ce qu'on va te faire. Des phalanges brisées, c'est un niveau au-dessus, crois-moi.

Penché à ma hauteur, il me détaillait avec insistance. J'avais envie de parler, de l'insulter ou au moins de lui cracher dessus, mais j'en étais incapable. Mon corps semblait, pour une question de survie, drainer toute mon énergie vers les parties vitales, laissant de côté tout mouvement de colère qui ne serait que dépense inutile.

Toujours très près de moi, le Maigre articula :

— On sait que le garçon t'a parlé. On voudrait savoir ce qu'il t'a dit.

Je secouai la tête pour me remettre les idées claires. Opération délicate avec les épaules pulvérisées, sans compter le gorille en train de m'étrangler par le col.

— Quel… garçon ? je soufflai.

— Ne joue pas à ça. Tu crois pouvoir résister longtemps à la douleur ? T'es pas un commando, ni un putain d'agent secret. Je te parle du petit qui est dans ta classe.

— Est-ce que… vous savez combien de… « petits » il y a dans ma classe ?

Son front se plissa. Je l'avais déçu.

Il fit un geste à son comparse, lequel me fit basculer en avant avec une force phénoménale, m'enfonçant la tête sous l'eau. J'avais pu prendre une microseconde d'inspiration, par réflexe, ce qui me permit de tenir les vingt secondes où il m'infligea une apnée forcée. Vingt secondes, ça parait peu, à l'air libre.

Le Gros m'arracha de l'eau et je regonflai mes poumons.

— C'est ça que tu veux ? insista le Maigre sur un ton toujours très calme. Tu veux crever dans la vase ? Tu crois que t'as pas mieux à faire aujourd'hui ? Tu crois que c'est ce que tu mérites ?

Je secouai la tête.

— Non…

— Judicieux. Première bonne réponse. Concentre-toi, bordel. Alors, je reprends : il t'a dit quoi, le môme ?

À ce moment précis, je réalisai une chose essentielle : si je parlais, ils n'hésiteraient pas à me tuer. Mais si je m'efforçais de me taire, je subirais exactement le même sort. J'avais en tête que dans la vie de tout homme, arrivait le jour où on avait l'occasion de prouver qu'on n'était pas un lâche. Et, de ce côté-là, j'avais drôlement besoin de me dédouaner. Alors je décidai de ne rien dire. De faire le mort avant l'heure.

Le Gros me refit boire la tasse.

En apnée, le challenge consiste à convaincre son propre cerveau qu'il n'a pas besoin d'oxygène durant un temps limité. L'être humain est capable de tenir plusieurs minutes sans respirer. Mais la souffrance est telle – essayez donc d'empêcher subitement votre corps de réaliser un processus qu'il a l'habitude de faire depuis sa création – qu'on se sent obligé de reprendre de l'air par tous les moyens.

Avec la tête sous l'eau, il n'y a aucun moyen.

Après cinq allers-retours entrecoupés des mêmes questions, je réussis à retenir ma respiration pendant une minute. Peut-être moins. Après quoi, toujours immergé, je dus me résoudre à prendre une brève inspiration, que je regrettai aussitôt. Rien à voir avec cette sensation suave qu'on a tous expérimentée dans nos rêves. Dieu, ça fait mal !

Je me mis à tousser, dans l'eau. Bloquai à nouveau ma respiration. La panique me faisait trembler. J'ouvris la bouche en grand, expulsai un cri qui mourut en une flopée de bulles. Je secouais la tête, me débattais avec l'énergie du désespoir.

Je tentai de pousser sur mes jambes mais le Gros faisait son boulot à merveille. De l'autre côté de la surface, dans le monde des vivants, le Maigre vociférait inlassablement les mêmes questions. Je les entendais à peine. Avait-il seulement conscience que je ne pouvais pas répondre ?

Bloque tout. Deviens imperméable.

Résiste.

Impossible. J'avalai encore un filet d'eau. Mon cœur était sur le point d'éclater. C'est là qu'on me tira en arrière.

L'air se fraya un chemin douloureux jusqu'à mes poumons. Je toussai, encore et encore. Les épaules secouées de spasmes incontrôlables. Je recrachai une eau boueuse.

— Tu as eu le temps de réfléchir ? demanda le Maigre, les mains sur les genoux.

Incapable de parler, je me contentai d'acquiescer.

— Bien. Alors, dis-moi un peu, il t'a raconté quoi, ce garçon ?

J'inhalai des salves d'air, conscient que la prochaine descente en Enfer serait imminente. Et fatale.

Ma jauge de bravoure avait chuté jusqu'à son niveau minimal. Je ne pourrais pas supporter une nouvelle séance d'apnée. Je finis par lâcher :

— Le papillon…

Les deux hommes se regardèrent, perplexes.

— C'est quoi ça, le papillon ?

— Il était… Avec le loup…

Cette fois, le Maigre prit un air concerné.

Il m'attrapa par le cou.

— Comment tu sais, pour le loup ?

— Il a tué Lorenzo… Et le papillon a tout vu…

Le Maigre fit un geste à son partenaire qui me releva et me traina jusqu'à la cabane en me tenant sous les aisselles. Je vis avec bonheur le bord de l'étang s'éloigner. Je respirai à fond, avalai le plus d'air possible. Le Gros me laissa tomber sur la chaise longue comme s'il chargeait un sac de patates à l'arrière d'un camion. Une lance douloureuse me traversa de part en part. Je serrai les dents.

Le Maigre s'accroupit devant moi, une pince coupante entre ses doigts. Tous mes muscles se raidirent, en attente de la sentence. Mais il n'eut pas le loisir d'appliquer sa torture : la grosse main de son compagnon se referma sur son épaule.

— Attends.

— Quoi ?

Les deux hommes tendaient l'oreille, moi y compris. Au-delà du chant des cigales et du bruissement des feuilles, je percevais le ronronnement d'un véhicule en approche. Rien à voir avec une hallucination, c'était bien réel.

Quelque chose s'alluma en moi. Une rage de survivre plus forte que n'importe quoi. Sans doute le fruit d'un espoir naissant.

Mes tortionnaires s'étaient détournés, mais pour quelques secondes seulement.

Maintenant ou jamais.

***

Chaque pas en avant dans les broussailles était un vrai miracle.

Chaque mètre gagné un espoir de survie.

Les mains menottées dans le dos, étouffant les cris que m'arrachaient mes blessures, je fonçais tête baissée. Je chargeais, vers la liberté.

À une quinzaine de mètres derrière moi, mes poursuivants se prenaient les pieds dans les ronces, se relevaient, encore sous le choc du tour que je venais de leur jouer : je m'étais éjecté de la chaise longue, tête en avant, les bousculant tous les deux violemment. Le Gros était tombé sur les fesses, le Maigre avait laissé échapper son arme sur la grève. Il avait dû la récupérer avant de se lancer à ma poursuite. Les rochers humides avaient ralenti leur progression.

Désormais, ils gagnaient du terrain. Je les sentais dans mon dos, telle une langue de feu. Mordant. Je percevais leur respiration haletante. J'entendis le déclic du pistolet, peu avant la première détonation.

Une branche explosa à quelques centimètres de ma tête. Une poignée d'échardes me criblèrent le front. Je redoublai d'effort. Mon buste me faisait souffrir. Chaque foulée m'incitait à m'effondrer, à me laisser aller au sol, m'abandonner à mes prédateurs.

Continue, allez ! Pense au bébé !

Une autre détonation, au moment où je sortais des bois. Je me jetai en avant. La balle se perdit quelque part dans les airs.

Je m'élançai à travers la clairière et dépassai la vieille tour. C'est là que je cédai au besoin de me retourner.

Grossière erreur.

Je vis le Maigre qui émergeait de la végétation. Il s'arrêta et braqua son arme sur moi, utilisant son bras comme appui. Le geste expérimenté.

J'étais paralysé.

Il fit feu au moment où son comparse, arrivant à toute vitesse, lui rentrait dedans, déviant le tir. L'arme vira de côté. Je me contractai. Des fragments de roche se détachèrent de la tour.

Le Maigre, enragé, fila une claque sur la nuque du Gros.

— Espèce de crétin !

J'entendis le Gros baragouiner des excuses. Je fonçais déjà vers le sentier, sautillant autant que possible pour éviter les pièges naturels, avec l'impression d'évoluer sur des charbons ardents.

Je me raclai la gorge. J'avais tout à coup besoin de cracher. C'est un glaviot sanglant qui s'écrasa dans la terre.

Je relevai la tête. Le décor était trouble, à cause de mon état, mais aussi sous l'effet de l'afflux constant d'adrénaline.

— À l'aide !

Mon hurlement fut douloureux, un jet de flammes dans ma gorge sèche. Mais pas vain. Je vis apparaitre une silhouette, juste au bout du sentier. Un homme, qui se mit à trottiner vers moi. C'était le propriétaire de la voiture dont on avait entendu le moteur une minute avant. Je pouvais donc encore m'en sortir, si seulement j'arrivais à rester conscient…

— À l'aide ! Ils veulent me tuer ! Ils veulent…

Je me figeai, stupéfait. En même temps épris d'une jubilation intense.

L'homme portait un uniforme. Il arriva juste à temps

pour me retenir, alors que je m'écroulais. D'épuisement, de douleur et d'émotion.

— Monsieur Lovalski, s'exclama-t-il en me soutenant par la taille, me regardant des pieds à la tête. Mais qu'est-ce qui vous est arrivé ?

— Commissaire…

— Vous êtes dans un état épouvantable !

— C'est eux… Ceux… Ceux qui…

— Calmez-vous, expliquez-moi.

Mon instinct de survie prédominait, je continuai d'avancer à petites foulées, incapable de courir. Le commissaire Lavroche me rattrapa sans effort.

— Monsieur Lovalski !

— On doit partir… Ils arrivent… Ils sont avec le loup… Ils vont nous tuer…

Je trainais des pieds, mon t-shirt ensanglanté ayant pris les teintes d'un dégradé poisseux écœurant.

— Calmez-vous, lança le commissaire dans mon dos, calmez-vous et expliquez-moi !

Je ne répondis pas. Pas le temps. Il fallait fuir. Lancé en avant, je percutai la voiture de police et m'effondrai au bas de la portière. Je ne pus retenir mes larmes.

Le commissaire s'accroupit près de moi.

— Allons, monsieur Lovalski, je vous en prie !

J'étais tétanisé. Ils allaient atteindre la fin du sentier. Ils seraient là dans quelques secondes. Je pouvais les voir approcher.

Je voulus tendre le doigt vers eux mais les menottes m'en empêchaient.

— Derrière vous… Regardez derrière vous…

Je sanglotais, à bout de souffle.

— Quoi ?

— Derrière vous !

Lavroche se retourna enfin. Mais ne parut pas réagir, laissa son arme au fond de l'étui.

— Allons, Monsieur Lovalski, je vous en prie. Racontez-moi tout.

Je restai muet.

C'est pas possible, je vais me réveiller.

Émergeant du sentier, le Gros se pencha en avant, les mains sur les genoux. Le Maigre me lança un regard de défi, signifiant clairement qu'il ne me laisserait pas une seconde chance.

J'avais déjà perdu beaucoup de sang, j'étais à deux doigts de perdre connaissance. Aligner trois mots devenait une véritable épreuve.

— Ils sont… dangereux…

Le commissaire m'étudiait de haut.

— Dangereux ? Probablement. Pourtant, ces incapables ont laissé filer un type menotté. Vous me décevez beaucoup, les gars !

36

Le Maigre m'attrapa à la gorge et me projeta sur le capot de la berline. M'écraser le visage sur la tôle brûlante avait l'air de lui procurer le plus grand bien.

— T'aurais pas dû faire ça, enculé. Essaye un peu de t'échapper, maintenant.

Je ne tentai rien, évidemment. Toute force m'avait fui. D'ailleurs, c'était sa prise, rien d'autre, qui m'empêchait de m'écrouler.

Il pressa le canon de son pistolet sur ma tempe.

— Fais tes adieux.

— Non, pas comme ça, objecta le commissaire.

— Pourquoi pas ? Je pourrais lui éclater la gueule tout de suite…

— Et comment tu expliquerais ça, hein ?

Après réflexion, le Maigre éloigna l'arme de ma tête, me laissant une belle empreinte sur le côté. Frustré, il m'écrasa davantage avec son bras.

Lavroche se pencha pour m'avoir en face.

— Ce qui va suivre n'était pas prévu, dit-il. Croyez-moi ou non, je le regrette. Mais vous ne nous laissez pas le choix. Vous êtes allé beaucoup trop loin. On a pourtant essayé de vous avertir, de vous faire peur. Mais vous n'avez rien voulu savoir. Vous êtes même venu au commissariat sur ma simple invitation alors qu'on vous avait explicitement interdit de le faire. Le problème, quand on va trop loin, c'est qu'on risque à tout moment de franchir le point de non-retour. Non seulement vous l'avez franchi, mais vous n'avez fait aucun effort pour vous retourner. Vous comprendrez qu'on ne peut pas vous laisser vivre.

Je voulus répondre, mais la pression exercée sur ma gorge m'empêchait d'émettre la moindre objection.

— Il est au courant pour le loup, indiqua le Maigre. Le gosse n'a pas pu tenir sa langue.

Lavroche hochait la tête sans me lâcher des yeux. Puis, s'attardant sur mes blessures :

— C'est tout ce que vous avez pu obtenir de lui ?

— Oui… Il a rien craché d'autre. On fait quoi ?

Lavroche poussa un soupir avant de se redresser.

— La même chose que pour les deux autres. On fait notre cinéma.

Un éclair me traversa. Le même qui avait dû traverser, au cours de l'Histoire de l'humanité, toute personne sur le point de mourir. Celui de la fatalité. Celui qui avait parcouru Lorenzo. Ou encore Théodore.

J'étais condamné. Le sang continuait de s'écouler par les trous dans mes épaules. Ce n'était plus qu'une question de temps avant de faire le grand saut.

Mon pressoir humain finit par relâcher un peu la pression, me laissant prononcer quelques mots.

— C'est vous… qui avez tué Théodore… en faisant passer son meurtre pour un règlement de compte… Parce qu'il connaissait la vérité… Lorenzo n'a pas disparu… Vous l'avez assassiné.

— Vous voyez, monsieur Lovalski, c'est ce genre de petit potin qui nous oblige à vous tuer. Vous savez comme les ragots vont vite, par ici ! Allez.

Ses deux gorilles me saisirent par les bras. Je hurlai de douleur. Un voile rouge, opaque, apparaissait devant mes yeux par intermittence, dissimulant le monde puis le faisant resurgir.

Ils me trainèrent jusqu'à la vieille tour et me déposèrent sur une marche à mi-hauteur. La huitième. Je m'affaissai contre la paroi, la joue collée contre la pierre fraiche.

Mes pensées s'orientèrent vers Lucie. Vers la vie qu'elle portait en elle. Drôle de sensation.

Pourquoi moi ? Pourquoi maintenant ?

— Je vous en prie… Ne faites pas ça…

Le commissaire arriva en trottinant. Dans sa main soigneusement protégée d'un gant en cuir, il y avait mon pistolet. Je le reconnus immédiatement. Comment l'avait-il déniché ?

Il grimpa jusqu'à moi.

— Si j'ignorais votre pugnacité, je dirais que vous faites tout pour nous faciliter la tâche. Regardez un peu ce que j'ai dégoté dans la boite à gants de votre véhicule ! Et dire que j'avais suggéré de le fouiller…

Se plaçant près de moi, il tira des coups de feu dans les arbres en face de ma position, jusqu'à vider l'arme de toutes ses balles. Arme qu'il inséra ensuite dans ma main, avant de redescendre d'un bond dans les herbes hautes. Puis de reculer pour m'observer.

— Monsieur Lovalski, je crois que tout homme a le droit de connaitre les raisons de sa mort. Les vôtres remontent déjà à quelques jours. Après avoir assassiné Théodore Millot pour un motif que nous pourrons facilement établir, et sentant les mâchoires de la justice se refermer indubitablement sur vous, vous avez pris en otage plusieurs enseignants, au sein même de la petite école de Dourgne. Et un enfant. Puis vous avez fui, poursuivi par la police, dans l'espoir de vous cacher ici. Le commissaire Lavroche ayant retrouvé vos traces, vous avez ouvert le feu. On notera les impacts sur les troncs d'arbres, là-bas. En toute légitime défense, ce même commissaire n'a eu d'autre solution que de riposter. Vous touchant d'abord aux épaules avant de vous achever en vous logeant une balle dans la tête. Un joli trou, monsieur Lovalski, en plein milieu du front.

— Ça ne tiendra pas… J'ai laissé des traces… Partout… Du sang…

— Nous nettoierons, Lovalski. Nous nettoyons toujours.

Il leva le bras ; le canon du pistolet me dévoila sa gueule béante.

Ce que je ressentis dans les trois dernières secondes de ma vie ne fut pas de la peur. Mais un bonheur prodigieux.

Un flot d'images lumineuses se déversa dans ma tête. Si claires que j'aurais pu les toucher si j'avais eu la force de tendre le bras. C'était ma vie. Pas mon passé, comme on avait tendance à le croire, mais mon futur. L'avenir qui m'avait été destiné. Ce qui aurait dû se dérouler sous mes pieds.

Trois secondes, donc.

Trois…

J'y vois la naissance du bébé. C'est une fille. Elle s'appelle Nora, c'est ce que nous avions décidé. Nora. Elle a mes yeux mais le reste vient de sa mère. J'y vois l'aménagement dans une maison de campagne, au milieu des champs de colza. Nora y trouve des sentiers secrets qui la guident dans ses premiers pas.

Deux…

J'y vois maintenant sa vie à elle. Ses amours, ses blessures, ses chagrins. Puis des ailes, qui se déploient comme celles d'un ange.

Ma fille prend son envol. Elle s'éloigne du cocon familial. Elle est pleine de vie, passionnée, piquante et futée comme sa mère. Elle se marie et se lance dans une brillante carrière de journaliste. Enjambe les murs qui se dressent dans sa vie.

Elle met au monde un garçon.

Un…

Je vois une chambre lumineuse, qui déborde d'amour. Je la vois par en-dessus, comme si je regardais par un œilleton au plafond. Le petit garçon est blotti dans son lit, sur le point de s'endormir sous l'œil bienveillant de ses parents.

Et puis Nora lève la tête au plafond. Elle a vu l'entité qui observe la scène. Elle a deviné ma présence. Son visage m'apparait clairement. Elle est belle à couper le souffle. Elle est ce que j'ai créé de meilleur.

Une larme roule sur sa joue. Mais elle sourit.

Elle me sourit.

Noir.

***

Sombre et humide, la ruelle lui faisait penser à la vieille remise puante dans laquelle son père l'avait enfermé de nombreuses fois pour le punir. Soit par accès de fureur, soit parce qu'il était ivre. Le plus souvent pour les deux raisons en même temps.

Valentin continuait d'avancer en enfouissant ses démons au fond de lui ; il avait déjà beaucoup à faire avec ceux qui rôdaient dans l'obscurité alentour.

— Allez, Val ! l'encourageaient ses amis depuis l'entrée de la ruelle.

— Te dégonfle pas maintenant !

— Tu dois aller au bout et revenir !

Te dégonfle pas… Facile à dire quand on est dans la lumière, là-bas, en sécurité.

Il s'enfonçait à tâtons dans les ténèbres avec l'impression de plonger directement dans un gouffre. Loin du brouhaha de la fête annuelle, de ses quelques attractions, sa buvette et son groupe de musique dont on percevait à peine le tumulte.

Pas le droit de me plaindre… Ma faute…

Il ne pouvait s'en prendre qu'à lui-même, après tout, car c'est lui qui avait lancé cette idée idiote. S'appuyant sur la rumeur – rapidement amplifiée en légende urbaine – selon laquelle les pires démons hantaient cette impasse à partir de minuit, Valentin avait affirmé à ses copains qu'il ne croyait pas à ces conneries. Que c'était bon pour les gamins de cinq ans. Il allait montrer qu'il était un homme en allant au bout et en revenant. Sans peur et sans reproche. Et pour prouver son acte héroïque, il devrait écrire son prénom sur le mur du fond à l'aide d'un marqueur noir. Ils iraient ensuite vérifier, tous ensemble, la présence de sa signature le lendemain, quand la lumière du jour aurait fait fuir tous les démons.

Tenant le marqueur comme une épée, il regrettait maintenant son excès de zèle. Mais il avait dans l'idée d'impressionner Justine, la seule fille de la bande. Et c'était une sacrée bonne raison pour continuer.

La venelle décrivait une courbe à mi-chemin. Disparaissant à la vue des autres, livré à lui-même dans la puanteur des poubelles alignées de chaque côté, il aperçut une lueur blanchâtre. Un carré écarlate qui se découpait dans le mur du fond. Une fenêtre en fin de voie.

J'y suis presque…

Une énorme détonation le fit sursauter. Il ravala un hoquet, se pétrifia, jusqu'à ce qu'une deuxième explosion retentisse : le feu d'artifice, qui illuminait le ciel une fois par an.

Valentin décida d'accélérer, les yeux rivés sur le carré de lumière. Les autres ne pouvaient plus le voir depuis qu'il avait dépassé la courbe… Cette idée le terrifiait. Quand il atteignit enfin le cul de sac, il ôta le capuchon du feutre, s'interdisant de trembler, et traça une série de lettres juste sous la fenêtre.

Satisfait, il se retourna, prêt à repartir en vitesse, quand des éclats de voix captèrent son attention. Le garçon pivota, la curiosité prenant le dessus sur la peur. Et s'approcha de la vitre.

Une fusée siffla en montant dans le ciel et éclata en offrant une brève clarté sur le village, suivie de la clameur des gens.

Derrière la vitre striée de rayures, des formes. Une pièce, qui ressemblait à une chambre.

Une femme lui tournait le dos. Elle portait une robe cintrée à l'aide d'un ruban, ce qui formait de grandes boucles dans son dos. Des boucles aussi grandes que des ailes.

On dirait un papillon, se dit Valentin.

La femme avait l'air agitée. Elle se tourna un peu et il reconnut son profil. Elle était enseignante dans son école. Elle s'appelait Clarisse. Valentin l'aimait bien, elle avait toujours été gentille avec lui.

Une fleur verte s'épanouit au-dessus de Dourgne avec sa détonation à retardement et les acclamations des habitants. Le visage de Valentin fut illuminé une fraction de seconde avant de se fondre de nouveau dans l'ombre.

Le papillon s'agitait nerveusement. Il balançait les bras pour se protéger, pour tenir à l'écart l'homme qui tentait de le saisir.

L'homme, lui, était jeune, vêtu d'une drôle de façon : un haillon déchiré sur un pantalon trop large. Les pieds nus, le teint halé. Valentin le connaissait aussi : il s'appelait Lorenzo. Et Lorenzo paraissait très en colère. Il hurlait sur Clarisse, la pointait du doigt, essayait de l'attraper. Valentin ne percevait que les mots les plus bruyants. Les insultes.

Le papillon jeta un objet que Lorenzo évita de justesse. L'objet vola à travers la pièce pour s'écraser contre un mur, se brisant en mille morceaux étincelants.

C'est alors qu'un deuxième homme apparut dans son champ de vision, comme sorti de nulle part. Il ramassa le débris de verre le plus long.

Valentin ne connaissait pas ce dernier venu, mais son air sérieux lui faisait peur. Ça et autre chose, derrière son regard. Une chose qui lui rappelait son père, juste avant qu'il ne se mette à frapper sa mère. Ou à le frapper, lui. Ce n'était pas de la folie, mais ça y ressemblait. Il était nu, l'entrejambe caché par une couverture qu'il retenait en boule avec une main. Le bout de verre dans l'autre main.

L'homme avait le torse recouvert d'un tatouage. Valentin n'en avait jamais vu de semblable : il représentait la tête d'un loup, féroce, montrant les crocs. Prêt à mordre.

Et c'est ce qui se passa.

Le loup sauta sur Lorenzo en un éclair. Une lutte s'engagea entre les deux hommes, brève et inégale. La majeure partie du débris de verre disparut dans la gorge de Lorenzo et reparut l'instant suivant. Un jet de sang éclaboussa le sol, se répandit sur les meubles et la vitre, juste sous le nez de l'enfant, lequel plaqua ses mains devant sa bouche.

Lorenzo s'écroula, d'abord sur les genoux, puis sur le ventre. Il remua violemment. Longtemps. Au bout d'un moment, il se figea.

Durant tout ce temps, le papillon n'avait fait qu'observer. Maintenant, le papillon avait l'air affolé. Le loup parut trouver les mots pour le rassurer, le guider. Et lui expliquer, avec des termes inaudibles, comment ils allaient procéder. Cacher le corps, d'abord. Nettoyer. Faire croire à un accident. Vivre, tout simplement.

Quand ils se prirent dans les bras l'un de l'autre, la

gueule du loup était tournée vers le garçon. Une autre fusée déchira le ciel d'été, plus puissante que les autres, dispersant une lueur orangée qui lui saisit le visage à la manière d'un flash d'appareil photo.

Alors le loup vit l'enfant qui les regardait.

Le loup avait attrapé le garçon sans aucune difficulté, le retenant prisonnier dans ses griffes.

— Écoute-moi, grogna-t-il. Écoute-moi bien.

Le garçon écouta, occultant le fait que l'homme était nu, sans pouvoir se détacher de cette tête massive sur son torse, féroce et primitive. Cette tête qui se graverait dans son esprit pour ne jamais le quitter.

Ces yeux. Ces crocs.

— Je reviendrai rien que pour toi.

Ce sourire carnassier. Impossible à oublier. Marqué au fer rouge. S'enfuir, maintenant. Serrer les dents. Se taire, à tout prix. Vivre comme un enfant de dix ans, aller à l'école, faire face au papillon presque chaque jour. Papillon qui jouerait son rôle à merveille, veuve éplorée, manipulatrice, qui retrouverait son poste d'enseignante au plus vite pour s'assurer que le garçon ne parlerait pas. Usant régulièrement de ses talents de psy, de ses mots les plus aiguisés, en toute discrétion. Insistant sur l'importance de garder le silence. Lui rappelant la sauvagerie du loup.

Lui rappelant que le loup surveille, tout le temps, n'importe où.

16 ans plus tard

37

Son téléphone vibre.

C'est un texto de Valentin :

On agit ce soir.

Un pic d'excitation vient lui chatouiller l'estomac, elle a du mal à y croire. Elle serre le poing, lâche un « yes » victorieux qui intrigue les élèves des tables les plus proches.

Depuis tout ce temps…

À ce soir, pianote-t-elle sur le téléphone qu'elle a planqué dans sa trousse. Elle se surprend à sourire, elle qui a toujours l'air d'en vouloir à la terre entière. Après toutes ces années à observer patiemment, jour après jour, à élaborer les plans les plus fous… Cet instant est à portée de main. Enfin.

— Mademoiselle Lovalski, assène le prof de physique, je croyais avoir été clair sur l'utilisation du téléphone en classe. C'est toléré entre les cours, pas pendant.

Nora lève les yeux au ciel, prenant un air qu'elle espère le plus arrogant possible. Évidemment, cela fonctionne. Elle est devenue spécialiste dans l'art de taper sur les nerfs à ses profs.

Son professeur s'approche, mais avec cette hésitation qui prouve à Nora qu'elle possède toujours la même suprématie. Cette crainte qu'elle instille dans le corps enseignant. Elle contrôle sa vie, pas l'inverse.

Continuant de sourire, elle lui remet le portable.

— Vous pourrez le récupérer à la fin de la semaine.

— Sérieux ? s'exclame-t-elle en tapant sur sa table. Mais on n'est que mardi ! C'est pas juste !

— Je n'ai pas inventé le règlement intérieur, mademoiselle. Si vous avez des revendications, allez donc voir le principal.

Nora se détourne et scrute par la fenêtre. Le mur d'enceinte, austère, semble aussi infranchissable que celui d'une prison. La seule différence, c'est l'absence de barbelés.

Gothique. C'est comme ça qu'on la définit, au lycée.

Une longue robe noire et des boots noirs à bouts métalliques. Elle s'est fait faire une couleur pour que la moindre mèche de cheveux clairs soit annihilée. Noir, comme son vernis à ongles et son mascara.

Nora préfère parler de deuil, qui a débuté le jour où elle a poussé son premier cri en ce monde et qui s'achèvera lorsqu'elle poussera son dernier. C'est simple : son père est mort alors que sa mère était enceinte. Dans ces conditions, hors de question de se farder de la moindre touche de bleu, de rouge ou de jaune. Parce que la vie n'en vaut pas la peine.

Les gens parlent beaucoup. Racontent des horreurs sur elle. Comme quoi elle aurait pour habitude de saccager les tombes du cimetière, ou de foutre le feu à des chatons vivants. Cela pour la seule raison que ses choix vestimentaires ne s'accordent pas avec ceux des autres.

Nora n'a pas d'ami sauf un, plus vieux de dix ans. Il est le seul capable de lui apporter la touche de couleur dont elle a besoin.

Le seul qui puisse la comprendre.

Assise sur un banc, à l'ombre des platanes, elle observe les enfants qui jouent dans le parc privé situé de l'autre côté de la route. Des garçons et des filles, âgés de quatre à douze ans, qui oublient, pendant une heure, leur condition d'orphelins. Toboggan, corde à sauter, parties de badminton, bac à sable pour les plus petits. Le tout agrémenté de bonbons. La recette du bonheur par procuration.

Nora ne supporte pas le rire des enfants. Alors elle fourre ses écouteurs dans ses oreilles et fait exploser le dernier single du groupe Dying Fetus.

Un coup d'œil sur sa montre : encore sept heures à patienter avant de retrouver Valentin.

Et de passer à l'action.

Instinctivement, elle cherche son portable dans sa poche, avant de se rappeler qu'elle ne l'a plus. Confisqué par l'autre coincé du cul. Fait chier.

— Fait grave chier.

Elle souffre de ne pouvoir le contacter, de s'assurer qu'il va bien. Que tout est prêt, aussi. Quand elle ne pense pas à Valentin, elle pense aux deux autres personnes les plus importantes de sa vie, en dehors de sa mère.

L'un est retraité de la police. L'autre est enseignante dans la petite école de Dourgne. Un couple qui file le parfait amour sans se soucier du passé. Ayant définitivement occulté leurs terribles agissements d'il y a seize ans. Remisé leurs doutes, tiré une croix sur le moindre sentiment de culpabilité.

Deux monstres. Voilà ce qu'ils sont. Deux entités maléfiques qui ne devraient pas avoir le droit de vivre. Qui devraient crever la gueule ouverte.

Elle les a vus rire, faire la fête, danser, manger et boire. Elle les a vus apprécier la vie comme tout le monde. Comme de parfaits innocents. Elle les a épiés quand ils faisaient l'amour. Elle les a vus engendrer une progéniture : un garçon qu'ils ont appelé Éric.

— Éric… Pff, quel nom à la con.

Nora n'est pas comme eux, évidemment, elle est humaine. Cela implique qu'elle ressent des émotions, des sentiments. Des choses qui peuvent être douloureuses et contre lesquelles on ne peut pas se défendre. C'est pour cette raison qu'elle s'inflige parfois de petits coups de lame de rasoir sur les bras. C'est une douleur qu'elle peut *décider* de s'infliger. Qu'elle peut contrôler.

Au bout d'un moment, dans le parc là-bas, de l'autre

côté de la route, l'un des orphelins trébuche sur les graviers et s'écorche le genou. Il hurle, la morve au nez, se relève, a le réflexe d'appeler sa maman, et trottine en pleurnichant pour aller se blottir dans les seuls bras qui peuvent encore l'accueillir. Une jeune religieuse le soulève tendrement, le presse contre elle, l'ausculte, applique un pansement sur la plaie et lui tend une sucette au citron pour étancher sa peine. Le petit garçon, heureux, repart en galopant.

La religieuse n'a que vingt-quatre ans, pourtant son regard est déjà marqué des pires expériences de la vie. Elle regarde son petit protégé grimper sur le toboggan, puis ses yeux dérivent et elle aperçoit l'adolescente, de l'autre côté de la route. La religieuse se demande pourquoi cette enfant de Dieu, toute vêtue de noir, vient s'asseoir sur ce banc chaque jour, à la même heure, parfois accompagnée d'un jeune homme. Pendant cinq minutes, parfois trente. Et l'observe. L'observe, elle, avec l'air de la connaitre. L'air de vouloir lui transmettre un message.

La religieuse aimerait beaucoup connaitre sa vie, savoir pourquoi elle a l'air si triste. Alors, d'un coup, elle se dirige vers la jeune fille dans l'intention de lui parler. Mais, avant même d'avoir atteint le grillage qui entoure l'orphelinat, elle voit l'adolescente quitter son banc et s'enfuir.

Encore une fois, Nora s'est sentie obligée d'esquiver. Sans doute à cause des conseils que Valentin martèle à longueur de temps. La religieuse ne la croirait pas, de toute façon, même si elle lui racontait son histoire ou lui dévoilait ses intentions.

Alors elle fonce, tête encapuchonnée, avec l'allure d'un corbeau de mauvais augure et la certitude que, très bientôt, le petit Éric fera lui aussi partie de ce groupe d'enfants.

***

Nora quitte sa chambre en silence et traverse le couloir à pas feutrés en direction des escaliers. L'adolescente a été incapable d'attendre plus longtemps. Rien à voir avec de l'impatience ; c'est justement une qualité qu'on ne peut pas lui enlever… Mais plus le moment fatidique approche et plus les doutes l'assaillent : seront-ils capables d'aller jusqu'au bout ? Est-ce qu'ils ne vont pas changer d'avis au dernier moment ? Et, finalement, en accomplissant un tel geste, ne vont-ils pas devenir exactement comme ceux qu'ils ont appris à haïr ?

Nora préfère se mettre en route, avant que ce flot d'inquiétudes ne la repousse sur un courant contraire.

Elle ralentit devant la chambre de sa mère, passe sur la pointe des pieds en retenant son souffle. Aussi silencieuse qu'un membre de la tribu Kutenai. Une chance que le sol à l'étage soit recouvert de moquette.

Une fois dans l'escalier, elle accélère jusqu'en bas, réajuste la sangle de son sac à dos et fonce vers la porte d'entrée.

— Ne fais pas ça.

Nora se fige, se retourne.

Lucie est à peine visible dans la lueur d'un halogène, assise sur le canapé, une tasse de thé fumante dans les mains. Elle ne peut cacher ses tremblements.

— Je t'en supplie, ne fais pas ça.

Désemparée, l'adolescente reste un moment sans rien dire.

— T'as aucune idée de ce que je vais faire, bredouille-t-elle.

— Je sais exactement ce que vous mijotez, avec Valentin. Tu crois que je n'ai pas remarqué votre manège ? J'ai vu les messages que vous vous envoyez.

— Tu fouilles dans mes affaires ?

Lucie se penche en avant, son visage devient plus visible.

— Vous vous apprêtez à commettre une énorme bêtise.

Je sais, a envie d'admettre Nora. Et de laisser tomber, d'oublier cette folie, de se jeter dans les bras de sa mère. Prendre la bonne décision avant qu'il ne soit trop tard. Préserver l'innocence de sa jeunesse.

Au lieu de quoi, elle rétorque avec hargne :

— Tu te goures. Je vais juste retrouver des potes en ville.

Elles se scrutent. Lucie soupire, prenant le temps de reposer la tasse sur la table basse devant elle.

— Ce n'est pas ce que ton père aurait voulu.

— Y'a plein de choses qu'il n'aurait pas voulues. Comme mourir de cette façon, par exemple, lance Nora en le regrettant aussitôt.

Sa mère bondit, fonce sur elle et s'arrête tout près. Ses yeux sont deux diamants qui luisent dans la pénombre. Une perle dégringole le long de sa joue.

— Ton père avait fait quelque chose de mal, murmure-t-elle. Il n'était plus lui-même. Il était devenu incontrôlable.

— C'est des conneries ! s'emporte Nora. Tu sais bien que c'est faux ! Papa était innocent ! Il n'avait rien à voir avec tout ce qu'on lui a collé sur le dos !

— Ma chérie…

Lucie tente de poser sa main sur la joue de sa fille mais celle-ci s'écarte vivement. De la colère teintée d'injustice déforme les traits de son visage.

— Je croyais que tu l'aimais, rugit Nora d'une voix brisée.

— Évidemment !

— Menteuse ! Si c'était vrai, tu agirais comme moi. Tu me dégoutes.

— Ne fais pas ça…

L'adolescente s'échappe en un clin d'œil, se faufile dans la nuit en claquant la porte.

Debout dans l'obscurité écrasante du salon, Lucie a le sentiment qu'elle ne reverra plus jamais sa fille.

38

Nora avale les premières marches et se jette au cou de Valentin. Le jeune homme part en arrière, surpris, se retrouvant écrasé contre la paroi de la vieille tour.

— J'suis trop heureuse de te voir ! Tu m'as manqué…

— On s'est vus la semaine dernière…

Elle s'écarte, lui jette un regard noir. Valentin n'a même pas réalisé qu'il l'a blessée. Il réajuste sa lampe frontale.

— Je t'ai envoyé des textos toute la semaine, fait-il remarquer. Pourquoi t'as pas répondu ?

Son ton sévère surprend la jeune fille.

— J'ai plus mon portable. C'est mon connard de prof qui me l'a pris.

Valentin reste un moment dubitatif. Il plaque ses mains en un geste vague de prière et les amènent jusqu'à son front.

— Bien joué, soupire-t-il. Putain, on n'a pas besoin de ça.

— J'y peux rien, d'accord ?

Il a une furieuse envie de l'engueuler, mais se retient. Il sait qu'un rien pourrait la faire fuir.

— Y'avait quoi dans ton téléphone ?

— Ben… Tu sais, nos discussions, tout ça, quoi.

— Nos discussions ?

— Enfin tout, quoi.

— T'as rien effacé ? Je t'avais dit de les supprimer. Je t'avais dit de faire gaffe. C'est pas un putain de jeu, Nora.

L'adolescente est touchée par tant de dureté. Elle imaginait leurs retrouvailles différentes. Elle se rebiffe, au bord de l'explosion.

— Ne me parle pas comme si j'étais une gamine de huit ans ! C'est pas ma faute, j'ai pas fait attention, c'est tout. Fais chier !

Elle lui tourne le dos et dévale l'escalier pour aller s'asseoir sur la première marche. Dans la clarté de la pleine lune, son allure la fait ressembler à un spectre déchu. Si frêle, qu'il pourrait s'évaporer à tout moment.

Valentin a conscience d'‘être allé trop loin. Parfois, il oublie qu'elle a dix ans de moins que lui et autant de maturité à acquérir. De ses doigts fins, il écarte une mèche de ses cheveux qui lui couvrent la vue, ballotés par le vent.

— J'ai écrit un dernier mot à la mémoire de ton père, dit-il.

— Quel genre ?

— Je pense que c'est ce qui se prête le mieux à la situation. Tu veux que je te le lise ?

— Mouais…

— « *Ce soir, tu es parmi nous. Ce soir, tu guides nos gestes une dernière fois, pour que nous puissions punir ceux qui t'ont arraché à ce monde.* » Voilà. Je l'ai mis dans le coffret. Qu'est-ce que t'en penses ?

— C'est nul. Ça frise le mélodrame, mais on s'en contentera.

Valentin se colle à la jeune fille et l'entoure avec son bras.

— Ah, ben, j'sais pas, tu veux ajouter quelque chose ?

— Non… J'peux pas.

Tous les deux se mettent à scruter patiemment le sentier qui sillonne à travers bois. Valentin relève le col de sa veste et attrape son paquet de cigarettes.

— Tu sais, pour moi ton père a toujours été un héros. Un homme de valeur. Tout le contraire du mien, en fait. Je me souviens du jour où il est mort. J'étais dévasté. J'ai voulu me jeter sous un train, j'te jure. Tu trouves ça normal, toi, d'avoir ce genre de pensée quand on a dix ans ? Me suicider… Mais je me suis dit que c'était exactement ce que souhaitait le Loup. Et c'est pour ça que je l'ai pas fait.

— J'en suis tellement heureuse ! déclare Nora en l'embrassant sur la joue.

Comme il plonge son regard dans le sien, elle se détourne, mal à l'aise.

— Comment les gens ont pu croire à ce ramassis de conneries ? dit-elle pour se reprendre. Je veux dire, mon père n'était qu'un prof dans une école de campagne, il n'aurait fait de mal à personne. Alors commettre un meurtre…

— Je sais. Mais c'est la nature de l'être humain. Mettre le plus de crédit dans ce qui est sensationnel. Et puis c'était la parole d'un policier, alors ça dissipe tous les doutes possibles.

L'adolescente acquiesce, plongée dans ses pensées, le menton dans le creux de ses mains.

— Le plus important, reprend Valentin, c'est que nous, on la connait, la vérité. C'est ce qui a été notre moteur toutes ces années et qui sera notre cause ce soir. N'oublie pas ça.

— La vérité… répète Nora avec des inflexions mystiques.

— Ils l'ont sacrifié, ni plus ni moins. Comme ils ont sacrifié le père de Chloé ou encore Lorenzo, à l'origine. (Il lâche un rire bref.) Tout ça pour une histoire de coucherie. Et parce que j'étais au mauvais endroit au mauvais moment…

— Et maintenant ? interroge-t-elle, essayant de cacher son anxiété grandissante.

Valentin allume sa cigarette à l'aide du briquet Zippo. Il n'en revient toujours pas de voir que le petit objet fonctionne encore. Ses yeux se plissent derrière le panache de fumée.

— Maintenant, on attend qu'il vienne.

— Tu es sûr qu'il va venir ?

— Certain. Je te l'ai déjà expliqué. Pour lui, c'est l'occasion rêvée. Imagine un peu : ce soir, il fait d'une pierre, deux coups. Il empoche un beau paquet de billets pour faire ce qu'il rêve de faire depuis… Quoi, vingt ans ? Sans déconner, tu te sentirais comment, toi ?

Nora réfléchit.

— Tu veux dire… si j'étais emprisonnée injustement ? Je serais furax en mode Super Saiyan. Une fois sortie, j'aurais juste envie de lui faire la peau, à cet enfoiré.

— Exactement.

Valentin fait le vide. Ce soir, plus que jamais, il faut rester concentré. Oublier le stress. Tirer une croix sur les conséquences. De toute façon, il n'a jamais été aussi sûr de lui.

Alistair Dova ne reculera devant rien pour assouvir sa vengeance.

À l'époque, il n'est qu'un petit braqueur à la manque. Doué, mais sans envergure. Il enchaine sans problème les épiceries et les caisses de supermarché. Sans en demander plus.

Mais la routine finit par émousser la prudence ; il commet un faux pas et c'est là que Lavroche débarque. Vincent Lavroche, tout frais émoulu de l'école de police, lui tombe dessus avec une passion rare.

L'arrestation ne se déroule pas comme dans les manuels. Vincent Lavroche est inexpérimenté, Dova se voit déjà incarcéré, enlevé à sa famille.

Une confrontation éclate, durant laquelle un coup de

feu est donné. Le gérant du magasin reçoit une balle dans l'épaule.

C'est le policier qui a tiré, pourtant c'est le braqueur qui écope de la totalité de la peine. Vingt ans. Dont dix pour usage d'arme à feu. Le temps nécessaire à ce que la haine mûrisse lentement, juste à point pour n'avoir qu'un seul visage à l'esprit.

Qu'un seul but : la vengeance.

Un besoin viscéral de tuer. Ôter la vie de celui qui a ôté la sienne.

Sa femme est décédée quand il purgeait sa peine. Ils ne lui ont même pas enlevé les menottes le jour des funérailles. Son unique fils, lui, a coupé les ponts et refuse de le voir.

Alors, quand arrive le jour de sa libération. Et qu'on vient le trouver avec une belle liasse et l'adresse du flic en question, l'occasion est trop belle.

Alistair Dova n'a plus de famille. Plus d'accroches. Plus rien à regretter.

Alistair Dova a déjà tout perdu.

— Il viendra, déclare Valentin avec aplomb. Je te promets qu'il viendra.

Blottis l'un contre l'autre, ils lèvent les yeux et remarquent qu'une étoile est plus brillante que toutes les autres.

***

Les dernières étoiles se fondent une à une dans la lueur naissante du jour, se dérobant doucement aux terribles évènements de la nuit.

Nora réintègre sur la pointe des pieds la chaleur rassurante du foyer. En sueur. Elle ignorait que ses jambes pouvaient trembler autant. Que son cœur pouvait taper si fort. Avant la nuit dernière, il y a beaucoup de choses qu'elle ignorait sur elle-même. Sur ses propres limites.

Son visage s'est figé sur un air halluciné dont elle n'a pas conscience. Une sorte d'empreinte de la violence à laquelle elle a assisté.

Elle titube jusqu'au salon. Sa mère s'est endormie, roulée en position fœtale sur le canapé, sa tasse sur la table basse remplie d'un liquide froid.

— Maman…

Dans son sommeil, Lucie a un frisson. L'adolescente est terrifiée à l'idée de la réveiller. Elle n'a aucune envie de l'affronter. Ni l'envie, ni la force. Elle disparait dans le couloir attenant et revient avec un plaid qu'elle dépose délicatement sur le corps de sa mère. Elle laisse ensuite un mot sur la table-basse. Une lettre d'adieu qu'elle a pris le temps de rédiger le matin-même.

Nora tient bon.

Ne pas craquer. Pas encore.

Elle doit d'abord récupérer ses affaires. Ensuite, elle aura le droit de s'enfuir avec Valentin, le plus loin possible. À jamais. Elle monte à l'étage et se glisse dans sa chambre. Au moment d'attraper son sac, elle croise son reflet dans le miroir et se fige.

Elle y voit un monstre. Ce qu'elle s'était juré d'anéantir. Une nouvelle créature vient de naître cette nuit, vêtue de noir et d'une aura de dénuement qui l'entoure tout entière. La créature se recroqueville doucement sur le lit comme une feuille enflammée.

Enfin, au bout d'un moment, elle ne peut plus se retenir : elle fond en larmes. Repliée sur elle-même, elle gémit, se cache le visage sous un coussin. Elle a perdu le fil de sa respiration.

Les images qu'elle a repoussées jusqu'ici fracturent violemment sa barrière mentale, se déversant avec fureur à l'intérieur de sa tête.

La faveur de la nuit.

La villa du couple, isolée dans un coin reculé d'une petite montagne.

Les incessants encouragements de Valentin. *Un loup*, lui rappelle-t-il, *c'est un putain de loup, rien de plus.*

L'odeur étrange de fruit pourri qui flotte dans l'air au moment où ils se rapprochent de l'enceinte. L'odeur des pins, aussi.

Alistair Dova tient la tête du trio, un fusil à canon scié

dans les mains. Il a l'air grisé par sa liberté retrouvée. Enivré par l'idée de ce qu'il va accomplir dans les prochaines minutes. Il se comporte comme une pile électrique, progresse comme un bulldozer. Implacable.

Nora, elle, traine des pieds à l'arrière.

Le vent, qui caresse leur peau à tous les deux, alors qu'ils ont pris position au sommet d'une crête pour observer la scène.

Le contact de la main de Valentin dans la sienne quand ils voient la silhouette se faufiler à l'intérieur, après avoir fracturé une fenêtre. Le truand n'a rien perdu de son agilité d'antan.

L'attente au clair de lune.

Les minutes qui s'égrènent avec une infinie lenteur.

La chair de poule, qui habille chaque parcelle de son corps durant le court laps de temps où, finalement, deux flashs consécutifs crépitent dans la villa. Accompagnés de deux détonations. Deux claquements terribles. Le bruit de deux filins de vie qui se rompent.

L'impression de flotter au-dessus du sol. De s'être désolidarisée de sa propre enveloppe charnelle. D'être persuadée de rêver, jusqu'à ce que la silhouette jaillisse par la fenêtre dans l'autre sens et s'enfuie en courant, ne donnant l'occasion de la voir que quelques secondes avant qu'elle ne disparaisse à tout jamais.

Alistair Dova a trouvé ce qu'il est venu chercher.

Et puis la voix de Valentin, lui parvenant de loin :

— Il faut qu'on aille voir.

— Quoi ? s'entend-elle demander. Voir quoi ?

— Si le boulot a été fait.

— Non, pas question ! T'as perdu les pédales, ou quoi ?

— Allez, viens !

Il l'entraine avec lui jusqu'en bas de la crête. De toute façon, elle n'a jamais eu la force de lui résister. Ils passent par la fenêtre brisée. Dans la villa, le silence bourdonne encore des derniers coups de feu.

Ils trouvent la chambre du couple.

Ils trouvent les corps.

Deux formes inertes. Sans les trous sanguinolents dans les draps, on jurerait que Vincent Lavroche et Clarisse Millot sont simplement endormis.

— C'est bon, on dégage, ordonne Valentin.

Mais Nora est incapable de bouger. Engluée dans une catatonie asphyxiante. Elle a soudain oublié ce qui les a conduits jusqu'ici. Les raisons qui les ont poussés à faire ça.

— Allez, grouille !

Il la tire par le coude, jusqu'à l'air libre, jusqu'à la voiture qu'ils ont abandonnée un kilomètre plus loin selon les conseils de Dova.

Les yeux rivés sur la route qui se déroule sous les faisceaux des phares, Nora finit par retrouver la parole.

— Je l'ai pas vu, dit-elle d'une voix d'outre-tombe.

— Quoi ?

— Le gamin… Éric. Je l'ai vu nulle part. Et toi ?

Valentin hausse les épaules.

— Il a dû se planquer, qu'est-ce que tu crois. Il a dû avoir la frousse de sa vie. Il risque pas de se montrer de sitôt.

Nora ouvre la vitre, respirant à pleins poumons jusqu'à se brûler les bronches.

Elle étouffe ses larmes et ferme les yeux.

39

Valentin lui prend la main.

— Il faut y aller. Le vol est prévu dans une heure, on peut pas se permettre de le louper.

Assise mollement sur le banc, Nora ressemble à une marionnette sans ficelles. Les écouteurs plantés dans les oreilles, le regard fixé sur le parc privé, de l'autre côté de la route.

Cet après-midi, la jeune religieuse et les orphelins sont occupés à mettre en place les règles d'un nouveau jeu.

— Tu crois qu'elle sait qui on est ? demande Nora.

Valentin observe longuement la femme dont un crucifix scintille sur la poitrine.

— J'crois pas, non, finit-il par dire.

— Mouais… Moi non plus. Et toi, tu arrives à la reconnaitre ?

Valentin serre plus fort la main de l'adolescente. Il acquiesce lentement.

— Tu crois qu'elle se doute de quelque chose ? questionne encore Nora. Qu'elle a deviné ce qu'on a fait ? J'espère que oui. J'espère qu'elle sait.

Alors, comme si ses mots, portés par la brise, étaient parvenus jusqu'à elle, la religieuse lève la tête et aperçoit le couple assis sur le banc. Toujours le même couple, toujours à la même heure. Cette fois, un sac de voyage est posé à côté d'eux.

Elle leur adresse un signe de la main.

— Sœur Chloé ! s'écrie alors une petite orpheline en accourant vers elle, une marguerite dans la main. J'ai cueilli ça pour toi !

La religieuse se saisit délicatement de la fleur, embrasse la fillette sur le front. Quand elle relève les yeux, le couple a disparu.

Sœur Chloé comprend qu'elle l'a salué pour la dernière fois.

La silhouette se hissa jusqu'à la huitième marche et déposa un message dans le coffret.

« *Vous pensiez agir en toute impunité. Pouvoir courir sans trébucher.*

Nous allons voir jusqu'où vous pourrez aller. Personne n'est infatigable. Nul n'est insaisissable.

Vous pensiez pouvoir utiliser quelqu'un à votre place pour soulager votre conscience.

Mais votre conscience va vous rattraper.

Vous pensiez que jouer à Dieu serait sans conséquence.

Je serai votre châtiment. L'objet de votre rédemption.

J'ai vu vos visages.

Je vous retrouverai.

Je serai impitoyable. »

T.D.O Éditions, SARL

Composition, mise en page : TDO Éditions
ISBN : 978-2-36652-223-5

Dépôt légal octobre 2017
Réimpression juillet 2020 sur les presses
de Laballery
Numéro impression : 007558